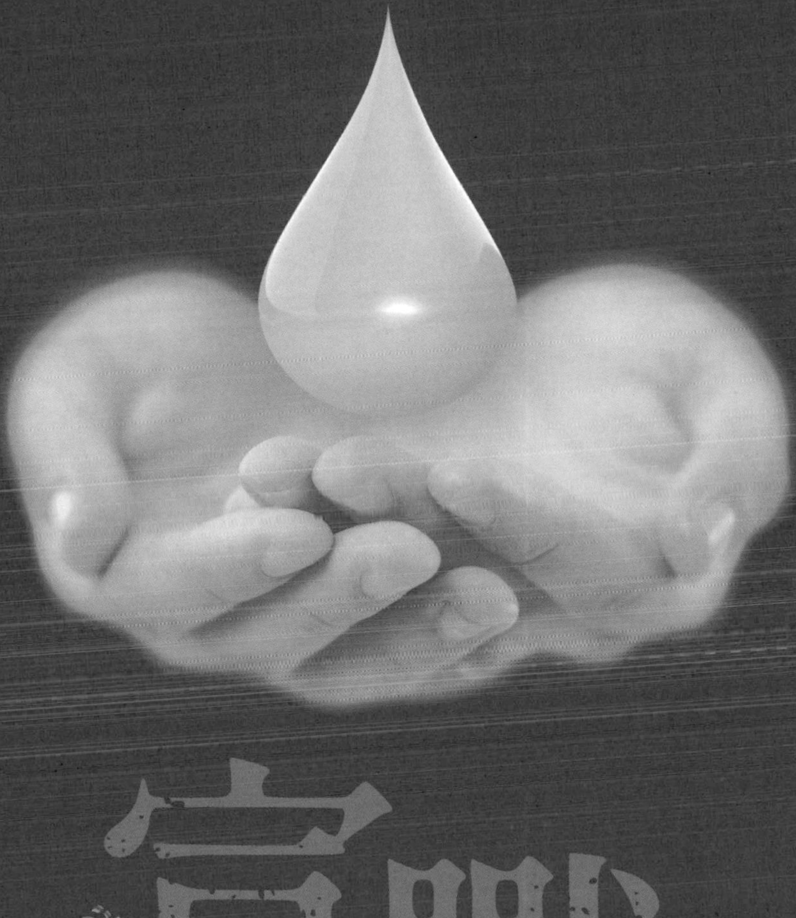

宣戰

洪佳伶｜著

推薦序一　請用孤獨來交換

這是一本關於尋找自我、掙脫枷鎖，與價值觀角力、滿有掙扎的小說，需要靜靜地閱讀。

或許，需要一天以上的時間，與作者周旋。她是一個城府很深的人，用盡機巧埋下許多伏筆，然後突然間在毫無預警的情況下拋出一絲解答，如果在閱讀旅程中半途而廢，你就看不到最後、也是最美的風景。

這本半自傳，將現實和虛幻巧妙地融合為一，字裡行間隱藏著許多多元、自省的對話，看起來似乎未必有立即的實效，卻是逐步打通任督二脈的紮實功夫。

「告訴你一個好消息，《宣戰》的英文版拿到書號，馬上要在美國上市了……」幾個月前，突然接到佳伶傳來的訊息，當時正是台灣疫情飆升的時刻，「啊！真是謝謝你告訴我這個好消息，這個時候實在太需要好消息了！」我興奮地回她。

佳伶是一個非常特別的作者，她先是用英文寫下這部小說，這對久飫西洋文學和哲學的她來說，並不困難。但英文畢竟不是她的母語，好奇詢問下，才知道原因是「太痛了，沒辦法用中文寫……」如同她在自序裡所說：「筆是輕的，整理自己卻是沉重的。」等到英文版完成，剝掉一層皮之後，她才慢慢把中文版完成。整個書寫過程，漫長而揪心，但她至終得到了意想不到的療癒。

身為初稿的讀者，我隨著小說中的場景、情緒、鋪排，浸淫其中，有時候彷彿看到自己的影子，牽引出內在的自己；有時候跟著書中的描述，看到了一線曙光，好像在心裡點亮了一盞燈——這就是閱讀的力量吧！我們或許沒有像佳伶一樣撕心裂肺的經歷，但是或多或少嚐過苦難的滋味。她經過淬鍊後而形成的養分，會像植物的導管和篩管一樣，傳給我們，達到「一個文本，各自表述」的境地，讓我們也得到精神的滿足。

這種從閱讀而來的療癒力量，很神奇，也很強大；但是，你必須用孤獨來交換。

文字工作者　張蓮娣

推薦序二 「宣戰」

毫無疑問地，談到女性在職場上能頭角峥嶸，需要克服種種困難與障礙，這類的書籍與話題不少，也能吸引廣大讀者目光。然而，與其說《宣戰》這本書著重於描繪女性於職場中，努力掙得與男性相同等待遇，不如說《宣戰》這本書是一位女性對人生精華時期的獨白省思。

在《宣戰》這本書，我閱讀到與教育界完全不同的職場生態，也閱讀到人際互動的緊張關係。但讓我揪心的是字裡行間展露「我可以，我可以繼續撐下去，我可以勉強自己、委曲求全」，令人心疼的女主角阿莉。因為能敏銳地體察他人的情緒，所以在長官眉頭一皺時，阿莉已經心領神會，不用他人說出口，使命必達。因為好強不認輸，所以再艱困的任務，阿莉也要犧牲自己，勇往向前。因為謹慎自守，所以身上扛著各項角色，阿莉默默承受，不發怨言。

阿莉是我，也是你，更是我們身邊那些努力撐起職場與家庭的辛苦女性縮影。女性似乎比男性多了一條體恤他人的敏感神經，這是祝福，也是詛咒。對阿莉來說因爲體恤他人，所以她是位體貼負責的好員工，但到頭來卻犧牲自己的時間、喜惡、家庭，甚至是自我。閱讀至此，不禁讓我省思我也是另一位阿莉嗎？

透過閱讀，我們經歷不同的人生風景；透過閱讀，我們可以省思自我內在。歡迎初入職場女性的妳，拿起這本書閱讀，更鼓勵已在職場浮沉已久的妳，透過閱讀這本書，省思自我。閱讀《宣戰》，讓妳的生活暫停、呼吸、再出發。祝福妳，奪回人生的主導權。

恭喜溫暖體貼的佳伶學姊出版新書

臺北市立和平高中／校長 溫宥基 撰

自序

二〇〇七年初夏，抱著滿懷的不甘心與疑惑，我離開了職場、離開了我唯一熟悉的生活方式。在那之前，我生活唯一的目標就是「努力工作、證明自己、獲得長官賞識、換得更多的金錢以求達到經濟自主」。而這個目標，卻在一夕之間，如泡沫般破滅。當時的我心中充滿怨氣，並沒有意會到這是上帝為我的健康、家庭準備的療癒契機。

因爲原生家庭所發生的事，我心裡一直有個很大的破洞。一方面，缺憾，逼著我不斷地努力，想要改變原生家庭的命運。另一方面，我又想要建立一個完整的家庭生活，好讓記憶中的破碎，得以過去，獲得我理想中的圓滿。之後，在我洗手作羹湯，家庭、親子關係眞的獲得修復。同時，我也做了許多題目的學習。主題含括了某幾個特定的產業，和現行商業環境中的問題及轉變。還有，就是想要挖掘在今日世界中，尤其是東西方世界對「領導」這個課題的看法。探索後的結果雖讓我雀躍，但是能爲這世界、爲我帶來什麼改變嗎？老實說，我還在努力拼湊整幅圖畫，想要找到新世界的面貌，跟自己新的定位。這一場預期以外的冒險，對於我最大的祝福，就是讓我得以成人之姿，以成人的眼光，重新去了解跟思考我成長期時，世界所發生的事。這些探索，讓我的內在孩童重新成長，也重新建構對世界的看法，拓展我的眼界，也與過去和解。

在我探索的期間，世界進行了一場大變革。二〇〇八年的金融海嘯捲走了許多人的致富夢；石油價格暴起暴落造成了綠色能源的崛起，可以一時出現令投資人傻眼的負價格，然後又捲土重來，高價再起。亞洲的韓國跟台灣，相繼出現民選女性總統；睡醒的中國，不甘於只扮演世界血汗工廠集中地的角色，積極挑戰美國的世界強權地位；美國積極推動泛太平洋區域經濟整合，中國也推出「一帶一路」政策，企圖將經濟版圖拓展到中東甚至歐洲，而在同一時間，歐盟卻面臨英國脫歐引起的崩壞危機、中美貿易談判引起新冷戰、各國債務高疊、金融秩序可能因爲長期低利率面臨前所未有的挑戰……。變革的規模，可比擬爲一次無聲的世界大戰。若從知識的角度，金融海嘯後的改變，眞的是目不暇給。我才明白，直覺裡出現的典範轉移（paradigm shift），比管理學書上寫得更加錯綜複雜。寫這本書的念頭，就在這樣詭譎多變的環境裡萌芽。

改變的浪潮所移動的速度、頻率與規模，比我們想像中更快、更多、更大。許多人，無奈的、被動的、默默的承受著分娩般的陣痛，在他們的生命中的各個層面進行著改變。每一個社會的中堅份子，往往是肩負最多責任的人，卻也是承擔最多掙扎的人。除了要面對生存的壓力，還得領著上一代跟下一代，釐清方向，一同找到通往未來的路。他們也是面對最多疑問、疑惑、疑慮、恐懼，跟拒絕的人。大部分的時候，也是期待跟要求在拖著他們的腳步。

這幾年，社會反商、反企業的聲浪，讓我很疑惑也很沮喪。多年以來，雖然自己過著的生活是以勞換酬的模式；然而，在每一個工作中，我著實地體會到，創新的商品和服務，是社會進步不可缺少的動力。而且，每一次的創新，都將世界帶到新的領域。也許，是一道阻隔的牆，讓我們的社會對企業界的人有所誤解。其實，在光鮮亮麗的外表下，充滿了很多小人物們奮鬥、流淚，可歌可泣的故事。他們無懼於因服從而致使身心靈的破碎，無懼於政策上導致的文化、法令落差，前仆後繼地踩踏在浪潮的翻覆中，在種種不可能的任務當中堅忍不拔，尋求逆轉勝的契機。

原生家庭與工作的苦難，塑造了我以目標為導向的性格。但是，在工作了一段不算短的時間後，許多問題不自主的從心裡發出。我曾納悶，這是否算中年危機的一部分？還是我本性就是屬於難順服、好思辨的那型？許多的問題，在我內心裡激盪不已，逼得我無法抗拒，非得靜下來整理，尋找答案，滿足內在對於眞理與知識的饑渴。

聖經有一段經文說：「你們得救在乎歸回安息，你們得力在乎平靜安穩。」在這段不平靜時間內，深入了解外在環境的變動與震盪，卻重新與自己內在核心的力量連結。這一段追尋之旅，讓我越發自覺渺小。人，在巨大浪潮的衝擊下，只是滄海之一粟。也發覺，一個新世界秩序已經儼然成形，正要展開。

考量讀者群的人口數，與自我成長的期許，這本書，一開始是用英文寫的，然後，我再翻譯成中文。是否出版，我內心掙扎了很久。一方面，覺得自己才疏學淺；另一方面，是害怕這本書達不到自己期待的價值。小說型態的故事，是我在深入考量後，認爲可能既是最好的溝通格式，也是呈現自己最好的模式。畢竟，在自己成長與追尋的過程中，文學曾占了相當程度的比例和份量。筆是輕的，整理自己卻是沉重的。如果，因爲我的耕耘，讓這本小說中的人物帶來迴響、省思，能繼續陪著一些人在未來的時空走下去，那我也心滿意足了。

在新世界來臨之前，回顧自己的歷程，我發現我們這個年齡層的人，剛好夾在傳統與開放中間。我們曾經目睹與陪伴過二戰後出生的長輩，與他們走過戒嚴前的不自由、物資艱難的困苦。在成長過程中，我們見證過世界經濟進入極度工業化的繁榮，體悟過條件式歧視與霸凌的痛，享受過非理性繁榮所帶來的便利，也體會過極度工業化對人性帶來的損傷。但是，也是因著幾個世代的忍耐與韌性，建造了一個非凡世界的面貌。我們這個世代，是那麼的獨特。因爲這份獨特，我想用一個故事，爲這一段時空留下聲音。希望藉由一個故事，爲這一段時空默默承受，卻結出愛、信心、盼望與義的果子的人，留下聲音。

我創造阿莉這個人物，想要爲共同走過這個時空的人，留下一個故事。自我成長的期許、職場上的挑戰、倫理責任的壓抑、情緒勒索，讓阿莉埋藏內心的未竟之事成了引爆點。當世界大談著提升女性的專業地位，擴增女性在領導權能的影響力時，期盼女性跨越隱形的文化地雷，獨當一面，相較於男性，女性在情緒的高感受力和對家庭的負擔，反而成爲女性在扮演領導職權的缺陷。如何使用女性領導力的優點，成爲一個技術性題目。

當職場中還在以異樣的眼光來看待情緒地雷時，在教會裡，有著不同於世界的律。這個律是上帝的律，卻帶下了深層心理醫治的關鍵——讓人在回歸聖潔、憐憫的愛後被接納；回歸在眞理下，人應過的生活方式，回歸上帝眼中眞實的自己。讚美、誦吟經文，在外人看似傻憨，卻是在實踐「與喜樂的同樂，與哀哭的人要同哭」的群體生活，帶下平等與謙卑。人心在信望愛的群體品格薰陶下，得以找回內在的力量與定位。在美善的文化當中，苦難得以分擔，群體文化也藉此被建造，孕育出一朵大愛的花朵。

故事中的威力和阿玉，則是根據我心裡對上帝的形象所塑造出來的人物。在人需要幫助、安慰，和智慧時，他們總是以僕人式謙卑的形影，溫柔地給予人扶持與力量。

人生，本來就是一場爭戰。在我們高呼人應該生而平等的同時，卻處處存在著不平等：財富的不平等、能力的不平等、性別的不平等、權利義務的不平等……，任何的不平等都可能把我們捲入黑暗當中。平等，卻得靠著意識上的堅持，竭力維護與達成。在這個世界裡，還有許多努力有待我們完成。然而，眞正能改變不平等的，不是威權的強迫，而是愛與慈悲的體現。愛，似乎不是人與生俱來的屬性，而是得窮極一生努力習得的功課。只有當人願意俯伏在比自我更崇高的精神之下，願意眞誠地以愛與慈悲來對待世界的人、事、物，才能戰勝內心的黑暗，離苦得樂，實現和平的喜樂。

雖然說新世界已來到，老實說，現今世界的狀態，依然很像《聖經》的第一卷〈創世記〉所描述的：地是空虛混沌，淵面黑暗。許多事情有待我們與下個世代繼續探索，繼續爭戰，繼續改變，繼續建造。這時候喊著「宣戰」，也是宣告性的自我喊話——向著不確定未來所伴隨的困難宣戰，向著自己的命運、傳統的包袱，向著不公平、黑暗，或是那個只敢擁有卑微信念、不敢擁有夢想的自己宣戰。若不宣戰，就沒有力量去推開過去的包袱，推開重圍，邁向充滿未知數與不確定的未來了。這也是我為什麼要以《宣戰》來為本書命名。

開始寫的時候，我是帶著迷惑寫的。一方面，寫作是極乾渴的梳理過程。另一方面，因為不知道寫作的冒險，會引領人到甚麼樣的終點，所以更讓人顯得無助。整個寫作過程，也是我跟自我搏鬥的過程。起點，從一個自己定義的「我」被消滅了。在那個階段，只能沉默地臣服在說不出的痛苦當中，小心翼翼地去觸碰自己內在的感受。接著，等到自己稍有能量去想、去寫，隨之而來的，是急著在吉光片羽般的經驗、記憶、尋找文字表達。奇妙的是，當文字把一塊塊的片段串起後，意義被整合起來。寫作的末了，我解決了自己的迷惑，也療癒了自己。理性和感性，終於恢復平衡。我突然領悟到：「我是眾人，眾人皆我。」的道理。這樣的領悟，讓我深感自由。

這本書並非一本抗議社會對待不公、要求女性平權的書，也算不上是一本描述職場權謀、勾心鬥角的職場現形記，但是你可以在生活中經常看到類似的人物出現在身邊，同樣的情節重複地發生，它就是一個生活的故事！

寫作跟閱讀是寶貴的資產，文學的世界讓我們得以從不同的觀點參與他人的世界。透過作家所建構、敘述的文字與世界，我們得以與那世界裡的人互動；我們內在的感受，藉由文字的共鳴，轉化成意義。不僅讓我們自己被理解，也讓我們能更多地理解人。透過這樣的互動，我們會成長得更寬廣，而且，越來越有同理心。

對於這意料之外的寫作機會，我衷心地感恩，正如對我人生中曾獲得的機會一般感恩。謹將最誠摯的感謝獻給我親愛的先生和我們的兩個孩子，謝謝他們在這段時間的包容和支持；還有許多為我打氣的好朋友、編輯，尤其是在我身旁一直以樂觀跟信心看待的先生。沒有他們的鼓勵，這一本書不可能完成！最後，感謝天父，是祂永遠不放棄的愛，讓我最終也勝過了自己的脆弱。

目錄

本小說爲虛構故事。所有的名字、角色、商業事件、情節，皆由作者透過時事、社會觀察、想像力與記憶所融合創作而成。本書所記載之地名、時間和事件則是爲了符合故事的主題而設計與創作。若有人物或情事與本書情節類似、雷同，純屬巧合。本故事所表達之觀點，爲故事角色之發想，不代表作者個人觀點。

謹獻給我在天上的父母！

一、難題

二〇〇五年十一月

頭腦清楚的人，對自己的人生，多半有個願景與自我期許。願景、自我期許、與能力結合，能讓一個人在專業領域成為翹楚，閃爍發光。至於，是否能打造出非凡的成就，則端看個人的聰明才智、努力、機運，跟環境的時勢。有道是，「英雄造時勢，時勢造英雄」。

阿莉不太愛講話，在人群中不愛出鋒頭，不長舌，不高抬自己。但若要挑選個認眞負責的人，阿莉的聰明才智、能力、負責的態度，絕對能讓她入選的。交給她辦的差事，她總是可以冷靜清晰地理出頭緒，找到重點，不推託，不拖泥帶水，三兩下搞定。做的事，常常都是先鋒部隊處理的疑難雜症。在這家公司裡面，眞要認眞列出個「巾幗不讓鬚眉」的排行榜，阿莉鐵定是榜上有名的。從基層做起，在升遷上，以女人家來說，她算是爬得快的。

會走到商業領域的人，說穿了，都是為了賺錢，在生活上有物質的需要。只是，完全以金錢做爲行動出發點時，最終都會落於偏頗；甚至，可能會因爲心盲跟貪婪做出錯誤的決定，而淪入罪惡的挾制或陷入萬劫不復的苦楚。動機，才是一個人能否全心投入、熱情奔放的理由。有純正動機的人，愛人愛己，界線分明，經得起考驗和誘惑，隨時保持旺盛的動力與清醒的觀察力。做事沒有純正動機的人，頂多交差了事，過得不快樂，攪和著過日子。動機偏頗的人，就算再怎麼遮掩、自圓其說，還是會含混迷糊，往泥濘裡面打滾，最終總免不了失去人性，成爲有肉體無靈魂的活死人。

跨到商業領域，並不是阿莉對人生的首要選擇。可是，不知道怎麼解釋，每逢到了人生的關鍵轉折點，往商業領域的路，就自然打開，機運自己降臨。大概也是年少時，家裡經商出過狀況，因爲這樣，對於正當生意的知識，阿莉生出強烈的動機，願意多方面的學習跟嘗試。由於有強烈的動機，阿莉耐得了吃苦和煩躁；別人不愛吃的苦、花的功夫，阿莉總是願意彎下腰桿子去做、去學。不論是專業能力、反應度、連敬業精神，都可以被看成是標竿。一路，就這樣悶著頭一步一步耕耘。

因爲不是出於甘心樂意的選擇，講到願景跟自我期許，阿莉總是有些奇怪的矛盾情愫。就算做得再好，她總是對自己的人生目標有些遲疑跟懷疑。這幾年，阿莉沒有自覺到自己杵在一個尷尬的光景，總要勉強自己爲了名譽、家庭責任，「做」出敬業；讓她全心投入、燃燒熱情的動機，似乎岌岌可危，飄渺無蹤。

*****

傍晚六點鐘，辦公室裡面絕大部分的日光燈都已經關掉了。一排高級主管的辦公室門，也都已經關閉。整個辦公室沉寂得有點可怕，整片漆黑，只有阿莉一個人還坐在她的位子上，眼睛一動也不動地直瞪著筆電裡的工作表，一大串的數據，被整合成好幾張巨大的 Excel 工作表。

下班前，這些檔案才從財會部傳給她的。一整個星期，全公司總動員，就爲了完成下個年度的預算。根據業務部門所給的全年銷售預測，公司裡每個部門都卯足勁來討論跟規劃整個年度應該做的工作計劃；這些工作計劃好不容易塵埃落定，最後轉成數字彙整在一個大檔案裡面。整個星期，公司鬧哄哄的，在每個部門丟出作業後，突然沉靜下來。至少，暫時是塵埃落定了。

「誰應該對公司的損益負責？」下班前，老總在關上他辦公室的門之前，突然對著阿莉的區域大喊了一聲，似乎是對損益這件事提出質詢。

老總前腳才走，不一會兒，阿莉桌上的電話就響了。電話是財會部經理淑玲打來的。

「阿莉，是我，淑玲。」

「什麼事？淑玲。妳不是忙著彙整預算的檔案嗎？一切都還好吧？這一個星期下來，你們部門該是兵荒馬亂的吧！」阿莉小心翼翼、友善地試探財會部的作業進度。

「還說呢……不過，我們應付得過來啦！工作就是這樣，沒得商量。妳還沒有要下班吧？老總剛剛交代，要我把匯整後的預算交給妳。好在妳還沒下班，一會兒妳收一下郵件吧！妳收了郵件後，我才能放心下班。」淑玲的語氣，低沉又謹慎，讓阿莉不由得緊張起來。

對這個突如其來的狀況，阿莉眞的有點不知所措。她該怎樣詮釋老總下班前丟下來的疑問呢？按照公司層級跟職權來看，公司的損益工作，應當是老總自己的責任，也是他底下協理的責任。他們才是當爲公司的損益把關的人。協理，比老總還早一個小時就下班了。下班的時候，不吭一聲就離開了。

阿莉被安排到這個職位之前，跟過老總做了幾年事。跟老總做事，讓她學到一件事，就是絕對不要質疑老闆的任何作爲。如果老總要淑玲把整合的預算轉給她，大概就是要阿莉先過濾問題，事先做些分析，這樣老總才知道要往哪個方向下對策。

「那麼，妳把預算 mail 過來給我好了。」阿莉深深嘆了口氣。

「妳要小心一點喔，不要動到裡面的任何數字。」淑玲謹愼地提醒阿莉。

「放心好了，妳儘管下班吧！我哪一次不是小心翼翼，我不會動到檔案裡面的數字的。交給我來煩惱就好了，妳回家吧，明天見。」

公司裡面，淑玲算是阿莉可以講講話，也有一點交情的同事。淑玲算是個特例，她為人公平、和善、心胸開闊，而且講道理。

一開始，被安排來負責這個新部門時，阿莉就預期到會有狀況發生。「讓一個幕僚部門來管控公司的營運效率，眞不清楚協理心裡在盤算什麼？」阿莉忍不住嘟噥。如果她能管得好，公司就能夠成為 MBA 課程的最佳案例。如果，她管不好，扮演的角色拿捏不當，全公司的同事可能會把她這個新創部門當成是高層主管的紅衛兵。進退都是兩難，她早就猜想到，未來這一年不會太容易，否則，協理也不會天外飛來一筆生出這樣的部門，交給她負責了。

不一會兒，阿莉收到檔案。為了節省時間，阿莉一手握著滑鼠，一個個點開那些工作表。另一手握著手機，迅速靈巧地撥了一個電話。電話響了一下，接聽的是個斯文又溫柔的聲音，「喂……。」

「老公，是我，阿莉。」

「怎麼啦？」

「今天，可能又要加班……」

「又要加班？搞什麼？」男人的聲音顯然有點惱怒，說罷，無聲的寂靜。

「阿信，對不起，這個工作就是這樣嘛。我想，等進入軌道後會好一點。」阿莉幾乎是用一種乞求的口吻回應。

「聽著，阿莉，妳的工作絕對不會變得更好。妳加班的狀況持續多久了？那只是一個工作，妳沒有必要賣命，知道嗎？妳已經幫他們做太多了，不應該讓他們那樣壓榨妳。」

阿莉不知道該怎麼回應，只能用靜默來回答。

電話另一頭傳來一聲長長的嘆息。然後，阿信冷漠與毫無起伏的聲音打破了短暫的寂靜：「算了吧！我已經不想說了，那是妳的人生。妳媽走後，妳就變成不可理喻的工作狂。不，應該更早。早在妳爸走之前，妳就是一個瘋狂的工作狂。妳到底要讓妳的不安全感控制自己多久？」男人在電話那頭冷冷地質問。

一次次的意見不和，讓阿莉很緊張。這情況已經不是一天兩天的事了。阿莉知道先生阿信一直很渴望擁有家庭生活。可是，阿莉始終沒有準備好滿足他的期待。或說，對於這一件事，她直到目前都沒有意願，也沒有渴望。她認爲，一旦她的夢想達成後，阿信的這些願望，自然而然就水到渠成了。

打電話給阿信時，已是傍晚六點半。阿莉心裡盤算著，接下來的兩個鐘頭要好好地專注在這些數據上，至少得把各部門的計畫跟預算完整地看過一遍。看著那些試算表，她心裡頓時明白過來，這件事相當複雜，怕是得花些時間來奮戰。阿莉估算要完整看過所有資料，可能不只半天，必須專心一整天才能消化完。然後，應該還要花個半天到一天的時間來做模擬的試算。

「老公，不要那麼說。這不是壓榨，工作就是這樣嘛。我會盡快完成，趕快下班回家，好嗎？餓了的話先吃飯，不要等我。」阿莉輕聲細語地說，深怕又觸怒了阿信。今天晚上，她已經沒有體力應付任何壓力了。她心裡暗暗地禱告，但願今天晚上除了跟這個難題抗戰以外，回到家後，不用再跟阿信的情緒風暴周旋。她還在想，該說些什麼話讓阿信消氣。阿信聽起極度地冷靜，她知道，當他非常生氣的時候，就是這樣子。當他生氣時，說什麼都沒有用。看來，回家後，避免不了一場情緒冷戰。

「隨便妳吧！」沒等阿莉接話，阿信悶聲不響把電話掛了。

阿莉坐在桌前發了一會兒呆。然後，深深吸了口氣，把手機放在一邊。她趕緊抓起一支筆，拿出筆記本，想辦法讓自己的思緒平穩專注。其實，兩人婚後就不斷爲阿莉的工作狀況而爭吵。阿莉極度想要有個事業，所以，完全被工作掌控，整個心思都放在工作上。阿信只好妥協，接受一個在家心不在焉、工作至上的老婆。

上個星期，阿莉的公司剛完成了另一次的組織調整。根據兩個大客戶的量產計畫，公司要從五百人成長到一千五百人。公司在台灣維持著五百人的編制好幾年了，整個營運，除了研發、業務、財會，跟一些行政部門外，還有兩條近兩百人的生產線。

根據最近剛談好的案子，公司得馬上擴張，而且得在很短的時間內完成，才能應付得了客戶的出貨計畫，這不過是一個月前的事。照客戶的需求，新的出貨計劃得從隔年一月開始啓動。不足的生產力得從中國大陸支應，這星期內，製造部門也規劃好了產能計畫，至少要延攬一千名作業員，才足以因應。

公司裡的每一個人都很清楚，接下來必然會有很多變化。面對這樣的成長速度，阿莉不敢想像，同事們要怎麼應付將來的挑戰。一個月內，大陸工廠要召到將近一千名作業員，光是面試、教育訓練，就有忙不完的事。她眞的不知道，工廠要怎麼辦到？

幸好母公司在大陸有一座很大的工廠，他們可以跟集團承租工廠的場地，眼前還不需要煩惱硬體設施。對此，上層主管早已經談妥。現在需要做的，就是確保在量產之前，所有的事情都布署妥當。這些布署工作，包括建構不同的工廠部門、產線、當地工廠的物料供應、作業員的技術，還有很多營運所需要的工作制度與程序。基本上，就是在什麼都沒有的基礎上，建造好一個能夠運作的工廠。更令人發顫的挑戰是，這個工廠要能立即運作，沒有機會和時間預作學習。什麼學習曲線，完全沒那回事。沒有所謂嬰幼兒期或兒童期的階段，工廠必須像個成熟而且強悍的大人一樣，馬上面對、迎接所有的挑戰。所有的主管早就動員起來，根據預算上的銷售預測，準備好一套工作計劃來對應客戶的需求。事實上，現在正是關鍵時刻，預算裡所有整合的資料都非常非常重要。

做爲一個員工，阿莉有很多優點。但是，她的主管特別欣賞的，應該是她懂得察言觀色的能力。阿莉跟過的老闆，從來不需要跟她解釋太多，因爲，她總是可以根據收到的訊息，做出正確的判斷跟行動。因此，這時候，她研判，老總應該急需知道，這版預算能不能讓公司獲利。如果沒有獲利的話，可能得砍掉一些工作、或降低成本，把獲利給擰出來。

不管怎樣，在這關鍵時刻，阿莉不能逃避責任。她不想跟阿信爭吵，也不想把自己工作上的壓力轉移給他。看著那些試算表，她很快下了一個決定，先做一版損益的模擬試算看看。

「天啊！怎麼那麼糟糕！」損益模擬出來的結果，讓阿莉大爲訝異。根據預算的營收，材料成本跟製造成本、管銷的費用，這版預算是虧損的。阿莉深怕有任何疏漏，來回小心地檢查，然而，損益模擬的數字，跟匯整在檔案中的資料，全部正確無誤。

時間飛快，阿莉瞄一下時間，已經八點半了。若等下順路買點吃的，回到家差不多九點過後了。她迅速關上筆電，裝到帆布背包中，從皮包中撈到了車鑰匙，準備下班回家。一整天下來，已經疲憊到頭腦發昏。可是，她心裡面還在煩惱，回到家後，該怎麼做，才能讓阿信消氣。

*****

阿莉踱著高跟鞋，一步一步地爬著樓梯，除了左肩上的皮包，跟背上背的筆記型電腦，手上還拎了兩個塑膠袋。左手提的塑膠袋，裝的是她剛繞去夜市買的宵夜，右手的塑膠袋裝有一手海尼根啤酒。每一次她想逗阿信開心，或是要跟他和解時，總會幫他準備上幾瓶啤酒。

「親愛的，我回到家囉！」她一邊喊一邊關上身後的門。進到屋子裡後，她先走到那張松木餐桌，把手上的東西放下。家裡頭，只有幾件傢具，有些是房東原本就擺在公寓裡的，有些，則是他們自己添購的。除了電視的聲音以外，沒有任何人聲回應。臥室的燈是亮著的，阿信應該在家。她走進臥室，阿信躺在床上看電視，故意忽略她。

「吃過晚餐了沒？我買了一些小吃，還有啤酒。」阿莉輕聲細語地說，小心翼翼地試探阿信的反應。

阿信悶不吭聲，皺著眉頭，兩條眉頭紋都陷進眉頭裡了。

「我猜，妳一定還沒有打電話給兒子們，是吧？」阿信終於說話了。

聽到他開口，阿莉鬆了一口氣。「嗯，還沒。我是想打。」她慢慢地說，深怕他發怒。

「趕快打過去吧，不然他們要上床睡覺了。」

「好，我馬上打電話過去。我把啤酒跟宵夜放在餐桌上喔，等我跟他們講過電話，就過來陪你。」阿莉衝到電話前，撥了一個號碼。

接起電話的，是一個很稚氣的聲音。「媽，妳怎麼那麼晚啊？」

還有一個稚氣的聲音在背景喊著，「爲什麼總是你先？」一整天下來，阿莉總算笑得出來了，這兩個小男孩的聲音，總是有股魔力，能讓她開心起來。

「對不起啦！媽媽今天很忙。今天有一件很重要的功課，做完了，才可以回家。你們今天還好嗎？在學校乖不乖？」

「我很乖，我的功課已經寫完了，可是小丹還沒有。」

「亂講，我沒有功課。」另一個稚氣的小男孩在背後喊著。

阿莉笑起來了，跟兒子說話的聲音，顯得仁慈而有愛心。「乖兒子，媽咪愛你喔！你眞棒，再過兩天就是周末了，你們就可以看到爸爸跟媽媽了。把電話給弟弟，讓我跟他講幾句話。」

「媽媽，哥哥說謊。我沒有功課，老師說，下個星期一才要交功課，我想等妳回來陪我一起做。」小丹委屈得幾乎要哭出來了。

「乖小孩，功課是什麼？媽咪回去會幫你的。」阿莉試著安撫電話那一頭的小男孩。

「是一本繪本，叫……紅沙發什麼的……老師要我們找一張最喜歡的圖，然後畫在功課簿上。」小男生呑呑吐吐地說。

「喔！那你看過了嗎？有決定好，哪一張圖是你最喜歡的圖畫嗎？」阿莉把講話的速度放慢，怕小丹聽不懂她的意思。

「哈哈！我…不…知…道。我不知道。」小丹說完，在電話另一頭傻傻地笑起來。

「你不累啊！你不是該上床睡覺了嗎？」阿莉的語氣頓時溫柔，和緩地說。

「我還不累，我不要睡覺。」

「乖孩子，該上床睡覺了。過兩天是星期五，可以看到爸比跟媽咪了。」

「嗯，媽咪，我愛妳，還有，哥哥也說，他愛妳。」小丹淘氣地回答。

「我愛你，小乖乖，晚安，要乖喔！」聽到電話那一頭掛斷了，阿莉才把電話放好。

阿莉還在講電話時，阿信已經在餐桌前等候，宵夜都放到盤子裡，啤酒也擺好、開了，一瓶在阿信的位子前面，一瓶在阿莉的位子前面。擺好了兩副碗筷後，阿信就坐在那裡等。

他們有一張小小的餐桌，那是房東的家具，剛剛好夠四個人坐。阿莉湊過來餐桌前，阿信正低著頭禱告。

「謝謝你等我。」阿莉等他禱告結束以後，才開口跟他說謝謝。

「沒事！趕快吃吧，不然滷味都要冷了！」阿信吐了長長的一口氣。

*****

早上八點半，阿莉準時進辦公室。今天，她早了半個鐘頭，每回一有壓力，她就會早早早地進辦公室。昨晚，她一夜淺眠。明年預算損益的模擬結果，讓她很煩惱。看起來，虧損還蠻大的，不是在材料上殺價殺幾個百分點，就可以解決問題的。一想到這，她就渾身焦慮。

按照職權，阿莉要直接對協理報告。剛剛完成損益模擬結果時，她有點不知所措。如果不是老總那一句突然的發問，她還不會遲疑。這下子，怎麼把這份損益模擬結果報告出去，她眞的有些猶豫。如果她夠叛逆，因著老總丟在半空中的問題就自己搞起來的話，說不定會讓她掉到那個模稜兩可，曖昧不明的陷阱裡面。不然，她也可以越過協理，直接跟老總報告就好。但是，再三考慮之下，她決定還是遵守工作的規範。

所以，昨天晚上，趁著阿信睡著以後，阿莉悄悄地爬起來，把剛完成的這一份損益模擬結果寄給了協理，也給老總一份副本。今天一早，她早早地進辦公室，就是想看看，協理跟老總會不會有新的指示下來。

辦公室還沒開始忙起來。在這個大辦公室裡工作的，大部分是研發工程師，業務，財會的職員，還有一些行政職員。今年大部分的專案都已經完成試產了，辦公室裡絕大部分的研發工程師，都去過大陸的工廠交接專案了，現在剛好是一個空檔。公司也趁著這個空檔發動預算計畫。專案計畫的每一個階段，通常要走上六個星期。如果遇到材料出狀況，或是在作業員的技術和工程上出了問題，時間可能會拖得比一個半月還長。但是，很自然地，專案的成員都把四十五天當成是完成一個階段的關鍵績效指標。很多年輕的工程師最喜歡試產這個專案階段，因爲可以跟大陸工廠的生產工程師接軌。

試產也是讓專案成員最緊張的階段——這是開發工程師最大的考驗。當設計被導入到產線時，設計的產品就要開始被產線檢驗。一旦進入這個階段，一切都以時間的效率來評估。設計被導入產線之後，任何差錯和延遲都是不被允許的。只要稍有差錯和延遲，造成產線的當線，就會產生莫大的損失。

設計被導入產線後，接下來，所有的事情就是產線的責任。無論發生什麼天大地大的事，產線都要負責生出產品來。試產的結束，對研發工程師來說，是責任解脫的時刻，也是所有的人都筋疲力竭的時候。

製造端的員工看起來好像只要做傻瓜工作，其實不然。當研發跟製造工程銜接的時候，才是需要緊鑼密鼓的溝通和學習的開始。然後，製造工程，就要開啓一連串機械性的制式工作。要訣是得要夠快，把該追齊的都追齊，餵養那個好似無底洞的生產線。產線消化得越快，就要餵它餵得更快，然後，這樣的循環不斷地進行。

這是個跟時間賽跑的激烈競賽，需要極度的耐心、服從、紀律，跟體力。不管一個人多麼冷靜、隨和、淡定，只要待在生產工廠的氛圍當中，不用多久，腎上腺素一定會火速上升。對於大部分的專案成員來說，試產讓他們有五味雜陳的情愫。一方面，大家都希望手上的專案能早點脫手，移轉給產線；另一方面，他們也很緊張，深怕下游的對口不接受他們的設計。

看起來，量產啓動前，大部分的專案有一段短暫的時間，可以稍作喘息。大部分的人，應該都累斃了。接下來，等聖誕節跟新年假期結束，又要開始忙起來。這個辦公室的人，要嘛，又要忙著準備新專案，要嘛，就得幫忙產線解決問題。

阿莉靜悄悄地坐在位子上，默讀著昨晚整理的模擬損益表。從上到下，她試著解讀這些數據。顯然，需要做的溝通亘的不少。業務的報價是負毛利，研發部門有不少的專案要開，投入的研發費用很高。研發計畫的投資，在任何時候，都是公司的驅動力，但是，如果沒有專案來支持研發計畫的投資，將會是災難一場。除了觀察到的這些，最重要的，所有部門估算的人力需求跟部門費用都創下歷史的新高。這看起來又好像是合理的，因爲明年的產量，也會是飛躍式的爆發性成長。

到了九點半，辦公室開始有些聲音，也忙起來了。協理終於進了辦公室，他辦公室裡的燈，總算亮了起來。阿莉的座位隔著一排行政助理的位子，跟一個走道，就在協理辦公室的外面。電話響了，她迅速接起來。正如她料想的，是協理。協理要她去他的辦公室。

「早，阿莉，坐。」協理以慣有自信與充沛的精神招呼，他抬頭看了阿莉一眼，然後就把注意力移回到他的筆記型電腦。阿莉走到協理的辦公桌前面，坐了下來。

「妳昨天晚上發出的電子郵件，是什麼意思？」協理開口問阿莉。

「老闆，我把全公司預算，做了一份模擬。昨晚的檔案，是模擬的結果。」阿莉用很低沉又謹慎的聲音解釋。接著，協理安靜了一陣子。阿莉不確定協理是不是完整地消化過郵件裡的內容，還是，協理心裡有其他的盤算？協理還是低著頭看電腦，專注，頭也不抬起來。

「阿莉，妳知道爲什麼這次組織變動，我特別成立妳這個新部門——營運效率部？」協理問。他終於停下來，不再敲鍵盤。

「是的，我清楚。公司正快速地成長，眼前有很多挑戰；在轉變的過程中，要確保每個功能正常地發展、合作，健康地成長。你的想法是要讓這個幕僚的部門，在內部協助你，監測各個部門的狀況，也跟他們溝通。如果遇到任何問題，可以提早防範跟解決。」阿莉覺得協理的發問，好像透露出一些懷疑，所以她想辦法用最好的態度和專業來回覆，好說服協理，她有足夠能力勝任。畢竟，協理是她的直線主管，他的肯定，會影響阿莉在這個公司的未來與發展。

協理靜默了好一會兒，對於阿莉的回答，他沒有回應。終於，協理開口說話，緩慢，卻也生氣勃勃地。「該做什麼，把公司的損益轉爲正的，妳就去做吧！記得把妳所下的行動，跟溝通的事，都給我一份副本。就這樣吧！」說完，協理馬上把注意力轉回到他的筆電上。

阿莉知道，這是他們這次對話的句點。她站了起來，迅速地離開。

「天啊！需要克服的挑戰跟溝通真不少，我該從哪裡著手啊？」阿莉心裡忖度著。「這真是個艱難的工作啊，真希望上帝保守我，也保守這家公司安全地度過難關。」

*****

阿莉決定要了解預算虧損的原因，她需要深入挖掘、探究裡面的問題。對於整張損益表裡面的數字，她必須要從上到下，做仔細與深入的了解。自然地，業務中心是她第一個任務。業務的報價，是她第一個要了解的目標。她走到業務中心的處長，阿旺，的位子。阿旺剛好在位子上，坐在電腦前，專心一意地瞪著電腦螢幕。

「早啊，旺哥。」阿莉跟旺哥打招呼。

旺哥把眼光從電腦螢幕前移開，抬頭看了阿莉一眼。

「嗯，早。」旺哥平淡地回覆，注意力又移回電腦螢幕前。

「旺哥，我得跟你討論一下預算。」阿莉急切地破冰，希望將旺哥的注意力轉移到她要談的話題上。

「預算怎麼啦？我們每一件事都是按照公司的規定辦的，有一定的審核程序。妳要不要跟我底下的那幾個業務經理，阿雅，阿琳，跟筱薇談。」旺哥以制式、機械化的口吻回答，還是專心地看著電腦螢幕，頭也不抬。

阿莉只好走開。事實上，如果不是因爲工作的需要，她最不想接觸的人，就是旺哥。自從她加入這家公司，也認識旺哥好幾年了。按年資，旺哥比她資深。跟著公司這幾年的成長，阿莉已經被拔擢到跟旺哥一樣的職級了。雖然旺哥是業務主管，但業務部門的一些管理工作，協理卻交給阿莉。阿莉又是重紀律的人，每件事都得按部就班，問個清楚分明。按這樣分權式的分工，旺哥跟他的團隊，不把阿莉看成威脅才怪。這幾年，公司的發展像是在波濤洶湧的大海航行一樣，困難重重。阿莉的警覺心與勤奮的態度恰好是最佳戰備武器，倒也讓她關關難過，關關過。不知道爲什麼，旺哥跟他部門裡的人，處處躲避阿莉，阿莉總是感受到一股隱形的拒絕跟敵意。不管如何，阿莉努力忽略心裡的感覺，提醒自己，表現專業跟友善。

阿莉找到旺哥手下的三位業務經理。這三個業務經理，都是年輕有爲的女性，兩個負責 OEM 客戶，一個是負責重要的產品線。阿雅的客戶，對於公司是很大的祝福，可靠，有信用。因著這個品牌客戶，公司才有機會運用他們所研發的技術，穩定的成長跟擴展。阿琳加入公司才不到半年的時間，馬上就接手了筱薇原本負責的另一個 OEM 客戶；筱薇則專責負責一個產品線的銷售，這個產品線是公司重要的獲利來源。

她們三個人坐在自己的座位上，每個人兩旁，坐著自己部門的專案經理跟業務助理。

每個位子中間都有屏風隔開，高度差不多就只有到胸前。站著的阿莉，可以清楚地看到每一個人。阿莉先過去找阿雅。

「嗨，阿雅，方便打擾妳幾分鐘的時間嗎？」阿莉很有禮貌地問。

「可以啊！什麼事？」

阿莉清一清喉嚨，然後說：「是預算……我模擬後，看起來有狀況。我需要跟妳們談談，了解明年專案的售價。」阿莉不知道阿雅是不是了解她的問題，還是她自己不了解阿雅。阿雅的笑容跟語言，總是跟他們應該代表的意義格格不入。因爲工作，她們有互動的需要，照理說，她們應該要培養出革命情感，變得更親近。可是，阿雅的笑容與語言，總讓阿莉覺得受歧視跟憎恨。就像旺哥給她的感受一樣，她甚至無法解釋爲什麼會有這樣的感覺。此刻，阿莉只好忽略直覺告訴她的訊息。

阿雅抿了一下雙唇，做出微笑的嘴型，「我們做錯了什麼嗎？」

「喔，不是的，事實上，很感謝你們的合作，配合公司的要求，這不是我發問的原因。」阿莉的大腦正轉個不停，思考著該怎麼做，才能發掘這份岌岌可危預算背後的眞相。她得要謹愼處理。她覺得自己有義務防衛公司，虧損的消息需要適當的包裝處理。太多的負面消息會讓公司員工失去信心，然後退縮、離開。

一旁的阿雅，右手撐著下巴，左手仍然放在她的超薄索尼 VAIO 筆記型電腦上，「姐姐，那跟我們有什麼關係嗎？」她質問阿莉。

「我……我在想，你們知道明年專案的報價是負毛利嗎？」阿莉深深嘆了一口氣。把事情講出來，頓時讓她輕鬆。讓她驚訝的是，對於這個訊息，阿雅絲毫沒有強烈的反應。

「姐姐，我想妳比任何一個人都清楚公司的業務管理程序，因爲這些管理的程序，是妳建立的啊！」阿雅嗲聲嗲氣地回覆。

「阿雅，話是這樣說沒錯。可是，程序是關於報價前是不是詳細地計算過利潤，跟獲得適當的授權？」

「那麼的話，我可以跟妳保證，我們的報價，都經過授權。如果妳不介意的話，我還有事要忙。」話一說完，阿雅雙手回到筆電上繼續打字。她的雙眼直視著電腦，專注到好像阿莉是空氣一樣。

用膝蓋想，阿莉也讀得出拒絕的訊號。很明顯的，阿雅已經關上溝通的門。「明年專案的報價，都經過授權。」她已經表明，做到份內該做的工作。阿莉忍不住想，從阿琳跟筱薇那，會不會也得到相同的回答？她最不擔心的是筱薇的部分，因爲筱薇的客戶，是公司主要的獲利來源。她比較擔心阿琳的案子，阿琳的專案報價顯然更低。就算他們努力去殺材料的價格，阿琳的案子的利潤，根本就是九牛一毛。

跟阿琳的對話，證明阿莉的直覺是對的。她的答案，跟阿雅說的如出一轍。如果不是整個業務部門變得詭異難以捉摸，那就是，他們壓根兒就相信，他們所報的價格一定可以實現。阿莉一邊走回她的位子，一邊嘆氣。

「我的上帝啊，我該怎麼辦啊？幫幫我吧！」她的心很沉重，一邊想著，下一步該做什麼？

按照損益表的次序，下一步她能做的，就是跟採購處長談一談，看看有沒有機會讓採購物料的成本再降價。第三件事，則是處理公司的管銷研費用，也就是說，部門估算的薪資和費用，得精簡化、減少浪費。能夠行動的時間不多了。

「馬上就是十二月了，就算我們有一整年的時間努力，降低採購物料的成本，管銷研費用該怎麼辦啊？員工需要薪資生活啊！如果是這樣，那也只能接受了。」阿莉深深嘆了一口氣，她在心裡喃喃自語，「上帝啊！拜託祢幫幫我。拜託祢，幫幫這家公司吧！」

二、屋漏偏逢連夜雨

二〇〇五，冬天

辦公室開始忙碌起來，很多聲音——電話的響聲、機器操作的聲音、水流動的聲音、敲打鍵盤的聲音，在那裡唱和。偶而，有年輕人說笑嬉鬧聲。背景裡的對話，參雜不同的語言與性質。有時，是中文的提醒電話；有時，是英文交涉的對話；有時，是辯論的對話。對好奇的聽眾，這些對話，倒是有趣的測驗，挑戰我們的智性。

身體雖然被吵雜的聲音包圍，阿莉的心卻很沉重。業務中心只有一個態度，沒打算跟她合作。在業務部門碰壁，現在，只能往其他區塊找尋解決方法。她踱步回到座位，接著，想到跟位於她後方的生管採購部門討論。看起來，減低物料成本是唯一方法。她找到生管採購部主管，阿瑞。

阿莉湊近阿瑞的座位，在他座位上的隔間屏風敲了一下。

「嗨，阿瑞，你今天好嗎？」阿莉小心翼翼地探測著。

「妳也知道在這家公司，工作是什麼樣子。怎麼啦？有事跟我談嗎？等我一下。」阿瑞舉起一隻手指頭，示意阿莉，一邊敲著電腦鍵盤。敲打一些字之後，他將注意力轉到阿莉。

「好了，我可以專心聽妳說話了，這個年度盤點讓我很頭大。再過兩個星期，就是年終盤點了，我得讓部門裡的同仁預備好。怎麼啦？」阿瑞很友善，可能是個性使然。為了要符合即時生產管理的標準，他無時無刻都在為上游工作夥伴提供資訊，確保部門表現維持在高峰，達成準時生產（JIT）的要求。

「我們可能得花一些時間談，你最好空出時間，我需要你專心檢討明年的預算，了解全貌。看起來，有不少的事要做，很多事需要你跟你部門的幫忙。」

阿瑞沒有一點驚訝的感覺。

「明年的預算，是吧！我一直期待有人跟我討論，我以為協理會主導。」

「是啊，是由協理帶領，不過，他授權給我管理了。看來，這事是又急又重要，我們越早討論越好。」

阿瑞專注地聽，他雙眼紅通通的，很多微血管在他雙眼的眼白浮出來。阿莉猜想，昨晚，阿瑞大概又加班到很晚，又睡眠不足。阿瑞的盡職跟熱誠，讓人沒話說。即使經常睡眠不足，阿瑞還是非常活躍，反應靈敏快速。

「很糟糕嗎？別擔心，我們一起看看。這是我份內的工作。」

聽到阿瑞這樣說，阿莉放心許多。

阿瑞看著桌上的日曆，回答阿莉：「這樣好了，午飯後，我們來討論這事。午休後我有個空檔，如果討論不完，明天上午十點我們可以再繼續。」

「好，就這樣辦。阿瑞，你的部門眞是救兵。」

「還用說嗎？我早料想到了，我們盡力就好。」

「檔案跟資料我會準備好。我會幫你帶一杯咖啡，我請客。」

總算有進展，阿莉稍稍放心。她急切地盼望，更多不確定的事能夠被妥善地確認下來。然而，她心裡明白，這個組織正在成長。要驅使成千個員工往同一個方向行動，不是容易事。跟同事緊密的合作，是唯一的選擇。

「改變正在進行，浪潮般的改變，馬上就會臨到。我該想辦法，在工廠那設個連絡窗口，要由有經驗、堅強的人來幫忙溝通。」阿莉的思慮漫無次序地跳躍。

時間已是下午一點半，阿莉準備要跟阿瑞開會。除此之外，她決定要讓她部門裡的莎拉來負責這一件事。早先，她跟部門裡兩個同事談過工作分工的事。部門裡，只有莎拉跟維妮兩人。阿莉決定，讓維妮負責看著大陸工廠的營運，莎拉則負責看著大陸工廠以外的營運。

決定宣布後，阿莉留意到維妮的沉默。從公司還沒有幾隻小貓，一群人篳路藍縷開拓耕耘時，維妮就跟著她工作。這一次組織調整之前，阿莉特別買一個魚缸送給維妮，做爲感謝禮物。她想，如果維妮對她的決定不高興的話，應該會開口跟她討論，可是，這一回，維妮卻很沉默。

「維妮，妳的金魚還好嗎？」阿莉靠過去維妮的位子，輕聲地問候。

「都死了啦！」維妮冷漠地回答，瞪著桌上的電腦螢幕。

「怎麼會？」

「有人把它們毒死了。」

「誰會那麼殘忍，毒死這些金魚？」

不知道怎麼地，維妮對阿莉關閉心門。組織調整後，阿莉跟維妮之間有了一道牆。她們的相處，不再那麼融洽跟和善。其實，阿莉知道原因，問題出在組織調整後的升遷。可是，阿莉看到的是，她得爲自己和部屬預備好，迎接新的挑戰。如果度不過這個關卡，很可能她們都會變成廢材。維妮的冷漠，讓阿莉非常的困擾。但是，除了刻意忽略，展現信任，她也無計可施。

「阿莉，我了解現在的景況，要減少的成本十分龐大。我們人手不多，供應鏈又是那個樣子。算算上千項的零件，卻要區區幾個採購負責，加上大部分的廠商都轉移到中國大陸，對我們是雙重負擔。這一來，我非得在中國大陸工廠設立一個團隊管理。」

「阿瑞，眼前的難題很大，如果我們不想辦法，明年，大家可能都得回家吃老本。這樣好了，你來負責處理外部的採購，內部採購我來幫忙。」阿莉向阿瑞解釋，她突然有這機智，所說的也都合理。

阿瑞嘆了一口氣，「是啊！我們先採用 80/20 法則，把目標放在價值最高，跟數量最大的項目。妳得給我一點時間執行，我們可能得花上一兩個星期的時間，把消息發出去，好讓供應商能夠回覆。」

阿莉看著那些零件表，她向阿瑞補充說明，「一兩個星期的時間足夠了，我想，你也該趁這個機會，跟你的部門知會一聲，進入戰鬥模式。」

「妳說，哪天不是戰鬥模式？」他們四人對看，深深吸了口氣。接下來巨大的挑戰，不知道能不能扛得起來。

「阿瑞，我會讓莎拉模擬計算每個機種要達成的目標成本。生產開始，我們會事先給你們目標，好讓你們有時間預先行動。」

「聽起來可行，那就這樣說定了。我想，我們會工作得很愉快。」阿瑞回應。

他們達成了共識，訂下了解決的方法。就在會議結束之前，阿瑞突然拍了阿莉的肩膀，「阿莉啊，可以私下講幾句話嗎？」

「沒問題啊！」阿莉跟莎拉打了一個信號，要她先離開。

「阿莉啊，雖然說，妳部門的工作分配，不關我的事。可是，維妮呢？組織調整之前，一直都是她跟我們配合的。」

「唉！」阿莉嘆了一口氣，「我很高興你問起。我知道她對我的決定不開心，她大概覺得我把她的貢獻挪走，給了別人。可是，事情不是這樣的。我純粹只是考慮到不同階段的挑戰，還有她們在工作上的成長。明年，中國大陸的製造端會非常忙，我需要一個可以信任的人，待在那裡幫忙。事實上是，我想我們都會被壓縮跟強迫成長，只不過，被壓縮跟強迫成長，並不是愉快的過程。」

阿莉站在會議室門口發呆，眼睛凝視著辦公室遠遠的那端，眼神發呆。視線裡，看到維妮坐在座位上，擺著一張臭臉，跟她旁邊的莎拉，兩個人冷冰冰的，一句話也沒說。莎拉遠遠地對著阿莉苦笑。換成任何人，身邊坐著一個不認同自己的人，大概不會太愉快。而且，還得費一點功夫才能專注。

「阿瑞，你知道嗎？我原本的計畫，不是這樣的。我單純期待人與人之間，能夠看到每件事的益處。謝謝你警告我，我們耐心擔待吧！」

阿瑞嘴角的肌肉牽動了一下，「要勇敢、堅定，這是我們能做的，是吧？就這樣了，我們密切聯繫，兩個星期後的檢討會議見囉！我也等妳消息，看光學事業那邊能夠降價的狀況如何？祝我們好運了！」

他們各自回到座位上，阿莉的腦袋瓜，還是轉個不停。因爲，要解決損益表上虧損的問題，還有很多事要做。她得跟光學事業談一談。另外，讓她遲疑的，就是發郵件給所有主管，要他們嚴謹地管理部門裡費用跟員工人數。發動這樣的對策，有些詭譎，等同傳播恐懼。不管她怎麼美化，不會有人有好感。這樣一來，她可能變成一個令人害怕的人。

事實上，她需要每個人的合作來解決問題。如果每個人努力的方向一致，目標很快就會達成。也許，誠實與眞誠，是最好的辦法。相對於目標的重要性跟廣度，自己的遲疑是無足輕重了！

*****

時間飛快，一下子已是傍晚五點鐘，阿瑞跟部門在會議室開會，已經在行動了。阿莉趁著這個時候，著手寫幾封郵件。一封給事業體所有主管，另一封發給中國大陸的工廠，第三封，則是要發給供應他們零件的光學事業。

嗨！C.K.

希望您看到這一封郵件，我需要跟您討論預算，緊急，重要。謝謝您！

阿莉

一會兒，另一端立刻傳來回覆。

阿莉，

沒問題，我們明天午餐會討論。我會盡力配合。

C.K.

就在阿莉確認午餐會議時，旺哥來到阿莉的座位，氣沖沖的，一副被惹毛的模樣。

旺哥站在阿莉的屏風前，叫喊著：「妳說預算是虧損的，是什麼意思？我們訂預算，跟公司要錢做業務的拓展跟花費。如果公司不允許我坐商務艙，告訴妳，我才不願意出差，妳了嗎？搞什麼飛機啊！我們業務部門，絕對不會修改我們預算裡的任何資料，妳自己看著辦！」他一點也不期待阿莉解釋，甚至跟阿莉互動，撂下那些話轉頭就走了。

儘管旺哥反應激烈，其他部門卻都相繼善意回應。研發部門的主管，馬上同意檢討，提供他們幫得上忙的地方。大陸工廠的副總也回覆了。阿莉明白，懼怕其實是不必要的。大部分的人，認同公司的生存也是他們的責任。阿莉鬆了一口氣，她總算沒那麼孤軍奮戰。

雖然是幕僚，可是協理讓她跟每個男性主管平起平坐，這該是協理戰略計畫的安排。

隨著該做的檢討會議安排就緒，阿莉心裡篤定多了。她想，「這下子，鈴鐺掛上貓身上，我成了那隻最勇敢的老鼠了。」至於旺哥的反應，也只好先忽略了。

*****

透過兩端牆上琉璃玻璃照射的光，餐廳裡明亮柔和。從天花板垂吊下來的水晶燈，散發出柔和明亮的光，雪花片片般的光點，灑落在整個餐廳。此起彼落的談笑聲，飄散在整個場域中。餐廳裡，融合著蒜香、奶油香，還有咖啡香，愉悅溫馨。餐廳裝潢，是新古典風，與提供的義大利餐相映成趣。

餐廳是C.K.選的，如約定的，阿莉準時抵達。

「嗨，阿莉，希望妳別介意在外面餐廳見面。公司餐廳裡的餐，實在太油膩，不適合我這年紀的人。」C.K.解釋。

阿莉放心地笑了。她跟C.K.不曾互動過。他們的事業體，組織調整後才成立。關於C.K.，只聽說C.K.是學者，公司延攬他，是希望他的學術背景能夠提昇光學事業體的技術能力。兩個月的時間，大概夠讓他認識一些人跟核心業務。要帶領這麼大的組織，在短時間內逆轉勝，不難想像C.K.的壓力很大。

C.K.看起來是謙卑人，一點都不高傲。以他優異的學術背景，他大可驕傲。相反的，C.K.十分紳士，對待經理人，都帶著尊敬。他總是安靜跟專注地傾聽，而不是高談闊論。C.K.身上有「老師」的氣質。很多高層經理人都相信，把部屬逼到牆角，欺壓他們的人格，是最有效率的管理方法。他們也會藉著在層級上的方便，操縱不平衡的資訊來壓制人。可是，在C.K.身上，沒有這樣的痕跡。阿莉想，像C.K.這麼好的人，不應該發生不幸的。公司眼前的困境，不能讓C.K.待在狀況外。

「嗯，我不介意。的確公司餐廳裡的供餐太油膩，偶而出來，也能呼吸一些新鮮空氣。辦公室裡總是緊張兮兮的，壓力大得讓人喘不過氣。」C.K.對著阿莉微笑了一下，似乎也同意阿莉的看法。

「講講妳提的問題吧！需要我給妳什麼協助？」C.K.緩緩地講出他的疑問。這個和善長者四圍的空氣，跟他講話的速度一樣，緩緩地流動。像陽光和煦溫暖，頓時，好像任何困難的事，都從沉重變爲輕省。

「是這樣的，兩件事。除了需要各事業體樽節費用支出以外，供應給我們事業體的零件，我需要你們降價。」阿莉快速地解釋。

「那我們應該降多少？對於目標，妳有想法嗎？」C.K.和顏悅色地詢問。

「您知道阿瑞嗎？」

「我知道，他負責你們的生管採購部門。」

「他會根據我們明年的採購量，跟所有的供應商做詢價。我想，你們的事業體，也會收到我們的詢價，你只要請你們的採購部門，對我們報價。收集好所有的資料之後，我們會試算。我想這樣的程序，每個月都會來回幾次。如果有問題，我們會直接跟你們說。」

「聽起來合理，也直接了當。這樣的話，我會指派人跟你們合作。就只有這件事嗎？」

這位年長的長輩，也是高位權柄，竟然如此明理。有幾秒鐘的時間，她還沒有領會過來。

「是……是的。嗯，我還想到一件事。」

「沒問題，妳說。」

阿莉嘆了一口氣，吞吞吐吐，「C.K.啊，其實是我們的問題。我們的業務，給客戶的報價，常常沒有加上足夠的利潤。一方面，市場眞的很競爭；另一方面，我們業務的防衛力還不夠，他們常常就是把成本直接拿去報價。你也知道，價格談判通常都很艱辛。我憂心後面有料想不到的成本出現，然後埋伏我們。明年度，公司資本支出金額不算低。糟糕的是，我們的業務也沒列入考量。眞相是，你們事業體，是讓公司達到損益兩平的一線生機。」

「我了解。所以，我應該怎麼做？」

阿莉遲疑了幾秒鐘，凝視著C.K.的雙眼，想探測他是不是値得信賴的人。「我需要你們在報價之前，藏一些利潤。」阿莉解釋。

「那妳希望我們隱藏多少毛利？我們之間有互惠承諾，妳知道的。」

「5％就好。按照內部零件占我們產品的比例，這樣可以爲我們預留1.75％的利潤，支付其他義務的成本。」

「聽起來不會太離譜，好，就照妳說的來做。如果有狀況，我們隨時修正。」

阿莉點點頭，她開始對這位循循然的長者覺得好奇。

「還有甚麼事，是妳覺得我該注意的？」

這位高高在上的長者，沒有絲毫的驕氣，他的眞誠，讓阿莉感動。

「謝謝您！我們討論的事，請您保密。不要讓協理知道，也不要讓老總知道。」

「爲什麼？妳這是建立一件功績啊……不過，如果妳認爲保密好，我就配合。」

「還有一件事，您最好注意一下你們鏡頭的良率。我不是要打小報告，你們有好幾位優秀的工程師都在處理這問題。不曉得是哪方面的技術困難，讓我們卡在這瓶頸一段時間了。如果能盡快解決，對於公司，也是重要的貢獻。您的學術專長可以幫得上忙。」

C.K.聽著阿莉，對著她笑了，「這位小姐，妳眞是個智慧之人。今天下午我有一些硬仗，明天，我得飛過去中國大陸的工廠。我向妳保證，我會指派幾個人來負責這些事情，我們吃飯吧！」

阿莉不太明白，C.K.爲什麼笑，還說她是智慧之人，對她而言，自己只不過在這個險惡的問題上，又多走了一步。

*****

下午這個時候，辦公室通常是鬧哄哄的，今天卻異常安靜。四周空氣凝重嚴肅，只有敲擊鍵盤的聲音，一點人聲也沒有。午餐過後，C.K.直接來到他們的事業體。寇副總也從中國的工廠回來了。幾位高階經理人，包括老總，都在協理辦公室開會。

協理的辦公室門緊閉，可是，協理怒吼的聲浪，竟穿透了門跟牆，挾著一股急迫的壓力，壓著大辦公室裡每一個人驚恐地瞪目結舌！

會議只持續了十五分鐘。寇副總跟 C.K.出來，老總尾隨在後。他們站在協理辦公室門口，約莫幾秒鐘的時間。老總對著站在面前的寇副總跟 C.K.說：

「兄弟們，拜託，讓步啦！他要的降價，就給他吧！」

「老總，他的期待荒謬極了。我們努力超過產業水準，為何要把同仁努力的成果送出去，讓工廠變成血汗工廠？與其把工廠努力的獲利白白降價送給客戶，不如發給同仁做為獎勵。我相信，寇副總應該也會認同我的想法。」

老總一副為難的樣子。老總不需要負責直線的管理工作，可是，他得倚靠員工的熱情和團隊合作。反倒是協理的情緒，讓阿莉很困惑。她不知道該怎麼解釋協理的情緒反應。外部的競爭，真的激烈到得把生意變成血淋淋的殺戮戰場嗎？還是，這是一場刻意安排好的戲？還是，這是他本性的一部分？她對協理越來越摸不著頭緒。

C.K.跟寇副總都不願意再回應，三位高層經理人各自離開，寇副總卻逕自走到阿莉旁。

寇副總，彪形大漢，孔武有力，看起來像是籃球隊的明星球員。兩個月前，寇副總還是阿莉的直線主管。跟公司裡很多主管一樣，寇副總也常常要擔任救火隊隊長。阿莉做寇副總的助理有一年的時間，他被調去中國建廠，阿莉所屬事業體的最高主管也就空下來了。不過，不管公司的組織怎麼變動，他們心裡都很明白，職掌權柄的人，就是協理跟老總。協理，是老總眼裡的金童，未來的一顆閃耀明星。

「嘿，阿莉喔！我得跟妳聊聊。」寇副總笑嘻嘻的。

「對啊！應該的。我發mail的時候，你還在大陸吧！怎麼一會兒功夫你就回到公司了。很給力喔！」

「我昨天晚上飛的。老總要我們開這個高層會議，我想剛好可以利用這次機會喘息一下，準備接下來的戰局。」寇副總揶揄地說。

「天啊！你眞是超級英雄，加油吧，救火隊隊長！」阿莉毫不相讓，也開了個玩笑回去。一聽到這，他們倆都笑了。

「老實說，妳可以想像明年的景況是怎樣……」

「是啊，好像坐雲霄飛車。」

笑。

「我需要妳幫個忙。」

「老闆，你會求救，眞是讓我訝異。說吧，我一定盡力。」阿莉頑皮地向前任老闆微笑。

「我需要一個能手，幫忙看著中國大陸廠的行政工作。妳也知道，那裡會爆炸性成長。有個能手幫忙，我會放心一點。這個人得要熟悉內部作業流程、工作紀律，要調去那裡工作。」

阿莉開懷地笑了。「嘿嘿，我早就料到了。如果你沒有特別的人選，我推薦維妮。」

「可以讓她來支援一年的時間嗎？」

「嗯，我會跟她說。不過，這件事，大概由不得她考慮。箭在弦上，很多事情都要動起來了。」

「是啊！我們需要更多的救火隊員，越多越好。」寇副總跟阿莉點點頭。

「我會跟她說，還有……麻煩你照顧她。她脾氣不太好，不過，是個心地善良、能力優異的同事。」

「妳就別擔心了。跟她說，新年過後，到大陸工廠報到。如果要跟我出發，得提早一天走。不過，我猜她寧可跟其他外派的同事一起出發。」交代完了這些話，寇副總就離開了。

阿莉不經意地望向維妮的位置，她隱約感覺到維妮的怒氣，她要怎麼說服維妮接受還沒預備好的改變？一想到這裡，她就覺得可笑。比起自己，在遇到同樣的狀況時，反應完全不同。在工作的調動上，她從來沒有自由選擇的機會，即使是生命中的很多選擇，也是這樣。對她而言，工作的最高原則，就是服從，沒有其他。如果在這樣的觀念上無法贏得合作，該怎麼辦呢？

還有，中國的工廠，眞的可以承接得住這即將臨到的重任嗎？

三、帶著補釘的流星救火隊員

二〇〇六，早春

一月份，天氣寒冷，冬意籠罩著整個城市。天空，就像一片從黑到灰的漸層灰階，看起來像是有人用了毛筆，在空中隨意地揮灑一樣。空氣濛濛的，陰陰沉沉。強風颼颼、陰暗、潮濕，是這裡冬天典型的樣子。最低溫了不起降到攝氏八到十度，冷風颼颼，九降風肆無忌憚地在街頭肆虐橫掃，讓人頭痛、昏沉得幾乎要暈厥過去。

幾個星期後就是農曆年了，中國人慶祝團圓的日子，也是慶祝豐盛、富足的祝福時刻。阿莉在往辦公室的路上，雙手放在方向盤上。她獨自開車，車上的收音機開著，音量很大聲。新年假期，還有待解問題的渾沌，讓她心煩意亂，心不在焉。

一下子，車子突然失控，往右邊飄移。她緊緊抓住方向盤，把車子的方向拉回來，打開右轉燈，把車子向路邊停靠。她猜想，應該是輪胎破了。

車子停在一排籬笆旁邊。幸運地，路上沒有什麼車，後面連一部車也沒有。她下車檢查四個輪胎，跟她想的一樣，右前方的輪胎洩氣了。

「這該怎麼辦？怎麼這麼幸運？」阿莉喃喃自語，心裡有些壓力。那顆破掉的輪胎，被一根釘子刺到了，不管是誰，可能都躲避不掉吧！

她忍不住自言自語，「眞是糟糕！這下子，我要怎麼叫維修公司來修啊？我看還是先進辦公室找幫手。可是，怎麼去咧？走路，得花上半個鐘頭的時間。」

一陣咖啡的香氣飄過來，她望了望四周，前方幾公尺處，有個小招牌，寫著「茉莉香」。她沿著籬笆走了過去，籬笆有個開口，開口是特別鋸開，用來銜接一台餐車。

「早安！需要來點什麼嗎？」輕柔和善的聲音，從餐車的窗台傳出。聲音出自一位一頭白髮的太太，臉上有深深的法令紋，兩眼閃亮有神，短短的赫本頭髮型，讓她看起來精神、年輕。眞誠天使般的笑容，讓阿莉放心。

「我的車破胎了。」阿莉手指著車說，「不知道妳有沒有計程車的電話號碼，讓我叫車過來。」

「喔，眞的很倒楣喔！我沒有，不過，讓我去叫我先生過來，也許他可以幫妳，或是載妳一程。妳確定妳不想點一杯咖啡嗎？」老太太對著她笑。

「嗯，我會來不及，我得要在十五分鐘內進辦公室。不麻煩妳了！」

「麻煩？一點都不麻煩！」說罷，老太太扯開嗓門大喊，「威力，過來一下，這裡需要你幫忙。」

一位老先生從老太太的後方出現，也不知道從哪裡蹦出來的。「什麼事啊？」

「這位小姐的輪胎破了，你可以幫一下忙嗎？」

「喔！是這樣子的啊！我到前面看看。」不一會兒，他從側邊一個門出來，走到阿莉的車旁。「我沒有工具，不然，我可以幫妳修理。妳有修車廠的電話嗎？」

「沒有。我身上沒有。不過，到了公司，我可以找同事幫忙。」阿莉說。

「那麼的話，把妳的車鎖好。白天，我們偶而可以幫妳看一下。不過，妳最好在傍晚前回來，不要留它在這裡過夜。這附近沒有太多的車，不用擔心被開罰單，但是，我不保證偷車賊晚上不會過來。很難說的準的，是吧！」

「你有計程車行的電話嗎？」

「我可以載妳一程。」老先生主動提議。「在這裡等一下，我跟我太太阿玉交代一下。」說完，老先生飛快地走到餐車的窗口。阿莉看著他跟那位太太說話，然後走回來，過來時手上拿著一個紙袋。「阿玉說要把這給妳。跟我過來，我的車在轉角那。來吧！」老先生把紙袋交給阿莉，指著他停放車子的方向。

阿莉跟著他，走了幾步路就看見一台破舊的吉普車停在轉角。她瞄了紙袋裡有一杯咖啡、幾塊餅乾，還有一張咖啡店的名片。

老先生發動了車子，打開前方乘客座的車門，「我的車有點亂，希望妳不要介意。進來吧！帶路，我會平安地載妳去妳要去的地方。」阿莉有點遲疑地坐進他的車。理性上，她抗拒這個仁慈的舉動，理性告訴她，這世上沒有人會那麼好心，無由的付出。然而，直覺告訴她，他們是好人。

她的確需要一個脫困的方法，脫離現在的窘境。這對老先生老太太似乎順理成章成為她的解救。「謝謝你幫我，這趟車程跟這杯咖啡，我堅持一定要付錢。」

「別擔心。」老先生回。

幾分鐘的時間，他們到達阿莉公司大樓門口。下車時，阿莉悄悄地留了幾百塊在座椅上。

回到公司後，她總算找到人去拖她的車。傍晚，回到早上車拋錨的地方，餐車咖啡已經打烊了。

*****

大辦公室冷冷清清的，可能是因為新曆年後，人力都被派到中國大陸去支援。這一次的人力支援需要三個星期，剛好在過舊曆年前結束。辦公室一片死寂，這種孤寂，好似在茫茫大海中，聽著微弱的脈動。每個月的財務數字，反映公司整體的表現，她得保持敏銳，感受公司的脈動，詮釋財務報告中的數字。

「阿莉，來我的辦公室一下。還有，順便請產線的兩位經理一起過來。」

「好的。」阿莉回覆。

「對了，也請人資的經理一起過來。」

「人資經理？」阿莉心裡發出疑問，協理爲什麼要叫人資經理過來？上個星期的高層會議之後，協理少言少語，除了談專案的狀況，幾乎不發聲響。突如其來的會議，讓阿莉摸不著頭緒。五分鐘內，他們在協理辦公室集合。

「這個月產線的狀況怎麼樣？」協理發問。

「產線的狀況還不錯，除了兩張工單缺料，其他生產目標，我們可以準時達成。」馬經理回覆。產線有兩個帶線的主管，馬經理和阿傑。

協理沉靜思索，然後說話了。「我要宣布一件事，台灣的產線要裁撤掉，這個命令立刻生效。阿莉，請妳執行這個命令的細項工作。我想，人資有義務做一些計畫，安置或者引薦員工到就業中心，或是輔導找新的工作。好，就這樣，散會。」

這突如其來的震驚，讓阿莉心跳加快、脈博加速，腦袋一片空白。公開拒絕協理的命令，或是跟協理爭論，根本是不可能的。關於這事正反面的辯論、好處跟壞處，在她內心裡反覆地翻攪。中國大陸的工廠才剛要開始量產，事情不見得會進展得很理想。把台灣的產線留下來，若遇到無預期的狀況，可以成為助力。畢竟，建立技能得要花上一些時間。一旦裁撤掉台灣的生產線，過去建立起來的技能，就沒有機會再找回來。而且，營運還沒有成形的中國產線，得承擔所有的風險。

她將心裡疑問提出。

「沒有討論的必要。我相信研發工程師，直接到中國工廠進行新產品導入的流程即可。這樣效率會更好。」協理回覆，他沒有意圖討論兩個製造廠要如何接軌。看起來，若想妥善安置當地生產線的作業員，時間眞的太少了，農曆新年已經逼近了。

民主，的確在世界的大部分地方實行，但是，在商業的領域裡，生存的最高守則，是謹守紀律、服從，快速地產出有品質的產品與服務。如果有人認為思考的自由，表示在商業工作中的自由，那眞的大錯特錯。只有那些願意嚴謹地遵守命令，以紀律不斷地迎接挑戰的人，才能生存下來。自我，必須死去。工作的層級，往往代表的是拳頭跟權力的大小。工作從來不允許太多自由的空間。

這是頭一次，阿莉對於長久遵守的規則和原則起了懷疑。第一次，對於她心裡所崇拜的成功模式，與權柄，產生了懷疑。第一次，對於她努力學習跟應用的知識，起了疑問。第一次，她覺得自己心裡面的動力，被挫傷了。因為指令裡所要求的行動，並不是去創造生機，而是給予傷害。這個行動，會帶給人痛苦與結束，而不是激勵與鼓舞。

畢竟，在財務語言裡，能夠被歸類爲資產的，只有帶有金錢價值的物質，充其量，這只包含財物與設備。人力資源跟勞工，不管是技術、工藝，還有花了許多年栽培的才華，只能當成成本、費用。成本與費用更有彈性，隨時可以被去除、精簡化，被刪減。相較於訓練出一個有能力跟有技術的員工所需要的時間與資源，這樣的定義，是硬生生的現實。那需要激勵人與培養人才的時間與成本呢？那建立人跟人之間的信任所需要的成本呢？當人跟人之間的信任破裂了，修補關係並不是容易的事。除此以外，她以爲自己是誰，能夠去提問這些現實的矛盾呢？

她的心忍不住大聲吶喊，以她所在的位置，她不能透露出任何不信任。對於這個從上而來的指令，她也不能退縮。雖然說，她心裡很清楚，每一個工作不只代表一個人，而是一個家庭的機會。她無法不去想背後代表的意義，不管多麼同情員工的景況，她必須隱藏自己眞正的感覺。

阿傑沉默不語，他皺著眉、陰沉著臉，一副痛苦模樣。他看著阿莉、馬經理，一旁的人資經理，好像在問，「接下來呢？」

馬經理接著碎碎念，「可惡，再幾個星期就是農曆年了，我要怎麼面對我的部屬？協理爲什麼做這樣的決定啊？他不能等過完年再裁員嗎？接下來，抱怨、咒詛、責難，會像飛箭跟子彈一樣射向我。不，不，不，我不要面對這些，阿傑，你是產線的帶線經理，你來做這件事。」馬經理幾乎快要尖叫出來了。

「喂，馬經理，我也有同樣的疑問啊！這樣子好了，我們移到會議室裡討論，這裡有很多跟這個決定不相干的人。」阿莉試著緩頰。

他們四個人移到會議室，氣氛跟外面的空氣一樣冷。阿莉在發抖，不確定自己的顫抖是因爲寒冷，還是因爲這個指令。有一會兒，他們都愣住了，不知道該怎麼辦。

「我眞的沒辦法相信，我們花了多少時間建造產線，訓練員工的技能？然後呢？他做了這麼一個決定，一下子就把產線跟這些技術給瓦解了！」馬經理還是火。對他而言，產線工作的人，不僅是工人，還是他的兄弟。

阿莉見證了他們的歷程，她完全明白。她想不出來還有什麼辦法，能讓整個事情容易一點。也許，眞的沒有什麼法子可想。

阿莉提了個問題，打破沉默。「我們這樣分工好嗎？把年資較長、有忠誠度熱誠的員工，或是有潛力學習的人先挽留下來。除了這個族群，如果有作業員願意藉此機會提升能力、轉換工作職掌，我們來撮合需求。我們可以先從內部撮合需求，試著先留些人。接著，人資部門可以跟就業中心聯絡，看能不能引薦一些人到徵人的公司。接著，人資部門跟就業中心聯絡。我們看能不能引薦一些人到在徵人的公司。發布消息之前，先這樣子做好嗎？你們覺得如何？」

馬經理、阿傑經理，跟人資的雷經理看看彼此，然後轉向阿莉，點點頭。雷經理說：「我會把公司裡其他部門的缺，跟所需要的職能提供給你們。附近的工廠，也可能還有職缺，我會跟其他工廠裡的人資經理談一談。我想我可以開始跟一些人面談，看看他們是否有意願被調派到其他的部門。事實上，如果有離開生產線的機會，他們會很感恩。我想，等我們開始行動，消息應該很快就會傳開了，甚至在公告之前，就會傳開了。」

「好極了，我們一起努力。明天下午聯絡，交換進度。」阿莉建議。「這樣好了，就下午四點鐘。」

「好。」雷經理應和，其他人也都同意了。

「阿莉，那妳知道我們會怎麼樣嗎？」阿傑經理問。

阿莉安靜了一下，事實上，她也想到這個問題，可是，她沒有頭緒。她猜測阿傑跟馬經理的未來，是跟這些產線的作業員綁在一起的。

在這個時間點，阿莉實在想不出什麼安慰的話。「老實說，我真的不知道。真的超過我的能力範圍。」阿莉嘆了一口氣說。

「那就這樣吧！馬經理，咱們走吧！至少我們還能讓幾個年輕人有機會。如果我們願意去中國工作，憑我們倆，一定會很搶手。有很多工廠需要我們的技能跟專長的。」阿傑邊說邊拍馬經理的肩膀，兩人轉頭離開了。

阿莉望著他們的背影，頭一次，她恨惡工作帶給她的感覺。以前，她總是很熱情地去付出、去燃燒、去追求。付出，也帶給她實質的回報。這個時刻，她才驚覺，工作除了物質的回報，其他都是空的。第一次，相對於她的熱情，一股怪異的感覺從她心裡悄然生起，她不由得質疑自己付出忠誠的意義。

*****

一星期後，就是農曆年的假期，但辦公室裡沒有任何標誌或是裝飾物提醒假期，暗地裡人心浮動，有股隱約的新年歡樂氣氛。跟歡樂氣氛的反差，是協理沒完沒了的追人電子郵件，讓人緊張兮兮。

量產的準備，正緊鑼密鼓地進行，辦公室裡大部分的溝通，也繞著這話題，不經意間形成一股不用言語表達的奇妙節奏。根據那節奏，人會自然而然地調整步調跟注意力，配合製造活動的律動。大部分的時候，是生管跟採購的氣氛傳達了這個無形的律動。

阿蓋跟阿倫兩人壓力很大。除了他們直線的經理阿瑞以外，他們倆正是讓阿莉能夠感受到那個律動的人。如果月目標有差距，他們倆一定會大聲地敲打警鐘。每一天，阿莉跟他們密切的互動，聽到彼此的聲息。阿蓋是特立獨行，凡事遵照守則做事的人，他喜歡玩攻防戰。只要有問題拖慢了產線，或是發生產線停線的緊急事件，他一定搖旗吶喊，豎起警告的旗幟。

阿倫就比較不情緒化，沉默、平和跟冷靜，陳述事實比表達自己的情緒還多。阿蓋跟阿倫自成團隊，合作多年，他們從來都不解釋分工的模式。事實上，阿莉覺得他們倆的組合有趣、也很有智慧。在她眼裡，他們倆是個夢幻團隊，處理的問題林林總總，千變萬化，充滿挑戰。他們的工作可以說是控制腎上腺素的最佳測試。

阿蓋看起來極其煩亂，一焦躁，就會發出噪音，這是辨認他焦躁程度的信號。要知道他的情緒怎樣，不會太難。相較於年節假日的歡樂氣氛，阿蓋跟阿倫的神色實在詭異透了。一個緊急的會議通知，解釋這個夢幻團隊爲什麼緊張兮兮的。

「我們很兩難，不知道該不該把鏡頭所需要的原料拉進來。」阿蓋單刀直入切入重點，阿倫跟阿瑞兩個人對阿莉苦笑。

「怎麼啦？」阿莉丟了問題給這個鐵三角。

「上個月，光學事業部發了一張工程變更的通知給產線，從那時候起，這支鏡頭的良率就只剩下 50 %而已。」阿倫解釋。

「所以，在光學事業部解決這個工程問題之前，我們該讓產線停下來囉。」阿莉反問，鐵三角苦笑。阿莉懂阿蓋的表情，他的表情在跟她說，她的回答簡直就是隔靴搔癢，無濟於事。

「阿蓋，你有其他的意見嗎？還是你在擔心產線被延宕？」阿莉問。

阿蓋看起來猶豫不決，可是，還是坦誠說明。「業務剛收到大訂單，需求還在變動。還有，裁撤台灣產線的消息出來後，產線人心惴惴不安的。業務要求年假結束就得出貨，而且得在二月底出完貨。讓這些物料進來，不適用的物料會堆得滿坑滿谷。不把物料拉進來，也絕對沒有辦法達成這個出貨目標。我們進退兩難……」

他們彼此對看，確認對於這個狀況的了解是一致的。阿莉知道，他們的心裡想的是，最好有高層決策背書，這樣的話，這個部門就不會因爲延遲出貨，或者是多餘的物料庫存而被責備。大部分的狀況，沒有高層主管會因爲這樣就出來干涉，並且同意這樣的事情。阿莉知道，這不是正確的答案。

「你們能不能通知業務，出貨要延遲？除此以外，跟這項工作有關的作業員，留到工作完成再離開。我們得催促這產品的負責工程師，趕緊解決問題。」除了這個答案，阿莉想不出其他更好的答案。

阿蓋對著她笑了一下。

「阿蓋，幹嘛啦！我認得這個詭異的表情。」阿莉的調侃，讓阿蓋尷尬地笑了。

「阿莉，妳知道負責的工程師試過幾次了嗎？那個技術瓶頸不是那麼容易解決的嘛！妳還是向上面報告，不然我們麻煩大了。」

的。相信我。有什麼進展的話，我們互通有無，好嗎？」她安靜地喃喃自語一番。

阿莉頓了一下，她知道阿蓋指的是什麼。「阿蓋，你放心好了，我會把這件事報告上去

夢幻天團一回到位子上，阿莉的電話響了。「我是阿莉，請問是哪位？」

「喂，阿莉喔！」

「是的，老總。」她認出來，是老總的聲音。

「來我辦公室一下。」這通電話叫人費疑猜。她放下電話，把襯衫跟裙子整理一下，迅速地挺起腰桿，踩著快步進去老總辦公室。

「老總，您找我！」阿莉走到他辦公桌前的那兩張椅子前，站在那裡幾秒鐘，等著老總把注意力轉到她。

「是的，阿莉，告訴我，我們有資格拒絕客戶的要求嗎？」老總問。聲音平平淡淡，不帶情緒，眼睛盯著阿莉的雙眼，好似試探她是否誠實、忠心。

老總言語透露出，他已經知道她跟鐵三角的討論跟決定。想到辦公室裡有人暗中扮演吹哨者的角色，在背後打小報告，阿莉的背脊不由自主發顫。不管老總跟這個竊聽暗椿的意圖爲何，她打定主意要冒險。她相信她所知道的眞相，賦予她自由跟信心，讓她坦然無懼。

「老總，我猜你是指要延後出貨的鏡頭訂單？」阿莉回答。

「是的。」老總答覆地直接了當。「小姐，妳應該知道，今年是擴張的一年，我們一定得讓產線有訂單。」

「是的，老總。我們討論的意思是要延後交貨，而不是拒絕訂單。我很清楚今年的景況，但是，我想，你大概不知道我們延後出貨的理由，是因為這個產品只有50%的良率。百分之五十的良率，表示我們要花兩倍的作業員的時間，產出一支好的鏡頭，跟一支沒有用的商品。在良率改善之前，我不認為讓生管把材料拉進來是聰明的作法。」

老總專注地聽。他兩手交錯緊握，兩隻眼睛直直盯著阿莉，臉無表情，眼睛眨了幾下，然後才開口，「我想C.K.光學事業部的部屬應該早就在處理這個問題了，妳可以離開了。」

「是的，老闆。」阿莉恭敬地轉身，慢慢地從老總的辦公桌前離開。在老總辦公室門口幾步遠的距離，阿莉聽到老總的聲音說：「C.K.啊，我是老總……」

阿莉鬆了一口氣。不過，到底是誰在背後打小報告？這人的意圖是什麼？是擔心出貨目標無法達成嗎？她該擔心這人的威脅嗎？她吸了一口氣，直接回到辦公桌。不管如何，這事也算是往滿意的方向進行。至少，她事先警告過C.K.。她趕緊把這事拋向腦後，免得越想越負面。

*****

還沒回到位子上，阿莉桌上的電話就響了。她兩步併成一步地衝回位子上，結果是人資的雷經理。上次開會，是一個星期前了。共識結論後的進展，是他們對認識不多的同事所能做的恩惠與善心。從那時起，幾個不錯的員工，已經被調到不同的部門。雷經理的人脈，也貢獻不少，幫上很多員工的忙。產線有一半的人，已經引薦到鄰近有人力需求的公司。剩下來的，是要裁撤掉的。

「嘿，雷經理，戰況如何？你跟莉莉快完成任務了吧！」阿莉猜想，雷經理該是打電話來跟她確認任務的完成。根據協理「即刻生效」的命令，他們已經多拖一個星期，阿莉有些擔心。

「噯呀，阿莉，我就是要跟妳討論這件事，事情恐怕沒有那麼樂觀喔！」阿莉幾乎可以在電話裡，感覺到雷經理的困窘。

「怎麼啦？我以為你跟莉莉已經進展到最後階段。」

「是啊，只是，莉莉同時還得結算薪資。」

「薪資？啊，對喔，農曆年，只剩下一個星期。」阿莉忍不住叫了出來。

「按照行事曆來走，這個星期結束前，我們得把書面資料呈給老總簽核。」

「喔，你是要告訴我，時間上有衝突，打算讓這件事攙過去！」

他們兩人都安靜無聲。阿莉知道雷經理是打電話來取得她的諒解，並且同意當下的狀況。這樣，在他的職涯，就不需要扛起劊子手的壞名聲與記憶。工作，大部分需要談判跟堅持，才能守住目標。憐憫心跟同情是美德，但是，當面對不確定性，跟流血不止的傷口，憐憫心跟同情就會變成致命的殺手。軟弱也是。在這裡，顯示出同情心的人，就會被當成是軟弱。爲了要擴張境界，他們得要跨越感情的束縛。老闆的工作，就是提高標準，然後，部屬負責達標。目標攔掉會破壞形象跟聲譽。

眼前，不管藉口是什麼，因爲這個失控，他們兩人已經被逼到牆角了。一想到協理的反應，阿莉不由得擔心。加上，阿莉對過年前裁員這事，還是有道義上的糾葛，這件事很折磨她跟雷經理的良心。如果火速地、不留情面地處理，他們的良心會感受到苛責；如果繼續拖延，可能得要面對協理的砲轟。協理的期待，八九不離十，就是將損失減到最低。不管怎樣，對於阿莉跟雷經理，這件事是雙輸。

「我立刻過來你的辦公室。」阿莉說。

「來我的辦公室？妳來也無濟於事呀！」雷經理說，「我們需要的是時間！根據我的專業，要裁員時，最好跟要被裁掉的員工都做一下面談。除了莉莉得要做的行政程序，我也需要安排面談。」

「喔，我明白。可是這些是作業員，你還需要面談？難道你不能在遞給他們薪資條的時候，跟他們說再見跟謝謝他們的服務嗎？雷經理，你還是想要拖時間，給這些員工一些恩典期，是嗎！發公告吧，雷經理。」阿莉也不知道是否該照雷經理想的去做，或是用鐵血做法？畢竟，他們都已經盡力了。

雷經理繼續說明：「妳真的是聰明又有智慧……講出我的心聲。」

「我懂。我帶咖啡過來給你跟莉莉，我們看看有沒有其他辦法可想，幫你們分擔一些壓力。」阿莉掛斷了電話，她聽得到雷經理跟莉莉的掙扎。她帶了兩杯咖啡，走進人資辦公室時，整個人愣住了。她不知道應該要怎麼想。莉莉埋在一堆薪資中。

「嘿，雷經理，莉莉，照我剛剛說的，幫你們倆帶了咖啡過來了。」阿莉站在人資辦公室門口，舉起手上的兩杯咖啡。

莉莉一臉苦笑，照這個表情，阿莉知道，莉莉的壓力不小，正處低潮中。

雷經理站起來，走過來接過阿莉的咖啡。「喔，阿莉，妳真的不需要這麼做啦……還是謝謝妳！」

「不用客氣。我只是過來跟你們打打氣，我也需要伸伸懶腰，伸伸腿，活動一下。我坐在位子上一整天了……所以，情況有多糟呢？」

「莉莉這兩個星期都在加班趕工呢！她說她老公已經在抱怨了。」雷經理說。

「我完全了解，我很幸運還沒被我老公休了。」阿莉笑了起來。「雷經理，我們能做些什麼，讓整個事情順利點呢？我們不是剛剛調了一些人到不同的部門嗎？他們大概也得花一些時間進入狀況，我可以跟這些部門的經理談一談，看看能不能派幾個人手來幫莉莉的忙。」

「雷經理，阿莉的主意很好。我可以根據機密性，先把一些資料分開，然後，那些無關機密的資料，就可以指派出去。這樣的話，這個星期結束前，所有的工作應該都可以完成了。」莉莉說完像鬆了一口氣，看起來比阿莉剛走進人資辦公室時，開心許多。

「也好。我一開始的顧慮，就是機密性，如果莉莉可以考慮到機密性，妥善的管理，我同意。」

「太好了，我猜一個人手來幫妳做這些短期的工作，也應該夠了。我會盡快幫妳找到幫手。不過，雷經理，你還是要趕快發公告。」阿莉笑著離開了人資辦公室。這個短期的任務，她心裡有理想的人選。

阿莉一回到座位，雷經理又打了電話來。「阿莉啊！我只是要跟妳更新事情的進展。」雷經理說，他聽起很緊張。「協理剛剛過來我們的辦公室，我也向他報告了。」

「很好，他應該知道現況。他對這件事的延遲發飆了嗎？」

「喔，他也做了一個決定……」雷經理吞吞吐吐地，「沒關係，我明天發公告。所以，最快，這個任務明天就可以告一段落了。」

「雷經理，我們挽救夠多人了。我知道了。我在十分鐘之內派幫手過去，好嗎？」

四、團圓，討厭的團圓！

八點鐘，華燈初上，天色朦朧。科學園區往外的交通，竟是不尋常的通暢。大概是爲了要避開新年假期瘋狂的塞車潮，很多人提前請假離開了。這時的科學園區，有股不可思議的高雅和輝煌。少了交通的煩囂，突然間，園區看起來像是一座偌大的綠色公園。四處閃爍的燈光，幻化成成串的金色珠鍊，把它妝點得像是要去參加舞會的優雅淑女。

阿莉一個人開著車回家，心思煩躁不安。隱隱約約地，她感受到自己的胃好像打了個結。一路上，她忖度著，回家後要說些什麼話？對她而言，假期只是轉到另一個戰鬥模式，而不是放鬆。阿信早就在三個鐘頭前回到家了。

雖然今天是過年假期前的最後一個工作天，協理還在辦公室裡面踱來踱去，抓人、詢問事情的進度。這也是阿莉心裡有利益衝突的時候：她知道老公跟孩子們在等她，可是，她覺得如果想要擁有成功的事業，應該要把工作放在最優先的次序，並且讓她的老闆放心。

進家門的時候，一只帆布袋躺在地上。阿信正坐在沙發上看電視，他已經打包好了。

「親愛的，我回來囉！」她一邊脫掉高跟鞋，一邊柔和地說。屋裡面沒有回應聲。她小心翼翼地保持低調，深怕攪動阿信的情緒。「對不起，讓你等那麼久，我會趕快把行李整理好。」

「他們早就在等我們了……」阿信勉勉強強地從口裡擠出一些話，然後雙唇緊閉。阿莉知道，阿信已經做了很多的妥協，她不敢有更多奢求了。接下來的假期，她得專心陪伴他、他們的孩子，和他的家庭。雖然，工作累積的疲憊感才剛要浮現，可是在假期中，她應該做的，就是扮演她一直缺席的角色：妻子、母親、和媳婦。她的雙親才相繼過世不久，少了女兒的職責消耗她的體力。可是，也許也是這個原因，讓她常感枯竭。因爲，那也是力量復原的滋潤來源。

「一下就好了，我只要打包幾樣簡單的東西。」

阿莉走進房裡，把東西裝到她的輕便行李箱。要打包什麼，不是太難的決定——幾件輕便的T恤、幾件牛仔褲，個人的盥洗用品，再加上一件上教會要穿的洋裝。從正式模式，轉換爲運動和輕便模式。至於兩個小孩，她的大姑會幫她打理。阿信的家人，知道她很忙，但是從來沒把她工作的角色跟家庭裡的角色連結起來。婆婆期待阿莉全心全意照顧家庭，做個合意的媳婦。幾年的拔河下，阿莉學到的相處策略，就是把工作的身分隱藏起來。雖然是這樣，偶爾，只要覺得小倆口的相處，給媳婦太多平等，婆婆還是會爆發一下。

臥室的門半掩，她可以看到阿信。她能爲他做的最小的一件事，就是在每年這段特別的時間，好好陪他，盡妻子的職分。一部分的自己，還是開心，因爲這段時間可以好好地陪伴小孩。雖然每個周末能看到他們，她還是想念他們。一大部分的自己，有著很複雜的情愫，她必須努力地對抗這份矛盾的情愫，努力壓抑。

在他們私人的時間裡，生活，總是以兒子的責任爲中心，是阿信做兒子的角色。傳統對兒子的期待，她並不陌生。身爲女兒，她已經目睹這個過程一次了——自己的父母跟親戚的歷程。傳統，在成長中也雕塑了她的靈魂。

早在女孩家命運，刻板定義僅止於服事家庭、做家事，分攤家裡面的財務責任時，她就知道這是怎麼一回事。只是小時候的阿莉，就跟一般的女孩不同。成績好，愛讀書。她的父親也寵愛她，對她的獨特保護有加。阿莉的祖母，對於兒子給這孫女的恩寵，老有很大的意見。

就在她有自由跟恩寵來澆灌那一份獨特時，從自己的母親和其他同輩的女人們，卻讀到不同的情懷。爲家庭的犧牲，讓她們飽受苦楚、憂鬱。可是，她們從來沒能獲得跟男人一樣的平等地位。家事的服務，在某種程度上逼著她們放棄想望的自我認同。她一點也不喜歡這種定義的傳統。她天眞地以爲，教育，跟做爲職業婦女的身分，能夠讓她自由，脫離女人傳統的命運。結果是——她完全錯了！一踏進婚姻，傳統的期待，早等著埋伏她。這一面的生活，冷酷的冷嘲熱諷，嘲弄她認爲女人能夠跟男人平起平坐的期盼。

在婆婆向阿信抱怨著她的獨立，跟急切地要求把孫子們帶回家的那一刻，她被帶回到生活的現實面。只要戴著這個太太的名牌，她永遠得跟這個生命的循環連結，跟丈夫一起分攤所有倫理上的責任。在他們眼中，「兒子」是核心。她學會了一件事，一回歸到家庭，就要把職場的身分隱藏起來。

平心而論，阿信的家待她很好，阿信也是。跟上一代的女人比起來，在受壓迫的程度跟勞苦的擔子，阿莉這一代的女人幸運太多。跟自己母親、祖母那幾代比起來，阿莉這一代的女人享有受教育的權利，也被賦予選擇的自由：工作、戀愛、結婚對象。甚至，要不要生小孩。這些難道不夠嗎？她一定在不經意間透露出自己的掙扎，以至於，阿信跟他的家人，都敏感地感受到她的不快樂。

她很清楚自己的掙扎是來自於「期望的差距」：對自己專業成就的自我期待、做為妻子跟母親職責的被期待。女兒的角色，賦予了從出生就擁有的權利——自由，讓她自由做自己，自由地追求自己想要達成跟實現的夢想。然而，其他倫理的角色卻讓她深感挫折，深深地被扭曲。即使只有短短幾天的時間，犧牲自己、壓抑自我跟內在的聲音，壓抑的痛苦，還是會侵蝕她一段不算短的時間。

「啊，原來，失去自我聲音的人，感覺是這樣子的！」她思忖著。爲了公司的利益和目標，扮演外在的專業角色，已經得被逼著丟棄自我了。戴著名牌跟面具生活，夠艱難的了。現在，爲了倫理的職責，再戴上另一個面具，恐怕需要更強大的意志力，才能征服自己。

她開始在一堆圍巾當中挑三揀四的，猶豫不決，不知道要把哪一條圍巾塞到她的小行李箱。阿信注意到她的漫不經心，趁她不注意的時候，悄悄地走到她背後。

「噢，是你，你嚇到我了。」她對他笑了一下。

看到他走過來，她放心多了。這表示，他已經消化過自己的情緒了。這是她做老婆唯一的優點——對他保持敏銳。然而，那個控訴的聲音，還是會告訴她相反的事，它會說，按照理想妻子和母親的準則，她離平均的標準，還差得很遠咧！

阿信的手臂摟著她的腰，輕聲細語地說：「帶日常需要的東西就好了，是我家耶，妳不需要什麼高級的東西。」

阿信的手指頭輕輕地從她右邊脖子滑過，從上到下，然後一路滑到她的背。她的肩膀開始放鬆，她把頭靠在他臉上，讓他輕柔地朝著自己的耳朵吹氣。溫暖的氣息，讓她因爲投降而顫抖。那麼多年了，他的擁抱還是有種魔力，能讓她卸下防衛。不需要甜言蜜語、昂貴禮物，或是高級珠寶，就能讓她降服。在她內心深處，她知道，是他的接納讓自己降服。也許，在外面的世界，偶爾得要扮演強悍的角色，讓世界知道自己有著鋼鐵般的意志。可是，在他面前，她就是眞實的自己。

阿信接納她，尊重她，尊重她的家庭，給她自由。他給她的平等，讓她感到自由。那份自由，對很多女人來說，是種奢望。在世界的這一頭，這是很多女人無法得到的奢侈。也是這份自由，鼓勵她走出舒適圈，追求自己的熱情。

如果要訂下一籃子理想老公的標準，阿莉不該選擇阿信的。媽媽對她最後的決定很有意見，不過，爸爸，則認爲阿信從小的遭遇，是自己的人生寫照。阿莉的爸爸很快對阿信表示親切感，喜歡阿信做女婿。爸爸的喜好，成了阿莉的抉擇。他們兩人，好像有股神祕的心電感應。儘管，他們倆的個性眞的是南轅北轍。

他親密的碰觸，讓她立刻降服。他們溫柔，眞心眞意地親吻著。她大膽地讓他解開她所有的扣子，讓他脫去自己的衣服，在他面前呈現最眞實的自己。他肆無忌憚地在她身上尋找那令他深深著迷的神祕感。阿莉將雙臂環抱著阿信，阿信也緊緊地抱著她的身體，那一股神祕的心電感應縱容著他，鼓勵他的熱情熱烈地在她的身體當中遊走。

即便他們熱烈地愛撫著彼此，眞心眞意地親吻著對方，阿莉總是覺得阿信的心在千里之外。阿信也是這樣想。他總是抱怨她，冷漠，心不在焉。如果法律跟肉體的結合，已經讓他們成爲一體了，爲什麼她總是無法感受到他對婚姻的委身？到底是什麼阻隔在他們中間？

這一刻，他們倆像是被遺棄的孤兒，在彼此的撫慰中，得到了醫治跟安慰。那個令人憂慮的世界，全被拋到腦後，只剩下兩顆心滿意足的心。幾個小時之後，他們就得再穿上戰備的盔甲，面對人生中的其他重責大任，專心一意地照顧其他人。這一刻，是如此的靜謐、恬靜，和寶貴。

*****

「起床喔，起來了啦！今天晚上是除夕夜囉。」阿信對還在床上的阿莉跟兩個小男孩喊著。

「喔，我知道了，我起來了啦！小聲點，你會吵到他們兩個，讓他們再多睡一會兒。」阿莉小聲地回答。

看著阿莉起床了，阿信微笑地走出房間。隔著門，阿莉聽到阿信在跟婆婆聊天。每次一回到自己的家，阿信就變了個人，開心了點，多話，整個人也比較有活力。

阿莉起床漱洗了一下。前天晚上，他們留在大姑家過夜。接到小孩之後，昨天整個早上，一家子塞在高速公路上。抵達婆婆家時，早就過了中午。一下子，婆婆家被兩家子——阿信家跟大姑家，熱和得鬧哄哄的。加上原本與婆婆同住的大伯家，婆婆的家顯得擁擠，卻是熱鬧滾滾的。

寒暄跟噓寒問暖的對話，讓婆婆的公寓甦醒起來。子孫的團圓，也讓婆婆精神起來，整個人有了活力。有人說，小孩子是老年人最好的陪伴，這句話一點也沒錯。阿信的家，已經好久沒有迎接新生兒了。自從阿信跟阿莉有了這兩個小男孩，他們自然而然地變成整個家的焦點。

即使是無關緊要的寒暄、簡單的問候，講講過去這一年發生了什麼事，團圓讓婆婆活力四射，開心了起來。團圓，對婆婆一直是件大事情。婆婆進入空巢期好久了，一整年，她只巴望這段時間來臨。

昨晚，阿莉睡得不是很好。婆婆最後一次敲他們房門，不知道是幾點？可能是十二點，還是一點了。兩個小男孩翻來翻去，認床，加上身旁呼嚕呼嚕的三重奏，阿莉一夜難眠。

看著鏡子裡的自己，皮膚暗沉沒有光澤，頭頂中央有一絡白髮，不客氣地冒出來。鏡子裡的那個人，看起來疲憊與迷失。一整年累積下來的疲勞，才正要浮出來。更糟糕的是，現在，她根本就沒有體力去照顧她應該做的事。

心靈深處，阿莉覺得自己枯竭地快要死了。每回回到婆家團圓，心裡就有一股衝擊不斷地反覆翻騰攪動。作為妻子，她明白履行倫理責任是婚約的一部分。可是，出嫁，就表示應該忘記自己的根嗎？那從小埋在心裡面的種子，就該這麼遺忘嗎？到底是甚麼讓她的靈魂痛楚萬分？

「嘿！妳怎麼那麼久啊？媽早就起床了，先出來跟她請安，然後再去吃早餐。我姐一早就出去幫我們買早餐呢。」阿信走進房間探望，眼神充滿擔心。

事實上，阿莉知道他爲什麼擔心。房間的牆壁跟門，沒有隔掉婆婆的聲音。一早起來，她已經開始傾倒她的苦情。即使生活已經演化到不同的階段，過去的記憶仍像鬼魅般，糾纏綑綁著她，她還是緊抓住著過去的苦楚不放。

同樣的故事，婆婆反覆講了再講，多到快要讓人窒息。糟糕的是，她的故事讓人聽起來像是在怪罪。重複的陳年老故事，讓每個人的心都跟著下沉。阿莉想不出來，還能做些什麼，才能改變婆婆的眼光？

「我再一下子就好了！」阿莉懶洋洋地應答。儘管心裡有許多聲音，她還是選擇順服跟沉默。此時此刻，她不只需要力氣，還需要意志力來面對剩下的假期。

「媽，早。大家早。」阿莉向每個人問安。

婆婆坐在單人沙發上，喝著咖啡，她沒有回應，可能是沒有聽到。聽力跟視力向來是跟她溝通的最大障礙。阿信陪著她，坐在她旁邊。

「去廚房，早餐在餐桌上。還有，看看廚房裡有什麼事，是妳可以幫忙的。」阿信一邊說一邊眨眨眼，暗示阿莉照著做。

「好，我去看看有什麼可以幫得上忙。」阿莉隨即躲進廚房，阿信的大姐早就在廚房裡忙了。

「今天晚上的計畫是什麼？有什麼是我可以幫忙的嗎？」阿莉問了阿信的大姐。她正在廚房裡，分著她爲大家準備的東坡肉、滷菜、紅燒獅子頭。到了晚上，這會變成桌上的菜。每年過年，她都不厭其煩地爲各家做這件事。

「應該沒有，大哥已經訂了一桌外燴了。」

「喔，我知道了，他眞好。好細心，不然的話，我們要忙得兵荒馬亂了。」阿莉回答。阿信的大姐微笑了一下。「阿莉，我們今天晚上不會跟你們吃晚餐，我們要去我先生的親戚家吃團圓飯。」大姐說道。

「啊，沒問題，你們玩得開心。」阿莉回應阿信的姐姐。

大姐一句話也沒回答，她專注在分裝她帶來的菜。然後，大姐終於說話了。「嗯，我們吃過晚飯以後會回來的，如果妳願意的話，小丹可以來跟我們睡。」

「啊，妳眞好，可是，妳幾乎都沒有休息，我怎麼好意思再讓小丹打擾妳跟姊夫？」阿莉問。

「不用擔心，這不是問題。我們都知道小丹的習性，他會認人。」

「好啦，我們到時候再看看小傢伙的情況怎樣，好嗎？謝謝妳。」阿莉回覆。

「阿信啊！阿莉是起床了沒？叫她把地板拖一拖，把家裡打掃打掃。」婆婆對著阿信嘮叨。

「她早就起來了啦，她在廚房幫忙。」阿信幾乎是喊著講話。

「噢，那叫她把地板打掃乾淨，也把屋子清理清理。」婆婆反覆地說。

「媽，妳不要操心這個好嗎？等一下我會做。」阿信的哥哥回應著。

「不行！叫阿莉做。」婆婆大聲喊了出來。剎那間，歡樂的氣氛，被她的命令變成一片凝重的冷空氣。

沒人知道要怎麼回答婆婆。阿莉好想哭，並不是她沒有一顆服務失能老太太的心。阿莉知道自己是喜歡付出的人，未出嫁時，也常常主動幫自己的媽媽。工作時，她也攬了很多很艱難的工作。可是，婆婆的態度跟心態，讓她的自尊很受傷。被奴役的感受，讓她完全都不想動，一點也不想。這像一場自我的競賽，使用權力壓制對方，好凸顯自己存在的價值。不知道是甚麼樣的受傷，讓婆婆養成這樣的態度。阿莉一點都不想參與這樣的遊戲，一點也不想。

阿信從椅子上起來，走到屋後，拿了水桶跟拖把。他把水桶裝滿了水，然後準備要打掃家裡。就在阿信要開始動手時，兩個小孩起床了。「阿莉，去顧著他們。」

阿信一邊裝水，一邊喊著阿莉。阿莉頓時感到又後悔，又感恩。感恩的是，阿信總是有技巧地，把她從那些不該屬於她的雜務中拯救出來。那些雜務，說真的，並不是她份內的責任。後悔的是，她不知道到底自己是跟誰結婚？婆婆的控制慾讓她想走得遠遠的，而不是更靠近。她不明白，阿信怎麼能那麼順服？

做女兒時，爸爸總是鼓勵她，不管想做什麼事儘管認眞地去做。她的父母總是尊重她，而且從來不會在外人的面前傷害她的尊嚴。她有完全的自由做自己，做每一件事，都是自動自發的。她還記得，好多年前，她服務的公司發生了一件很嚴重的品質問題，她是處理問題的一環。工作很艱難，可是，比起工作，更難的是對家的思念，跟掛念生病父母的心。即使在困境中，爸爸仍然鼓勵她：專心在責任上，盡所能的服務，不要擔心他們。

爸爸的話，還在耳邊迴盪。她急忙跑進臥室裡去照顧小孩，但從她的背後，隱隱約約還聽到婆婆在嘲笑她。阿信對阿莉的保護，讓婆婆更加惱怒。

「我以爲受高教育的女人，應該甚麼都會。結果，怎麼來了個媳婦，甚麼都不會做？我含辛茹苦地把兒子養大，還是無法享福嗎？」

阿莉嘆了一口氣。從第一次認識到現在，婆婆完全變成另一個人。結婚前，只是喜歡阿信一家人的純樸跟溫馨，更單純地認爲，能夠爲彼此帶來幸福。原來，婆婆對於媳婦是有期待的。這跟她進入婚姻前的預設立場完全不同。她沒有意料這樣的狀況發生，更不用說改變自己來取悅婆婆的期待。就連婆婆如影隨形的失落感，阿莉也不知道該怎麼處理。突然間，沒有雙親在一起的團圓，讓她覺得既厭惡又難過。她一點也沒有歡樂的感覺。

每個踏入婚姻的女兒，都有相同的命運嗎？婆婆若老是把抱怨跟取笑掛在嘴上，她怎麼願意親近她跟愛她？婆婆看她的眼光，讓她很受貶損。當婆婆在眾人面前，像使喚傭人一般叫喚她時，她只覺得人格很受侵犯。

有人說，女人要想在社會中成功，要嘛，得有富有的娘家，不然，就嫁給有錢人家。再不然，得在專業上很出色，工作很勤奮，甚至比男人勤奮。她再次無聲地嘆息，專業和勤奮，是她可以努力的。可是，另外兩個條件，要怎麼辦才能脫離這些刻板印象的價值呢？難道，單單講求平等不夠嗎？擁有一顆充滿愛與使命感的心，難道不是最重要的嗎？她一邊衝向小孩，一邊喃喃自語：「喔，上帝啊，我是不是該放棄，然後降伏於每個女人都必須要進入的宿命呢？祢的道路是甚麼？我是不是該放棄我的夢想？祢是這個家的牧羊人，祢是主，難道我在祢眼中就不蒙恩？到什麼時候我才能優雅地，贏得這場人生戰爭呢？」

*****

一早，婆婆就起床了，心情愉快。顯然，昨晚子孫團圓的歡樂和親友的電話問候，讓她開心起來。她站在衣櫥前好一陣子，考慮要穿什麼衣服。雖然，她衣櫥裡的選擇有限，上教會前站在衣櫃前選衣服的儀式，仍是她雀躍期待的時刻。

婆婆決定穿上一套兩件式的黑色套裝。今天天氣還是很冷，攝氏十度的氣溫，在冬天算是正常。領子上，有個小巧別緻的斯瓦洛夫斯奇的別針。那是好幾年前，阿莉買給婆婆的新年禮物。

「阿莉，看，妳送我的別針，我還留著。」阿莉看著她，微笑了一下，她還在為昨天的事生悶氣。她讀不懂婆婆。阿莉不解婆婆善變的情緒，不過，她變老練了，努力隱藏真實的感受。至少，她想，應該要這樣的。

她猜想，接納婆婆，比表達自己的感受來得重要。從阿莉的觀察，婆婆錯過很多做女人應有的樂趣。婆婆的身體問題，讓她總是陷在黑暗裡。阿莉父母對她的教養，讓她擁有良好的自我形象跟同理心。她希望藉由分享自己承繼的家風，讓婆婆開朗起來。

阿莉開口問，「媽，我不是給了妳一件外套，今天蠻冷的，剛好有機會拿出來穿啊！」

婆婆看著她，然後把那件外套從衣櫥裡拿出來，「在這裡啊！阿莉，妳帶回去好了。我不需要，拿回去，我不需要昂貴的東西。」婆婆笑笑地說。阿莉啞口無言。再一次，證明她們詮釋事情的方式不同——她們看待恩典不同，甚至，回應恩典的方式也不同。出自於愛和恩典的行動，不保證在一段關係裡不會受到冒犯。生活中的的許多差異，造成她們彼此衝撞。只是，如果因為婆婆的拒絕和冒犯就妥協了，發自愛與恩典的行動，可能就無法得勝了。

「媽媽，它是妳的了。妳有完全的自由，決定要怎麼做。」阿莉回答。即使話這麼說，阿莉還是得努力壓抑胸口的一股氣，她仍是希望婆婆感到被愛。

聽到阿莉這樣說以後，婆婆安靜無聲。她把外套掛回衣櫥，關上衣櫥的門。

阿莉想逗她開心，「媽媽，做完禮拜後，我們去逛街，幫妳買件新洋裝，或是挑選妳喜歡的東西。」

「我所擁有的足夠了，不要爲我花錢！」婆婆說。

阿莉已經想不出有甚麼法子，能讓婆婆感受到祝福。多說一句話，或多做一個動作，可能就會褻瀆婆婆世界的次序。看起來，她的苦楚，不是豐盛的物質生活能解決的。阿莉臉上肌肉緊繃，深怕露出自己眞正的感受。

「快一點，不然上教會要遲到了。」婆婆說。

「好的，等我幾分鐘，我馬上就好了。」阿莉回答。

阿莉穿上了一件V領織紋布的Polo衫，配上牛仔褲。在家裡，她有很多俐落的套裝、襯衫，可以應付正式的場合。跟婆婆在一起時，她偏愛休閒的裝扮，好讓婆婆有安全感。

她動作俐落地撲上蜜粉，畫上眉毛，然後點上唇膏。三分鐘內完成妝容，預備出門。

阿莉打開臥室門的時候，兩個小孩跑了過來。「媽咪，妳在做什麼？怎麼那麼久？妳在化妝嗎？」哥哥喃喃說道。

「是啊，媽咪在化妝跟換衣服。」。

「可是，奶奶說，只有壞女人才會化妝。」哥哥天眞無邪地回答，阿莉眞不知道怎麼回應。阿信所有的家人，都坐在客廳裡面。他們都聽得到母子倆的對話。顯然，有一些阿莉計畫以外的影響出現。

「帶我們出去玩。」哥哥說。

「對啊！媽咪，帶我們去公園玩。」弟弟小丹也跟著應聲。阿莉走了過去，跟兩個孩子都抱了一下。

「兩個乖乖，媽咪現在不能陪你們，媽咪現在得陪奶奶去教會。等我回來，我一定跟你們去，好嗎？」

兩個小男孩緊抱著阿莉，好像從來都沒有好好地抱過她似的。阿莉給兩個小男孩都親一下。「乖，要乖，聽姑姑的話喔！我一會兒就回來。」

阿莉還在安撫兩個小男孩時，婆婆已經站在門口，穿好鞋了。「有人要跟我去嗎？」她喊著。

客廳裡鴉雀無聲，不等任何回應，婆婆轉身打開門走了出去。一陣催促，讓阿莉隨後跑出去。

一走出門，婆婆駝背的背影，已在一箭之遠。她搞不懂，腳步蹣跚的老太太，怎麼走得這麼快？她追上去，走到離婆婆一步遠的距離，陪著她走。

「哦，阿莉，是妳喔！」婆婆說。

「是啊，是我。」婆婆對阿莉的出現，也不以爲意，還是繼續走。婆婆家離教會不遠，危險的是，一路上高低不平的騎樓跟人行道。才一下下，他們就踩到了一個不平的台階。阿莉及時伸手抓住了婆婆的手臂，讓她平衡，不然婆婆就絆倒了。

「不用管我，我會看。」婆婆跟阿莉說了說，然後把阿莉的手撥開。「我向來都是一個人，我習慣了。沒事。」

她們倆就這樣沉默地走著，直到教會門口。到了教會門口，婆婆那張暗沉早已沒有光澤的臉，突然間出現了一些亮光。走進教會會堂時，她開始有了笑容。在外面的婆婆，開心許多，跟在家裡判若兩人。在家裡的那個人，常常陷入自憐、苦毒，跟悲情當中。會眾裡的人都跟婆婆差不多年紀，在走到座位前，阿莉一邊跟這些先生太太們打招呼。顯然他們來這個教會也很多年了，都是婆婆一生的朋友。

「這是我的媳婦。阿莉，跟大家打招呼。」婆婆跟周圍的人打招呼。

「我是阿莉，大家好。」

「嗨！很高興認識妳，妳的婆婆是偉大的媽媽，她獨力養出了有好價值觀跟品格的小孩。」一旁的老太太微笑地說。

阿莉點點頭，然後向旁邊的老太太擠出一個笑容。她飛快地坐下，閉上眼睛，好像在沉思。主日崇拜的程序接著開始，阿莉才發現自己太草率接受婆婆的邀請，她一點也沒辦法投入，甚至也不太喜歡教會裡進行的儀式——敬拜、讚美，還有禱告。打從心裡，她只是將就，爲了順服阿信家裡的權威，也爲尊敬這個宇宙的權能。整整一個半鐘頭，她漫不經心地跟著儀式、唱歌，然而，心裡卻有一堆的問題像漩渦一樣在轉。

崇拜快結束，當阿莉跟著會眾禱告時，突然有好幾個圖像浮現在她的心裡面，那些圖像把她帶回到兒時的景象。第一個圖像，大概是在三、四歲時發生的事情，那是她失去人生中第一個朋友——一隻小白兔——媽媽送給她的禮物。她不記得自己爲什麼離開家，可是，當她回到家的時候，她的好朋友已經不見了。那隻小白兔被奶奶判了死刑，因爲奶奶認爲餵飽肚子比養一隻寵物還重要。幸運的是，她沒有參與到那一餐。

另一個圖像則是奶奶爲了她責怪爸爸。那是七歲或八歲的時候吧！那時的阿莉喜愛上讀書，有強烈的熱情追求知識，只要有時間，就會讀故事書。故事的世界讓她著迷。爸爸用零用錢鼓勵她去買喜歡的故事書。那時的觀念，認爲女兒就是沒有價値的，所有的表姊妹的命運，都繞著家事打轉。當女兒的唯一地位，就是分擔家裡的經濟擔子，阿莉所享有的奢侈，讓奶奶不滿。她責備兒了，說他寵壞女兒。

阿莉不記得爸爸是否跟奶奶發生衝突，但是那些知道這事的親戚們，給阿莉一個新綽號——公主。每次家族聚會，阿莉出現時，他們就會竊竊私語說，看到了沒，公主來了。

爸爸並沒有因爲家裡的壓力，或是因爲阿莉跟傳統所期待的不同，就制止阿莉去做她眞心喜歡的事情。相反的，他把阿莉在學校拿回來的獎狀都裱了框，掛在牆上，表示對女兒的支持。父親眼中的驕傲，給了她肯定。內心深處，她知道，如果不是父親，她沒有機會做自己。

阿莉也不知道，那一部分的回憶爲什麼會突然浮現。這些事，跟當下完全無關。她不記得自己是怎麼處理失去第一個好朋友的哀傷。她猜想，那大概也是她對於權柄產生複雜感覺的開始。不信任會告訴她，權柄是殘酷的，而不是保護。最後，不信任總會要她自我保護，然後躲得遠遠的。

她低頭禱告，努力專注。終於，到了牧師爲會眾祝禱的時刻。在會眾開口唱阿們頌時，阿莉總算回過神來。她偷偷地算了一下日子，數算新年假期所剩的天數。她沉默地嘆了一口氣，她想，我們專心在做人子的責任上吧。只要婆婆開心，我們也都能夠平靜。平靜，正是他們所需要的。

五、驚濤駭浪之前

大辦公室裡冷冷清清的，比以往更安靜，沒有太多的人聲。工作以專案爲主的人，假期結束時，幾乎都出差去中國大陸了。馬經理跟阿傑經理不見了。一起工作、奮戰過一段時間的人，沒說再見就離別，感覺蠻奇怪的。沒有人知道，「漠不關心」在什麼時候潛行進入這個組織裡的。也許，它一直都在。也許，從一開始，就刻意的被植入。在商業世界裡，時間就是金錢。商業界有兩條黃金定律：

第一，在給的越少的情況下，盡可能的收穫。

第二，盡可能的精簡成本，讓股東的利潤極大化。

他們總是不斷地朝向遠方的願景奔跑，爲達成目標努力。她想不起來，同事間互相打氣，給予鼓勵，是甚麼時候的事？

工作，是不斷地創造、擴張、實現機會、界定界線、界定責任，突破再突破。事實上，困難和挑戰一直都在。攻頂，對於個人的體力、耐力和意志力是嚴酷的考驗。東方的哲學，往往將個人的感受與人性當成是攀登高峰的阻礙。爲了「攻頂」這個挑戰，阿莉努力壓抑自己的情緒，封閉自己的感情許久，再繼續這樣跟人性脫離，她不知道自己還能撐多久？可是，她的主管們做了示範，表示他們做得到。如果他們做得到，其他人也該做得到。

她嘗試從業務報告去尋找一些蛛絲馬跡，想看看接下來幾個月會發生什麼狀況。報告，對她來說，是公司的心律，傳送了公司的心跳聲，而且是生產工作的焦點。二月的生產力很低，可是自三月起，出貨就會逐漸增加。阿莉思想，工廠要怎麼應對？大陸工廠，就只有這麼短的準備時間，完全沒有犯錯的空間。

公司的營運已經擴展到三個地點，包括台灣、中國，跟美國。要時時刻刻注意所有發生的事情，其實很緊繃。看完報告後，阿莉打算檢查二月的財務報告。淑玲剛把財務報表寄過來，聲音聽起來緊張兮兮的，說又是老總指示，要她得這麼做。

現在，基本上她得盯著整個事業體的營運表現。對於還找不到適合主管的事業體，找人從巨觀點盯著，是對的決定。可是，爲什麼是阿莉？

淑玲很忠實，這個月開始，阿莉就在她的郵件傳送名單上。報表的結果令人震驚。旺季的時候，公司能獲利，然後得利用旺季的獲利彌補淡季的虧損。而且，全年的進展得照著計畫走才靠譜。

老總的決定讓她處在爲難的處境。從現在開始，她得要跳脫員工的身分，改以雇主的眼光來看事情。

看起來，要追根究底一番，就得跟數十萬筆的數據纏鬥，一場近身搏鬥是避免不了了。要閱讀數十萬筆的資料，是很累人的過程。一想到事關多人，還有他們的家庭，她得忍耐。從報告裡面觀察到的現象，一下子，他們就要從小船擴展成一艘戰艦，沒有時間浪漫了！

*****

三月初，浦東機場的天空，一片霧茫茫，灰瑟黯淡。那片灰瑟黯淡，叫人分不清楚是灰塵的密度，還是霧氣？空氣中聞起來有股汽車排放的廢氣。上海的機場又擠又吵，這個機場既具現代感，又國際化。抵達上海，阿莉就被黑鴉鴉的人群震撼到。現代化的中國影像，跟她印象中的貧困印象，大大不同。在領行李處，阿莉遇到了阿雅、阿琳，跟筱薇。

「看到妳們眞好。原來我們坐同班飛機。」阿莉開心地大叫。

「是啊！我猜旅行社把我們安排在一起，妳大概比較早報到，我們都在後排。」筱薇說。

阿雅跟阿琳專心地找行李，明顯地忽略阿莉的招呼。

「看到妳們，我安心了許多。我第一次來昆山廠，我還在想，工廠的接送服務，到底靠不靠譜？有妳們做伴眞好。」

「阿雅有些不舒服。一上飛機，她就說噁心反胃。」筱薇指著行李盤另一端的阿雅說。

「我身上有暈機藥、胃乳，還有薄荷油，也許幫得上忙。」阿莉從她的托特包拿出一些東西，把它們交給筱薇。

「阿莉，妳好厲害啊！」

「別說我像個媽。我知道，我就是忍不住。好了，拿過去給她吧！」

筱薇把阿莉給的那些東西接過去，然後走過去阿雅那。阿莉站得遠遠地，看著筱薇走過去後，三個年輕女孩開始對話。然後，從餘光中，看到淑玲站在機場的人潮中，就站在行李盤的另一端。她想跟淑玲打招呼，可是，下一幕的事，讓她打消念頭。她看到麥帥——研發部的一位處長，從淑玲背後冒出來。他跟淑玲很靠近，遠遠看，麥帥的右手就放在淑玲腰上。然後，淑玲指著一只深紅色金屬外殼的行李箱。麥帥向前走一步，幫她提起那只行李箱。

阿莉不想爲眼前的景象下結論，她恍神了幾秒鐘，直到她的行李箱轉過來。她抓起了行李箱，眼神避開淑玲跟麥帥，往阿雅、阿琳，跟筱薇那邊看，筱薇正走過來。

「我把妳的東西交給阿雅了。妳準備出發了嗎？」

「好……的。」筱薇的聲音，讓阿莉回過神來。「我……拿到行李箱了，走吧！快！」

「妳還好嗎？妳有點恍神耶。」筱薇好奇地問。

「是有那麼一下子，我被剛看到的事情嚇到了。」阿莉解釋。

「淑玲跟麥帥？」筱薇提高尾音。

「喔，我沒說喔。妳怎麼知道的？」

筱薇咧嘴笑了起來，「我保證，公司裡還有很多事，是妳不知道的呢！」

「喔，筱薇，不要讓我覺得我好像是從另一個世界來的。」

「阿莉，沒錯，妳絕對是從另一個世界來的。來吧，我們走，我未來的老闆。」

「未來的老闆？又一件我被蒙在鼓裡的事！」

「嗯！我們就繼續享受這場戲，把它當成我的預言好了。」

她們彼此對望地笑了，走向阿雅跟阿琳，一起到海關。剛剛那一幕，阿莉實在甩不掉，她很清楚不要管閒事。商業世界的另一項黃金準則，就是別過問私事。社交來往，得保持有限制的界線。

淑玲跟麥帥，可能跟許多類似的故事一樣。雖然私人領域是個人主權，可是，一群人在一起成爲群體，還是會對其他人產生感情或是關懷。群聚的另一個極端，則是把有威脅的人視爲敵人。

海關前面的景象，令她肅然起敬。往前看，橫著的那一排服務通關旅客的海關官員，跟直的隊伍，排隊等著過關的隊伍長度一樣驚人。有一股陰森莊嚴的氣氛，散漫，絕對不是面對這些撲克牌臉孔的中國海關官員該有的態度。若不是公司高層的決定，她也沒有機會來中國。

四周白色的面孔，跟亞洲面孔一樣多。現代化的建築體、穿梭其中的年輕時尚女子，積極搶生意的司機，這些畫面，不會讓人覺得這是共產國家。

找到公司派來的司機時，她們鬆了口氣。浦東機場到昆山的路程不遠，他們在路上，還是足足待了兩個鐘頭。抵達昆山，司機直接把車開到飯店去。很明顯地，公司也利用這個機會款待他們。這個管理會議是協理臨時決定召開的，整個管理團隊被召集到昆山開會。

隔天一早，一台廂型車來載他們。從飯店到廠區，一路上的風景極其壯觀。工廠位於很大的園區裡，廠區前是個大廣場。一行人下車時，看到了一群人穿著紅色的夾克，排成行列站在那裡，跟著廣場前司令台上教練的指揮，隨著廣播傳送的指令，在那裡伸展、跳躍。男男女女，聽著指令，整齊劃一地動作。

協理跟旺哥在司令台上帶領早操。

阿莉跟著阿雅、阿琳，和筱薇走到營運辦公室。營運辦公室的正中央，是個宏偉壯觀的大門。陽光跟門口的聚光燈，讓那扇大門顯得特別明亮和閃閃發光。透過玻璃門，可以看到牆上的公司標誌，散發迷幻般的鮮紅色光芒。阿莉踏上台階，正準備要進去，突然間，筱薇攔住她。

「那扇大門，是保留給執行長跟貴賓的，員工跟訪客要從旁邊的側門出入。」筱薇拍拍阿莉的肩膀，然後指著建築物右側。從這裡，視線看不到另一邊。

阿莉跟著業務美女三劍客，來到一個不銹鋼門前，這才是員工跟訪客的出入口。進了門，有一個招待的櫃台。櫃台的右方，有一個區域，掛放著所有員工的出勤卡。接待小姐禮貌地請她們出示證件。櫃檯的左邊，警衛等著進行安全檢查。阿莉順服地完成要求的程序，然後通過了那扇安檢門。

阿莉舉手招呼，寇副總微微點頭，臉部沒有表情。副總辦公室外面，可以看到維妮坐在辦公桌前。阿莉走向她。

「嗨，維妮，我來了。妳還好嗎？」阿莉向維妮寒暄，站在維妮的辦公桌前，杵了幾秒鐘。這位年輕小姐還是忽略她。阿莉想生氣，卻不能。一旦怒氣爆發，她們的關係絕對會破裂，那樣一來，就不容易修復了。

當時間與生產力這兩個元素的比重，超過人生中的其他事情，人自然而然照對自己便利的方向來選擇。友誼，大概就是那些人生中的其他事情中的其中一個項目；忠誠，也是其中一個項目。付出關心，也是其中一個項目。如果她眞要認眞起來，這個其他事情的清單，還有很多東西。阿莉嘆了一口氣。要精通這個遊戲，她得知道遊戲規則。她心裡面背誦著：組織是人所組成的企業。最高的原則，是要讓人的能力有效率地發揮，而讓人的弱點不相關。她想著，自己到底做錯了什麼？

把人性跟工作切割開來是可以諒解的。可是，人性不是我們的一部分嗎？人性不正是我們之所以爲人，並成爲偉大的元素？貪錢不正是萬惡的根源嗎？還是，競爭才是萬惡的根源？若不將職場看成修道的地方，她就無法得自由。這失去的一塊，讓她的靈魂漸漸枯竭。也許也是這失去的一塊，讓許多人被逼著扭曲自己的靈魂。

在顧全大局的立場下，她穩住了狀況。可是，實情是，她也失去朋友。她無法想像，若再繼續往前衝刺，還會有什麼損失？

阿莉等了幾秒鐘。維妮還是沉默，沒有回應——跟阿莉猜想一樣。她帶著嘆息，離開維妮的座位。

*****

阿莉找到了去會議室的路。

整個組織已經成長到相當大的規模，會議室裡有將近三十多個人。寇副總用非常快的速度，建立了這裡。會議室整齊明亮，大螢幕跟投影機已打開備機了。會議室的一旁，熱飲跟各式糕點整齊排列。每一件事情，都井然有序。

阿莉坐在被安排好的位子，等候會議開始。她抽出筆記型電腦，開機準備要報告的

PowerPoint 檔案，就在預習時，旺哥過來坐在她旁邊。他伸展脖子、肩膀，看起來像在揉捏做早操的痠痛。

阿莉跟旺哥打招呼，「早啊，旺哥！還好嗎？做完早操，很有精神喔！」

旺哥苦笑。

「我很期待你的簡報喔！」阿莉說。

「簡報？我才不要做簡報哩！」旺哥酷酷地回覆。

聽到旺哥這麼說，阿莉的眼睛睜得大大的。「那，誰幫你們業務中心做簡報？」阿莉迷惘地看著旺哥。

「我已經指名要阿雅、阿琳，跟筱薇做簡報了。客戶服務剛調過來個新主管，有事麻煩妳直接找他。組織變動以後，妳一定很開心能夠擺脫這個部門，是吧？新主管獨當一面，所以，我用不著出馬的。」話說完，旺哥就低下頭來，把目光轉移到他的筆電的螢幕。

「也對。那我該跟客服的新主管談談我還沒完成的事，還有那些設計的機制，應該不要再打擾你囉！」

旺哥點點頭，算是給阿莉的回答。「很好，老實說，妳弄的機制，我一點都不懂。那些會計術語對我好像外國語一樣，更不用說甚麼保固成本的保留了。隨便啦，我輕鬆地管理，盯著我們美女三劍客把事情做好就好了。」

有越來越多的經理人跟部門主管走進會議室，阿雅、阿琳、筱薇也進了會議室，坐到旺哥後面的位子上。她瞥見阿雅正低頭找插座。「阿雅，我後面有個插座，妳可以用這一個。我剛好有多一個電源轉換器，妳先看看妳的電源線，是不是能夠跟 220 伏的電相容，我們在台灣用 110 伏，大陸這裡，我想是用 220 伏。」

「喔！謝謝妳。我確定我的電源線跟 220 伏的電相容。」

她抱著筆電，繞到阿莉後面，插上電源。「很好，有電了。」

阿莉注意到阿雅好像還有一點蒼白，她忍不住要問，「妳好一點了嗎？我給妳的東西，有幫上忙嗎？」

「喔，沒有耶。事實上，我有過敏，所以，如果不是醫師的處方的話，不能隨便吃藥。」阿雅說，隨即對阿莉勉強擠了一個微笑。

「喔！我不知道妳有過敏。我只是好意。」阿雅走回自己的座位時，阿莉輕聲應答。

時鐘指在九點鐘時，寇副總、C.K.、協理，跟老總一行人，走進了會議室。協理做了簡短的開場白。他有種魔力，能夠示範出優異。短短的報告，抓住每一個人的注意力，難怪他很快就高升。阿雅、阿琳，跟筱薇接著報告客戶的進展。他們講完的時候，老總突然說話了。

「嗯，看起來，業務團隊今年達成很好的成績。其他部門的經理們，打算要怎麼回應我們期待已久的豐收年呢？」會議室裡，一陣很久的寂靜來回迴盪。

阿莉想，每個人都知道，眼前，有一座高山要爬。老總幹嘛問每個人心裡有答案的問題啊？

在沉默持續了十幾秒鐘之後，協理打破了沉默。「我們拭目以待，整個管理團隊所要完成的挑戰。」

一股涼意爬上阿莉的背脊上。協理儼然轉變成統治者，再也不是以前那個跟他們緊密工作、一起抗戰的人了。他變成監督人，像一隻時時警覺的老鷹，在高處觀看著，隨時準備發動，要掠奪跟攻擊獵物。

她靜靜地觀看四周的同事，大部分的人，若不是低頭看著筆電，就是向前直視。

她想，「就算是聰明人，也是會擔心恐懼，游移不定。老總的問題，對每個人的心，的確是個考驗。」

六、來自過去的好消息

晚上九點半鐘，飯店的大廳還是鬧哄哄的。大廳休息室裡，偶而傳來鶯鶯燕燕的嘻笑聲，劃破了大廳的寧靜。這些誘人的女媚嘻笑聲，跟背景裡的鋼琴彈奏，成爲強烈對比。大廳裡的法式骨董沙發、茶几，還有綴著金線流蘇的窗簾，將大廳布置成西式的風格。然而，地上黑白格子的磁磚，荒謬地破壞了整個巴洛克風的調性。

阿莉跟同事，剛剛回到飯店裡。方才，整群人還在餐廳裡。第一天的管理會議，持續到晚上七點鐘，接著，整個管理團隊被帶到當地的一個中式餐廳吃晚飯。老總作東，請大家吃飯，也讓大夥兒熱絡。寇副總團隊裡除了幾個人是資深員工以外，其他都是新面孔。可是，寇副總那種當自己人的互動與領袖魅力，讓團隊覺得有歸屬感；相處起來，彷彿每個人都是可信賴的朋友。

像往常一樣，這樣的場合，免不了要喝個幾巡。餐會中輕鬆愉快，大夥兒都很開心。公司第一次有這麼大型的社交活動，所以大夥兒都把握機會熟悉面孔，活絡關係。業務在第一天所報告的願景，提振了整個團隊的信心。就在杯觥交錯之下，往來的寒暄、熱絡，歡樂的氣息流動於其間。

在亞洲，生意應酬，跟家庭的社交活動，拿著酒杯在餐桌間招呼，是一種習俗。不管是喝啤酒、烈酒或飲料都好。這樣的作法，被看成是破冰，跟增加聯結的方式。筱薇跟阿瑞暗示阿莉去跟C.K.和寇副總的團隊敬酒，活絡關係。理由很明顯，今年，阿莉所屬的事業部所需要的供應，得依賴這兩個團隊。阿雅跟阿琳早就起來動作了，把他們自己事業部的人都留在一旁，包括他們自己的主管，旺哥。阿莉喊了一旁的旺哥跟Stan，按照他們在組織上的層級，他們一同行動是合理的，這樣也能表現出團隊合作的好形象。不過，旺哥跟Stan，顯然對阿莉的邀請無動於衷。C.K.坐的餐桌，有一些熟面孔，讓阿莉有些勇氣走了過去。她從來都不喜歡這種場合。可是，比起把事情做對，美好的人際關係重要得多。

伴隨著酒杯相碰的清脆聲，C.K.的團隊，傳來銀鈴般的笑聲。一位女同事，今晚變成了他們那一票人的舞會女王。單身的妙齡女郎往往多受矚目，這是很普遍的。C.K.團隊裡，很多男性經理跟她比較酒量，這位女同事倒是不遑多讓，豪不退縮。震耳欲聾的加油聲，在整個用餐室裡來回的迴響，讚賞著這位女同事的膽量。隨著拼酒競賽的加速進行，氣氛是喧噪沸騰。

團隊裡大部分的人，心裡都有界線。除了C.K.事業部裡面幾個經理真的喝醉了，大部分人也都是行禮如儀。餐會結束時，仍然保持清醒。

這一天過得很漫長，阿莉已經感到睏倦了，腦袋裡只想要泡個澡，然後跳上床去。幾個人走在飯店的走廊裡，幾雙高跟鞋，把飯店裡堅硬又上過蠟的磁磚，踩得嘎吱嘎吱作響。

「嘿，女士們！」才走了幾步，協理就在她們背後喊。她們四個人同時停了下來，轉頭看協理。「如果需要的話，可以請飯店叫按摩服務，那是這裡服務的特別項目。不過，妳們得自己負擔，公司不出錢。」

「那我一定要試試看。」阿雅興奮得大喊。「我累斃了，全身緊繃到不行。」

「我也是。」阿琳附議。

「可以很快速地釋放全身的疲憊，我大大推薦。」筱薇說得好像一個老練的旅人，事實上，也是真的。爲了在中國大陸的客戶，她在中國已經來來往往好多次。

「嗯，我想我就不跟了。我只想在我的房間裡，好好地泡個熱水澡。」阿莉慢慢地說，等櫃台的接待幫美女三劍客做好登記，再跟他們一起走回房間去。在同一排走廊上，她們相繼找到自己的房間，一聲不響地走了進去。

是一間很棒的商務套房。昨晚，她來不及好好地看看房間裡的擺設。套房裡，有張書桌，一張加大的床，一旁，有一張舒適的兩人座沙發，一個大螢幕平面電視，還有明亮乾淨的全套衛浴。房間裡鋪上了柔軟的地毯，只不過，又是單調和無聊的黑白格子圖案，那個色調，把房間中央水晶燈所點亮的光線，變得黯淡了些。這裡沒有一件事讓她聯想到中國。眼前的景像，跟她曾經想像中的中國，差別好大。讀過的歷史、故事，民間故事，讓她想像這個國家千千萬萬次了。還小的時候，父親總要她把祖籍的地名，一遍又一遍地背誦起來，可是，在這裡看到的每個景像，都跟她曾經想像的圖畫有衝突。每個遇到跟接觸過的人，都觸痛阿莉的感受——這不可言喻的刺痛，該是所謂的震撼吧！她把筆電放在書桌上，走向衣櫃，拿了睡衣換上。

「泡個熱水澡」，她想，「應該可以幫助放鬆一下吧！」她把電視打開，讓電視的聲音塡滿套房裡的空虛感。她早就急切地想從團隊裡離開了，特別是跟她的同事們。

她把水龍頭打開，調了一下水溫，讓溫熱的水流入浴室裡漂亮的法國浴缸。一天的匆忙慌亂好不容易沉澱下來，一晃眼，是晚上十點了。這個時刻，是屬於自己的孤單。

手機響了起來。「喂！」她接起電話，「那麼快就想我喔！」

「想妳？只有那麼一點點啦！」

「喔，是阿倫啊！對不起，我以爲是妳姐夫打過來的。」

「對啦，這位太太，是妳弟阿倫沒錯。」

「阿倫，有急事嗎？我現在在中國開會，如果會講很久，漫遊很貴喔。可以等我回台灣再談嗎？」

「妳在大陸？做什麼？」

「來工廠來開會。沒什麼浪漫的事，我現在壓力很大。」阿莉吞吞吐吐地說。

「好啦，很快講完，我要結婚了，跟妳說一聲！」

「結婚？你都還沒有把女朋友介紹給我咧，對方是誰？怎麼一下子就做這麼大的決定……？我保證，一回到台灣，就給你電話，你得一五一十地跟我講清楚。」

「我就知道妳一定會很驚訝。可能，妳為我做的禱告奏效了吧！一定要打電話給我喔！我需要妳幫忙。」

「你當然需要我幫忙，你得跟我說所有的細節，那女孩是誰？婚禮安排在什麼時候……算了，等我回去再好好地跟我說。」說罷，阿莉掛斷電話。房間背景中電視插入的聲音，雖然講的是跟阿莉母語一樣的語言，感覺起來，卻是那麼的疏離跟遙遠，彷彿是她生命的寫照——每一件事、每一個關係，都距離她好遠。阿倫，她的弟弟，小她五歲。如果不是大事情，阿倫絕對不會打擾她。上一次，他們有機會能好好講話，是好幾年前在媽媽的喪禮吧！多年以來，他們隨著工作漂移，順服地跟著命運的帶領。工作，把他們分隔兩地，總是難得聚在一塊兒。

阿莉走進浴室，把自己浸泡到溫熱的水裡，把心思放空。電視裡，主播正在報導當地的黑心食品跟造假食物的新聞，聽起來可怕又不道德。電視的聲音，無法給她任何眞實感。她的心思，不斷地飄移到她跟父母最後的對話。

想到爸爸，那是他剛開完刀的時候。那時候，阿莉在國外工作，只能一天用一通電話問候爸爸，表達做女兒的愛與關懷。

「阿莉，妳那邊的工作很艱難，是嗎？要堅強喔！」

「阿莉，答應我，妳跟阿信會彼此照顧。」

「阿莉，我正蓋著妳從英國買給我的外套，好暖和啊！」

「阿莉，我什麼都吃不下……我希望我可以……」

阿莉沒有趕上聽到他的遺言，當她回家參加喪禮時，媽媽跟她轉述父親的遺言：他說，他很幸運能夠有她當女兒。阿莉一直不懂這些話的意思。雖然，在命運女神殘酷地向他們變臉之後，她不停地勤奮工作，可是……她還來不及……來不及完成她的夢想——讓整個家脫貧。

她把自己浸到浴缸的水裡面，想不通，心裡那一股令人窒息的糾結，是怎麼一回事？爲什麼爸爸生前說的話語，不斷地在她的回憶裡迴響？照理說，過去所看過、經歷過的影像，都成爲過去了。隨著父親生意挫敗而來的羞辱感，也跟著他而埋葬了。她想，應該是這樣的，她再也不需要背負那些負擔了。再也不需要了！

年少的時候，看著他的挫敗，還有，隨之而來的，就是母親的辛勞。對於雙親的處境，心裡是既充滿同情又無助的。儘管對於家裡的事一無所知，挫敗者女兒的身分，卻時時刻刻像鬼魅一樣，如影隨形地跟著她。她總不能跟任何人說，跟他們為敵的，是政府。政策的急轉彎，讓他們的命運瞬間變臉，一下子從天堂落入地獄，豬羊變色。她所能做的，就是把自己所有的精力，都用來學習。除此之外，她決心把事情隱藏起來——她是誰、她的家庭是怎樣？她堅決地決定，要帶著骨氣，走出那個陰影跟羞恥。隨著年日演進，這些企圖心，竟也變成巨大的固執。

在她發現以前，她的固執跟爸爸的信念開始有了衝突。她不記得多久沒有跟他說話？可能從上大學以後吧！即使他們之間有對話，也都是短短的膚淺應答。她心裡清楚，自己的父親並沒有從挫敗中走出來。有時候，她寧可他跟她談談，事情是怎麼發生的？關於事情跟人，他又是為什麼原因做了相關的決定。不知道為什麼，他寧可保持沉默，沒有人知道他心裡真實的感受。他唯一向他們保證的是，絕對不會自殺來了斷一切。

接著，他們的生活，就像平行線一樣，在同一個屋簷底下，過了好多好多年。經年的困苦跟貧窮讓阿莉養成一種態度，讓她對於苦難既疏離又諷刺。諷刺的是，在多年的冷漠與漠不關心之後，那些他在長途電話裡對她所講的話，竟然打破他們多年的隔閡。只是，他們之間再也沒有機會了……再也沒有任何機會了……

在父親喪禮之後，他們以爲，生活會恢復正常。然而，命運愛唱反調。詭譎的癌症，成爲奪走喜樂與希望的最後一根稻草。在媽媽生命最後七年的時間，奸詐的癌症每年反覆出現，直到最後，吸乾了她的力量，壓垮了她想活下去的意志力。

癌症先是在她的腹部急速增長，然後出現在乳房，接著覆蓋住一顆腎臟。接著，開始侵襲她的免疫力。那些癌細胞無法控制，而且成長的速度很快。醫生只能開刀，切除那些惡性組織。一次又一次的手術，也讓她的身體越來越衰弱——跟著一起衰弱的，還有信心。

對阿莉跟阿倫而言，父親跟母親的人生，是勇氣的示範。見證了他們的人生，阿莉跟阿倫了解，即使命運惡毒、無常，也要提起勇氣面對。只是，他們千千萬萬沒有料想到，癌症是這麼厲害的敵人，毀滅力量竟如此強大。

「阿莉，我不想活了。」最後一次手術的那個早上，媽媽突然這樣跟她說。第七次，那是第七次的手術。她的心思回到手術前的準備時間。

「阿莉，也許我跟你爸的婚姻，很艱困、很不幸。在這麼多的吵鬧打架之後，我不知道能不能原諒他。無論如何，他終究是妳的爸爸。」阿莉的母親在她的父親過世時對她說。她終於想起來，爲什麼她想離開家，不只是自卑，還因爲那場激烈的爭吵。

那一夜，他喝醉了。等到媽從第二輪的工作下班以後，已經是深夜了。阿莉聽到他們在吵架。才一下子，就變成激烈的肢體動作。等到阿倫也聽見了，情況已經完全失控。他揮拳打她的頭、她的臉，她的身體，瘋狂、用力，整個人失控到無法勸擋。她跟阿倫得用力抓著他，才能讓媽媽逃脫，離開現場。阿莉也追了出去，留下可憐的阿倫在家照顧酒醉的爸。那一夜，阿莉跟媽媽無處可去，匆忙中，跑進附近一個公寓的樓梯間躲著。一整夜，她爲命運加在她身上的重擔與不幸啜泣。還是青少年的阿莉，只能用雙手抱著自己的媽。隔天早上，天還沒亮，趁著沒有人發現時，她們提起勇氣，回到了家。

那些話跟影像，像一支利箭，刺穿她的心。阿莉不怪媽媽，跟這個怪病對抗、纏鬥，大概也讓她筋疲力竭了。在這個怪病出現之前，艱難的困苦，沒有讓母親低頭。爸爸的破產，沒有讓她喪志。失去了所有，也沒有讓她軟弱過。還有，爸爸習慣性用酒麻醉自己，也沒有讓她停止爲自己的孩子奮鬥。一天兩個工作，從來也沒有讓她退縮過。阿莉跟阿倫，是她存在的理由。在爸爸確認得癌，生命最後的日子裡，媽媽還放下自己經年累積的怨恨與怒氣，在病榻前照顧他，直到他離世的那一刻。

還是年輕女孩，應是無憂無慮的時候，阿莉的心思就只能放在生計的問題上。只要恩典一敲門，就勤奮工作。只是，年少時所許下的心願，怎麼突然變得微不足道，毫無份量？難道，祝福不再有意義，只因雙親無法參與與見證她的成就？

「我該專心想想，怎麼爲阿倫辦個完美的婚禮。」阿莉想。「終於，有新的氣象，讓整個家開心起來。如果爸爸跟媽媽還在，他們會很高興的。他們一定會邀請所有的親戚來慶祝。啊，親戚們……」阿莉的心思，沉溺在自己的思緒當中。

她把整個臉泡進浴缸裡的熱水幾秒鐘，心思想著那些她從小就認識的臉孔——伯父、姑姑，堂兄姐，還有媽媽那邊的親戚。在她有記憶以來，每個假期，就是跟家人在一起過的，沒有例外。從小到大，家庭聚會，婚禮，喪禮，還有團聚，家人們總是在一起。這是那時候的生活方式，在上一輩的眼中，家人總是排在第一。

她嘆了一口氣。因爲工作的關係、遷移，還有婚姻生活，讓她跟舊時光的生活離得好遠。她以前所連結的大家庭，散落各地。她的心，跟對這個家的了解，好像也是這樣。

「好吧，等這趟出差結束，再來面對，沒那麼難的。」

她從浴缸裡爬了出來，把白「用浴巾裹好，然後一股腦兒地撲到那張大床上。

*****

八點鐘之前，阿莉所有的同事就準備好，等候公司的接駁車。老總也在其中之列，可是，不知道怎麼著，老總把行李都收拾好，帶在身邊，準備要從這家飯店離開。旺哥跟協理，早就在吃完早餐後離開了，除了他們兩人，大概也沒有人敢接近老總。看到老總氣呼呼的樣子，大家都緘口不語，與他保持距離，不敢探問事情的眞相。

接駁車準時出現了，所有的人整齊地排隊上車。飯店離加工出口區不遠，但因爲早上戲劇化的事件，接駁車裡的氣氛，凝重而安靜。這城市的馬路，條條排列整齊，像棋盤一樣。接駁車接近加工出口區時，那裡的工人人潮，像蜂群般密密麻麻成群洶湧。年輕的男人女人，或走路，或騎著腳踏車、摩托車，一波一波的人群，看起來像是沒有武裝的部隊一樣。

加工出口區，像是大片的建築物叢林祕境。每棟建築物，都大到讓人張口結舌。似乎，來投資的各家公司，都在工程的規模上，卯足了勁競賽。接近公司的廠區時，老總突然開口說話了，「製造工廠能夠在這裡，是我去談的。是我去跟中國的政府協商，取得這裡的土地的。」老總指著外面的廠區說。車上的每個人變得更安靜。當大家都沒注意的時候，老總還是私下做了些了不起的事。

接駁車到廠區時，廣場的中央擠滿了工人。不管男女，都聽著廣播裡的指令做早操。旺哥跟協理在那裡，跟著員工一下子跳上跳下，一下子伸展。所有的人在下車的時候，也都把玩樂的態度收藏起來。

一行人按著秩序走進工廠。來到會議室前，咖啡香氣芳香四溢，充滿整個空間。會議室跟昨天一樣整齊潔淨，寇副總和C.K.的團隊已預備好要報告。時鐘的指針走到08:45時，幾乎所有人都抵達會議室了，沒有人說話。維妮坐在寇副總的團隊裡面，注視著筆電，專注在自己的事上。阿莉遠遠地看著她，決定要淡定地面對。她相信，對維妮，寇副總是好主管，她沒有什麼可擔心的。這時，協理跟旺哥也結束了早操，進到會議室裡。突然間，協理站在維妮前面，跟她講了一會兒的話。協理跟維妮講完話時，旺哥也來到阿莉旁。

「早啊，旺哥！」阿莉跟旺哥問候。

「早啊，阿莉！」旺哥回答。

「早上的早操帶得很好喔！我猜，昨晚的按摩效果還不錯。你看起來精神不錯，神采奕奕的。」

「都是協理的餿主意，他的腦筋一天到晚動個不停。」

「哈，我完全了解。帶領不是容易的事，人需要讓他們仰望的人。」阿莉回答。

「阿莉啊，維妮還跟妳報告嗎？」旺哥問。

「是啊，根據組織圖，她還是我部門的人。」阿莉慢條斯理地回答，聲音裡沒有任何抑揚頓挫。「你問這做甚麼？」

「沒有，沒事。只是……對事情的眞相有些好奇而已……」旺哥聳聳肩，然後把注意力轉回到他的筆電上。

旺哥有副精實、中等的體格，一身皮膚黝黑，雙頰瘦削、凹陷。抽菸，讓他時時散發一股濃濃的菸味。一口牙，也因累積的尼古丁汙垢，呈現出深深的棕色。旺哥的年資跟協理密切的友誼，讓他多了一份隱形卻滿有份量的權威。做爲業務中心的頭，更讓他有發號施令的分量。旺哥很少講話，可是，旺哥說話的時候，大家都知道得要仔細地聽。他的話語，可能隱含著協理的心思意念。這樣說可能很不公平，但是，旺哥在日本受教育的背景，讓他有股幫派的氣質。那股氣質，比他專業上的成就更突出。

若不是旺哥的那一番話，阿莉還不會覺得惴惴不安。她猜測，遲早她會失去自己調教出來的部屬。

在這個系統工作多年，她知道，公司裡的每個人都被看成棋盤上的棋子，端看下棋的棋手決定怎麼動作。只要順服上層主導的遊戲，她就不會有事。那些大頭們，有更大的賭注。阿莉能做的，就是順應潮流，並且觀察協理準備的戲碼。可能，這個組織裡的其他人，也是這樣想。她瞄了時鐘一眼，九點鐘，會議差不多要開始了。寇副總、C.K.，還有老總，剛進到會議室，正要坐下。

老總、協理、C.K.，跟寇副總，都是優異的領導者。但是，執行，則有賴於團隊合作。懷疑與恐懼會阻礙團隊進展。

沒有多久，協理已經站在前面，清理喉嚨，他說，「在開會之前，老總有些話要跟我們說。」

老總接著協理的話站起來，玉樹臨風般的瘦長身材，讓協理看起來，像是隻站在雄獅旁的山貓。

「從開創以來，我們經歷漫長時間的耕耘。在新的生意模式出現以前，有一段時間，公司不太穩定，努力在掙扎中求生存。我要將所有的功勞歸給老天爺所賞賜的運氣跟福氣。若不是集團另一個團隊的努力，我們大概沒有辦法在這麼短的時間內贏得現在的客戶。從我過去的經驗與觀察，一家新創公司，至少需要六年到七年的時間耕耘，才能開始起飛，幾乎沒有例外。我們現在站在非常好的時機點，能夠把公司推向新的階段。假如今年能再成長，明年，我們有機會讓公司上市。然而，這仰賴整個團隊的努力。我相信，還要仰賴協理的領導，讓事情能夠如期發生，是嗎？協理？」

協理滑順地接著老總的話，沒有絲毫的猶豫。「是的，老總，這個團隊就像磐石般堅固，我會確保同仁都朝著同一個目標進行，我們一定會讓計畫成眞。」

「哎呀呀！」阿莉心裡嘀咕著，「看起來，好事要發生了。但是，像老總所描述的，眞是可遇而不可求的機會，我一定要緊緊抓住這期待已久的機運。天啊！我等不急要告訴阿信了，希望他會跟我一樣興奮。」

七、母親節

阿信家有另一場家庭聚會要張羅。婆婆家，客廳裡擠滿了人，阿信的姐姐也帶著家人回到家裡。

阿莉的情緒很低落，她的心思意念像是漩渦一樣混亂。兩個月內，公司演化成一艘巨大的戰艦，每一天都是一場戰鬥。每個訊息，不管是電子郵件、電話、跟會議，都觸動阿莉的神經。每天工作至少得耗上十二到十四個鐘頭。雖然她一再告訴自己要轉換模式，她的心思意念還是沒有跟上。

阿信的姐姐阿月，正爲著午餐追著兩個男孩跑。孩子們會黏著姑姑吃飯跟睡覺，但是，玩樂的事，他們會找阿信跟阿莉。尋求安慰，也是找阿信跟阿莉。當他們的爸爸媽媽在的時候，孩子們就會變得煩躁不安，不願意合作。

照顧兩個小孩的事——餵食、洗澡，還有教導，這些身爲母親該做的事，阿莉會盡力插入。但是，實際的情況，卻常常失控。孩子們總是抵擋，她跟兩個小孩彼此挫折。小丹，他們的小兒子正在鬧脾氣。他因為例行事項被改變而不高興。姑姑突然間跟他保持距離，讓他無從適應，他拒絕讓阿莉餵他。小丹的拒絕，也讓阿莉很沮喪，他們彼此堅持，彼此拉扯。他站在那裡，跟阿莉僵持不下，又是激動，又是生氣。

「不要，我不要妳！」小丹幾乎是用嘶吼的聲音喊叫著。

「把飯吃完。」阿莉用很堅定的語氣和態度，跟小丹對抗。她的界線被挑戰時，變得非常固執，更不用說，她絕對無法接受被自己的孩子拒絕。母子對峙，簡直像是兩頭要發動攻擊的公牛。

「阿月啊！」婆婆喊了阿信的姊姊。「去餵小丹！阿莉不知道怎麼當媽。」

聽到婆婆的話，阿莉的臉立刻變綠。每個人都安安靜靜的，不知如何是好。那樣的話語深深地刺痛了她，讓她很受羞辱。她試著不做任何反應，也不頂嘴。在他們的文化，他們被教導的是，不能悖逆長輩。她只能以沉默來表示自己不認同。

阿月感受到那股冰冷卻快要爆發的氣氛，她走向阿莉，把阿莉手裡的那一碗稀飯拿了過去。「我來吧。」她輕聲說。

阿莉只好順應潮流。

「小丹，你為什麼不讓媽咪餵呢？」阿月說。

「我不喜歡……」小丹淚流滿面地說。

小丹的五歲大哥哥看到小丹在哭，忍不住要嘲笑他。「小丹很笨，他不知道誰是我們的媽媽。」

「哥哥，停。」阿月制止這調皮的小男孩，避免他引起更大的糾紛。

「你媽比不上你姑姑的。」婆婆跟著起鬨，嘲弄阿莉。要不是這些話，阿莉還會以爲婆婆單純是要阿月來協助。一聽到這些話，阿莉了解婆婆眞的不認同她。

阿莉無法責怪小丹的稚氣與純眞。短短幾分鐘，小丹就吃完了那一碗稀飯。算是爲先前的眼淚和怒氣，做了一個開心的句點。

「看吧，我就說阿莉不知道怎麼當媽。」婆婆突然間又笑笑地爆出這一句。話裡的敵意和比較，讓阿莉更加沉默。阿莉知道，自己跟婆婆心裡面的完美女人形象相去甚遠。可是，言語裡的敵意與比較總是令人難堪，她也不知道該怎麼辦才能拉近她們的距離。

婆婆三十歲出頭就守寡了，她獨自帶大三個兒女。因爲經歷過的艱難，每個小孩特別順從她。再則，因爲孝順，沒有人敢忤逆她，或跟她有不同的聲音。阿莉不懂，阿信跟他的哥哥姐姐是怎麼過來的？了解阿信曾經經歷過的歷程，阿莉明白，如果要跟阿信走完人生的道路，愛婆婆是同等的重要。只是，苦毒、抱怨、呻吟、還有自我中心的想法，讓人刺痛與受傷，避之而不及。但講出她心裡眞正的感覺，可能只會造成更大的衝突。

阿信提議帶兩個男孩去公園裡走一走，讓他們發洩能量。

「阿莉啊，妳要跟我們去走走嗎？」

「好啊！怎麼會不好？我需要透透氣。」

「走吧，好嗎？」阿信說罷，就轉過頭去帶兩個小孩。「小朋友們，穿上你們的鞋吧，我們去公園。」阿信指揮著。

「好耶！爸爸，我們來跟媽媽賽跑，媽咪總是慢吞吞的。」小丹的語氣，好像一個小學究，又充滿了稚氣。

「哈哈，我才是最快的。你們都沒辦法追上我的。」哥哥用挑釁的語氣向弟弟說話。

「哥哥，我們去公園裡散步就好，沒有要賽跑。不過，我們看著時候，你可以跑。」阿信溫和地說。

「喔！散步一點都不好玩。媽咪為什麼不喜歡玩？」哥哥纏著爸爸，要問到他的答案。

「媽咪喜歡玩，她只是需要休息。她一直很忙，現在很疲憊。」阿信解釋。

「是啊！你姑姑比你們的媽好多了。」婆婆坐在她的單人沙發上，看著阿信跟阿莉在門口幫兩個小孩穿鞋，又開始叨叨念。阿信跟兩個小孩一踏出家門，阿莉也跟著跑出去，假裝照顧孩子是她心裡唯一的事。

兩個小男孩一衝進公園，就跑去盪鞦韆。哥哥在鞦韆上使力地搖盪，賽跑的事已拋到腦後了。

「爸爸，過來這邊推我，我想要飛高一點！」哥哥開心地喊著。

「爸爸，我也想飛！」小丹也喊著。

「好啦，好啦。」阿信跑過去，開始推著坐在鞦韆上的兩個小男孩。他們在遊樂場上，開懷地笑。

阿莉坐在一旁，就在盪鞦韆的對面，她很享受小家庭合一的時刻。陽光柔和溫暖，因爲陽光的照耀，她覺得整個人的肌肉都放鬆了。有那麼一下子，她希望這一刻能夠一直停留。

沒有多久，婆婆從家裡走了出來，顯然，就是跟著他們後面出來的。阿莉從她眼睛中的餘光看到她跟阿月。婆婆的駝背，粗糙的皮膚，還有灰白的頭髮，整個身影，跟街道都融合爲一。

公園裡的遊樂場吸引很多附近的小孩，因爲婆婆愛小孩，這對她是個恩典。孩子的笑聲、稚氣的模樣，讓阿莉想起，婆婆有顆愛孩子的心。阿莉努力消化剛剛的悶氣，不過，婆婆接近時，阿莉還是不由得心跳加速，肌肉僵硬。她很討厭這樣，厭惡與拒絕的情緒，似乎駕馭了她整個人。

舊傳統的道德有一股強烈的指控，強力地抨擊她。究竟是什麼觸發了她的情緒，如果她能分析出來就好了。事實上，她可以。婆婆的話語總提醒她她無能爲力的事，對於婆婆以倫理標準所衡量出來的那個理想角色，她眞是力所不及。

以阿莉對於人生夢想的渴望和堅持，跟婆婆的期待拔河，就變得不可避免的了。對於阿莉的人生決定、工作，照料小孩，還有其他大大小小的事，婆婆在言語間總是透漏著不認同。這狀況，眞把阿莉給難倒了。

「讓大姐幫我們帶小孩，可以讓媽、大姐跟我們的小孩相處。他們過去的回憶，也可以藉此得到醫治。而且，妳想要事業，不可能事必躬親，樣樣都兼顧好的。」阿莉回想起阿信所說的話。

阿信是對的，畢竟，照奉獻給工作的時間和能量，她已經沒有餘力照顧小孩了。要兩全其美總是難。但如果出發點是正確、高貴的，爲什麼她還是痛苦？

她萬萬沒想到，這樣的安排剝奪了自己做母親的權利，那是她天性擁有的呼召和資產，就跟全天下每個女人一樣。每回面對這部分，她的心，總被撕裂得很嚴重。大概也是因爲心痛，只能叫自己對這些挫折與無能爲力充耳不聞。

命令自己壓抑母性，把它切割後，自己卻跟想要愛孩子這一事疏離。爲了陪著阿信盡孝，好像這是得要付出的代價。在不知不覺中，她的內心早就築起一道防備的牆。

看見婆婆跟阿月踱步過來，阿莉努力控制臉上的肌肉。「今天天氣眞好！」婆婆感嘆地說。「白天的時候，我都會來這裡，看著那些小孩子玩。」

「媽，妳願意的話，可以來跟我們住些時候。」阿莉說。她厭恨自己言不由衷。老實說，阿莉真不知道如何處理婆婆的孤單跟失落感；敞開心接納和由衷的饒恕，是她唯一能做的。

「妳跟阿信為什麼不搬回家呀？我們可以清出一間房間給你們。」雖然婆婆的提議是出自於愛，這卻是阿莉最不想碰觸的話題。只是，祝福，是思想、言語，與行動一致，阿莉需要個人空間恢復、休息，這跟婆婆的期待相左，可是，真話卻放在心裡說不出口。她想要屬於自己寧靜的地方，遠離那個施加重擔、強加扭曲的外在世界。

「媽，謝謝！可是，我們的工作在那裡，我現在走不開。」阿莉緩緩地解釋。

「胡說八道！妳就只會忤逆我，跟我唱反調。以前我兒子很聽我的話的，現在卻不再事事順從我。一定是受妳影響的，沒錯吧。不然，他不會疏遠我。走著瞧，我的兒子絕對不敢拋棄我的。妳不會贏的！」婆婆無法接受拒絕的意見，丟下那些話，就站起來，踱步走開。阿月面帶尷尬，一張臉蒼白的跟白紙般，尾隨婆婆離去。

阿莉無語地坐著，動彈不得，婆婆的期待跟孤單再明顯不過。想到自己的夢想、生活的現實，她只能望而興嘆。阿信跟兩個兒子在那裡開懷歡笑，微笑向她招手。哥哥跟小丹銀鈴般的笑聲，把她的心帶回到現實中。

阿信注意到不對勁，他要兩個小孩停下來，他們走到阿莉面前。

「媽咪，媽咪！妳有沒有看到我飛起來了？」哥哥喊了起來，聲音裡充滿了興奮。

「是啊！我看見了。你像一隻老鷹，飛啊飛，對不對？」阿莉拉近哥哥，擁抱著他，又在他的額頭親了一下。

「怎麼啦？我看到媽走過來又走開。」阿信說。

「是啊，她過來，然後突然間丟下一個問題給我，要我們搬回家。我說，因為工作，我沒辦法搬回來。」

「喔！」阿信嘆了一口氣。

「對不起，我猜我破壞了她的心情。」

阿信嘆了長長的一口氣，沒有回答。他的臉，苦悶無表情。「我們進屋子裡去吧，好嗎？」

*****

五月的陽光，將冬季以來的黑暗一掃而空。不過，對母親節最後的記憶，讓她有些迷失。

母親節之後，阿信就變得很沉默。除了跟小孩、還有阿月講話，他難得說上一句話。母親節最後的回憶是——失望又感到受傷的婆婆。婆婆的情況，讓每個人擔憂迷惑。

阿莉盡量不讓自己被負面情緒影響，但她不由得猜想，阿信與阿月，在成長的過程中，是不是一直都在這樣的情緒虐待中度過？還是，婆婆最近的行爲是反常。

突然間，她領悟到，從他們認識以來，有一個區塊，他們從不談論。那個區塊，就跟她對兩個小孩的空白記憶一樣。

自己的家，被切割成三塊：阿信、她自己，還有兩個小孩。每個人，各有各的生活的重心。她的獨立，倒讓自己變得像座孤島。爲了追求世俗定義的成功，獨自漂流，隨波漂盪。那是被世人看成理所當然的目標和追求。然而，如果爲此，可以割捨人性和慾望，爲什麼她還是心痛不已？

兩個充滿活力的小男孩，已經開始厭煩繼續待在室內了。她決定帶他們出去走走，也理一下自己的思緒。

一走出門，哥哥問阿莉，「媽咪，妳要帶我們去哪？」

「我不知道……」事實上，此時此刻，她很想回家，跟爸媽說說話。家的意念，給她安慰跟力量。

「嘿，兒子們，附近好像有個教會，我們去看看好嗎？我們去聽人家唱詩歌，也學唱詩歌，怎麼樣？」

「好啊！媽咪，妳去哪裡，我們就去哪裡。」小丹稚氣地回答。有時候，阿莉覺得，小丹的稚氣，傳達了一份安慰她的清晰與智慧。他們三人走向兩條街外的一個小教會。走進教會時，敬拜早就開始了。阿莉並沒有規律上教會的習慣，但是最近她開始為很多事、很多人，甚至公司的狀況禱告。

一位很恩慈的姐妹，引導他們在一張長板椅坐下。合唱團正在唱歌，音樂的旋律非常輕柔，在頌讚上帝的愛。合唱團的聲音，好像有股魔力。在她來不及理解前，眼淚，好像打開的水龍頭，流個不停。她越想要壓抑，卻越發哭得厲害。

她的思緒回到十五歲的時候。暑假期間，阿莉有時候會去母親工作的地方探望她。她會坐在板凳上，看著媽媽在一排一排裝著鉛字的木架走道走來走去。在電腦出現以前，印刷書籍跟刊物，需要工人先按照稿件，把稿子的字，一個一個挑出來，然後排版，印刷。阿莉的母親是個撿字工。工資，是根據挑揀的字數來算的。撿一個字，大概就掙個幾毛錢吧！為了要賺足合家裡一天花用的工資，母親每時每秒都在跟時間競賽。

活字版印刷使用的字塊，是用鉛做的。架子上的鉛字用完的時候，撿字工會喊小組長補字。工廠裡為了做到即時供應，鑄造鉛字要熔解鉛的熔爐就在工廠內。高熱的溫度，總是令人又熱又不舒服。

阿莉會忍耐著等待的無聊，坐在那裡好幾個鐘頭，等到母親覺得賺夠工資，才下班一起回家。

「哥哥，小丹，我們走，我們回家去。」阿莉說。合唱團歌還沒有唱完，她就馬上站了起來，也沒有給兩個小男孩太多時間反應。兩個男孩跟在她後頭。

「媽咪，妳爲什麼哭啊？」小丹問。

「媽咪還好。」阿莉一邊擤鼻涕，一邊回答。一股不明的力量，好像把她埋藏在心裡面的哀傷掏了出來。「剛剛在教會裡是怎麼一回事？爲什麼我會失控？哀傷不斷地從我的內心裡面流出來。我很堅強的，不能允許自己變軟弱、變脆弱。」她思想著。

「媽咪，我們要去哪裡？」哥哥問。

阿莉深深吸了一口氣。哥哥跟小丹，提醒了她，得要馬上振作起來。

「嗯，我們去公園，這樣你們可以在遊樂場玩，好嗎？但是，答應我，你們要聽話，留在我的視線裡。」阿莉伸出她的小拇指跟他們個別打勾勾。

「耶！好棒！」哥哥興奮地喊了出來。他們手牽著手，一起走向公園。看起來，度過這個晴朗日子最好的方法，就是去公園了。

八、難道，人生的巔峰，其實是無止盡的低潮？

二〇〇六年，八月，第一周

夏天，通常是這個產業的淡季；但是，今年，對阿莉的公司而言，完全沒有喘息的機會。大部分的專案，從四月就宣布進入試產，五月進入量產。六月和七月，出貨的壓力萬分地緊繃。不但出貨達成率低，距離目標還有一段距離。所有的KPI（績效評估指標），都出現乖離。派遣到昆山的支援人力，也達到歷史的高點。協理下達命令，在緊張的情況紓解之前，所有專案的主要成員都得派駐在昆山的工廠裡面。

造成低達成率，可能有很多的因素。超過兩個月的時間，「原料零件的備貨率」這個理由一直掛在報告上，這事已經造成了很高的壓力。照理說，工廠從這個月開始量產，應該火力全開了。可是，進度卻在原地打轉。阿莉思忖所有可能讓工廠的產線慢下來的原因，從設計的確認，原料的備貨比率，還有作業員的技能。她小心翼翼地檢查每一個環節，雖然最快的方法，就是去問寇副總。阿莉思考著，她應該跟阿瑞經理還有寇副總，甚至維妮，談一談的。情況詭異，跟工廠的溝通，完全斷線脫節。專案裡的每個成員鴉雀無聲，甚至，負責專案流程的專案經理也一片安靜。

死寂的沉靜，讓阿莉緊張萬分。這暗示著很多事，最重要的是——瓶頸。這意味著，生產力沒有效率。沒有進展，是嚴重的問題。這代表持續的損失，還有資源與金錢持續的消耗與流失。就跟醫生看到出血病患的本能反應，阿莉知道，在老闆詢問之前，她得充分地偵察問題的眞相。

她拿起了電話，打給阿雅。

阿莉以開心的語氣偽裝自己的壓力。「嗨，阿雅啊，是阿莉啦！我在追蹤出貨延遲的原因，妳知道問題點嗎？」

「嗯，阿莉，我想妳找錯人了。我是業務，負責產品生命週期中的問題的人，是產品經理的事。而且，我的層級也不夠高，好嗎？」

「是的，我明白。」阿莉試著保持輕鬆的語氣，「可是，妳負責重要客戶。出貨延遲了，他們應該會在第一時間就通知妳吧？」

「恐怕我幫不上忙呢，阿莉！」

「好，那我跟專案經理談談。妳的專案經理是凱莉，是吧？」

「是啊，她當我的專案經理很久了，都沒有變呢。」話一說完，阿雅就掛斷了電話，連再見都沒說。

有好幾次，阿莉試著跟阿雅建立起友誼。不知道爲什麼，阿雅的回答有一股輕視，話裡面總藏著刺。爲了維護和平與和諧，阿莉只好假裝聽不懂弦外之音，也忽略阿雅的冒犯。

凱莉，和藹可親、優秀、認眞工作。阿莉找到凱莉的分機號碼，撥了電話。幸運地，另一頭回覆了。

「嗨，凱莉，我是阿莉。妳在昆山一切都好嗎？」

「喔！是妳啊，阿莉。」

阿莉想，爲什麼她的同事知道是她時，都會有那種反應。「沒錯，就是我。嗯，凱莉，我在追蹤出貨延遲的原因。也許，妳可以幫助我們知道那邊的狀況。」

「生管不是把原因掛在報告上嗎？」凱莉回覆，沒有再提供其他答案了。

「是啊！」阿莉回。看來，她眞的得找阿瑞跟寇副總來查明原因。

從三月開始，「出差中」的牌子就擺在阿瑞的位子上。其他的採購也是同樣狀態。從昆山的管理會議之後，阿莉就沒有看到阿瑞。她了解，阿瑞的責任很大。兩個廠都有採購、生管，跟倉管部門，管理是很大的擔子。而且，協理命令要關掉台灣的生產線時，所有零件得立刻改由大陸供應。在大陸建置供應鏈，成爲急迫的挑戰。把所有的成品展開，會有幾百樣的零件，要爲每件零件重新找到供應商，認證廠商的供應品質，那是龐大的挑戰。

供應商都是新的，光是承認新的供應商，就得花上採購跟品管好幾個月的時間。每一天，每一分鐘，都要跟時間、體力，還有耐力賽跑。每一件事，都要靠人的智力、汗水與勞力來達成。數十萬的產出，倚靠許多不同的團隊在極短的時間內緊密的團結。想到這些困難和挑戰，如果這條鏈失控，責難似乎不太公平。只不過，現在，她需要一份妥善的估算，知道這個狀況什麼時候才能解決。她撥了電話給阿瑞。

阿瑞一下子就接起電話了。「嘿，阿瑞，你在哪裡啊？是阿莉啦！我有打擾到你嗎？」

「喔，阿莉，我人在廣東跟供應商開會，簡短地講。」電話另一端的聲音，聽起來好遠，而且斷斷續續的。

「阿瑞，簡短地講。能不能請你的部門，讓我們知道這幾個月生產計劃的狀況？產線出貨都耽延了，是吧？」

「是的，阿莉。我正在解決這些問題。我猜到妳會關心，所以做了一份詳盡的報告給寇副總。我也給維妮副本，希望他們通知妳。妳沒收到嗎？」

「沒有，並沒有。他們沒有寄給我。」

「對了，還有一件事，協理決定把我調到寇副總的事業體。從昆山的管理會議以後就生效了。那也是妳那麼久沒有看到我的原因。」

「我猜得出來你在忙，努力控制整個情勢。阿瑞，我好佩服你。我會詢問寇副總，了解現在的情形。一切平安，好吧？」

「一定的，阿莉。這是最後一站，下個星期，我就會回到工廠去了。」

「好的！那我再跟你連絡，再見！」

「阿瑞是好人。」阿莉心裡想著。「高度盡責，是個好同事。可是，爲什麼協理要在這緊要的關頭上，把阿瑞調過去給寇副總？阿瑞在協理手下，也有一段時間了。協理不可能不知道，建立供應鏈是浩大的工程。把阿瑞調過去製造單位，的確可以讓所有製造相關的問題，都在同一個權柄下管理。然而，那樣做，同時也給了寇副總很大的重擔。協理到底在想什麼？」

寇副總爲什麼不報告現在的狀況？產量慢了兩個半月，是非同小可的問題。像寇副總那樣經驗老到、又世故的經理人，一定明白那個敏感度。阿莉想，該不會是寇副總刻意把這事壓下來，故意不報告。他若不是在保護部屬，就是正在努力解決問題。也許，這些都是實情。

就在膠著的時候，阿莉的電話響了。

「阿莉。」阿莉認出是老總的聲音。

她的心跳加速。「是的，老總。」

「進來我的辦公室，我有問題要問妳。」

「是的，老總，我馬上過來。」

阿莉心跳加速，臉也漲紅了。她思考著，要用什麼故事跟老總解釋現在的狀況。從財務報表看起來，這已經是今年連續第八個月處於虧損了。隨著聘雇員工人數、還有資本投資的快速增加，累積的損失也瘋狂地擴大。隨著產能一步一步擴張，才有可能看到突破。可是，現在的可見度，卻非常的低。更糟糕的是，時間一分一秒過去，而且，流失得很快。

她從椅子上起身，走到老總辦公室。辦公室的門是開著的，老總正坐在位子上，看著他的電腦螢幕。阿莉走到老總書桌前，「是的，老總，您找我？」阿莉問。

老總轉向她，單刀直入地切入主題。「從六月開始的出貨，到底是怎麼回事？出貨嚴重落後，妳知道吧？」

阿莉忍不住吞下一口氣。「是啊，我知道，我在追查原因。生管報告說缺料，這個理由已經講了兩個半月了。阿瑞部門裡的人，全都在大陸處理事情了。到現在，阿瑞還在出差，四處拜訪供應商。從公司經營資訊系統的資料，大陸工廠的倉庫已經堆了高存量的存貨。從這四個月的財務報表看來，昆山，還在如火如荼的加人。起先，我懷疑，低產出是因爲學習曲線的問題。然後，產線還是沒進展，我猜測，應該有其他原因造成產出的延遲。」

阿莉報告時，老總一直安靜地聽。「妳的意思是說，公司應該允許這樣的情況一直持續下去嗎？」老總問。

阿莉明白事情的後果，然而，她還是得應答，幫自己從這窘境中脫困。「不，我不認爲您，或是管理團隊中的任何人，應該允許這樣的事持續下去。可是，我建議您，聽聽您管理團隊的聲音，了解一下他們做了什麼事來解決現在的問題。」阿莉吞下了一口氣，她害怕她的話冒犯了老總。她僵硬地待在那，等候老總進一步的反應。老總安靜幾秒鐘。

「妳去把該查明的事查一查，然後盡快回報。妳可以離開了。」老總將注意力轉移到電腦螢幕上，看來不會再多說話了。阿莉謹慎、迅速地離開，心裡盤算著，該在什麼時候打電話給寇副總。

*****

電話的另一頭是中國，聽起來像在同一個辦公室。

「維妮，是阿莉。請幫我把電話轉給寇副總。我有緊急的事要找他。」阿莉快快地把話說完。維妮無視於她講和的請求，讓阿莉的心還在刺痛。既然互動是避免不了的，她決定讓自己的心麻木，機械式地工作。

維妮靜默了幾秒鐘，然後說，「很不巧，寇副總正在跟製造部，還有品保部的處級主管開會。等他開完會，我會幫妳接電話。」維妮回答。

「好，我等他的電話。」阿莉很快地掛斷電話。她感受到她們之間，已經築了一道牆。

只是，在這樣的狀況下，對於這份同儕關係她也無計可施。

「公事公辦就好。」她對自己說。「這個地方，並不是照顧人靈性的地方。表達感情，只會爲形象帶來負面的效果。我得學著冷漠，照著遊戲規則做。」

時鐘滴答地響，正如她的心一樣。老總的話還在她的腦海中迴盪，好像暗示著，如果不是某人，不然就是她的工作會有危險。她倍感壓力，於是再詳細地檢查財務報告，尋找異常狀況的蛛絲馬跡。

日光燈的明亮讓她感官疲倦，分不清楚眞正的時間。等她察覺時，已臨近一天的結束。電話的響聲，劃破了辦公室的寂靜，阿莉馬上接起電話。

「阿莉！」寇副總說。

「你大概知道我爲什麼打電話給你。到底是怎麼了？老總已經沒耐性了。」

「我簡短地講一下現在的情形。三月的時候，我們的進料檢驗，特別導入一個流程，檢驗有毒元素。」

「是的，我知道，就是 RoHS——危害性物質限制指令。我們的品質保證系統爲了導入這個標準，不斷地做教育訓練。」

「三月份的時候，一切都很順利。可是到了四月跟五月後，進料檢驗部門在一些機構零件裡面，驗出了鉛跟六價鉻。我們只好退貨，要求供應商重新供應無毒物元素的材料。」

「有用嗎？」

「可以說有，也可以說沒有。我們覺得不能完全倚賴供應商的出貨檢驗，所以我們決定，進料檢驗要執行全檢。」

「天啊！這就是有那麼高的進料記錄，可是生管還持續地用『備料問題』來解釋出貨延遲的原因？」

「是的！」寇副總回答，「新的檢驗儀器，在上個星期就加入進料檢驗的行列了。爲了增加進料檢驗的產能，我們也從產線調派一些人力。接下來，我們會火力全開，趕上落後的生產計畫了。」

「好的，寇副總。很高興有你在那裡。從三月開始，我就屏息以待。」

「接下來，我們會趕上進度，達成目標。我清楚這事的重要性。還有，阿莉……」寇副總說。

「是的！」阿莉心裡猜想，寇副總還有什麼事要說。

「我需要妳幫助阿瑞。我們用了太多新供應商，爲了確認供應商合格，阿瑞得跟品保檢驗員出差。這樣的狀況，會持續到年底。」

「我了解。可是，我能幫阿瑞什麼？」

「幫採購部跟製造部訂定每一季的目標成本。接下來幾季的重要性，不用我再強調了。

我跟阿瑞談過，我不認爲他可以一邊出差，還有時間分析。所以，我需要妳來帶領這個任務，爲我們制定成本目標，達成盈餘，維妮也可以繼續跟妳學習。」

「喔，寇副總，那是很重要的工作。如果砸鍋了怎麼辦？」阿莉嘆了一口氣。

「那也是爲什麼我們需要妳做這事。阿瑞跟妳，有足夠的默契和信任。我們也都信任妳，所以妳儘管專注在這項任務，不要拒絕我。妳不也爲 C.K.和客服做了同樣的事？我們需要一個機制，制訂製造和材料成本，妳應該邀請淑玲一起執行，然後，我跟我的團隊會努力達成目標。就這樣吧，我得趕上公司的接駁車。妳知道所有專案的成員都在這裡，我答應今晚要帶他們吃晚餐的。就這樣，阿莉，再見了！」

寇副總掛斷了電話，沒有等阿莉說再見。阿莉不解寇副總怎麼發現她私下幫助 C.K.跟客服的事？這些事，她沒有對任何人提過。這下糟糕了，她這隻常常去掛貓咪鈴鐺的老鼠，反過來被掛了鈴鐺。又多了一項新責任在肩上，重荷在肩，她得跟莎拉和淑玲談談必須建立的機制。阿莉眞希望想得到辦法來解決這項又大又難的新考驗。

九、管理會議

二〇〇六年，十二月的第二個星期

連續好幾個月，辦公室充滿了歡樂的氣氛。先前出差和被派遣到工廠的專案成員都回到總部了。九月起，出貨日標達成後，辦公室洋溢著一股得勝的氛圍。工廠不只達成九月的目標，十月跟十一月時，先前落後的生產計劃也補上了。從十一月開始，財務報表開始轉虧為盈。曾經籠罩在上方的烏雲，完全消散了。

辦公室裡歡笑聲不斷。工廠逆轉勝的表現為客戶灌注了信心，每個專案團隊相繼回報來年新的合作計畫。大家又開始規劃下一年度的預算與計畫，以行動慶祝汗水及辛勞所帶來的成績。營運的擔子由製造部接手後，大家的擔子也輕省多了。

十二月還沒有結束，不過，如果阿莉跟 C.K.，阿瑞，以及寇副總的合作沒有奏效的話，這個事業體的命運可能就此告終了。

跟阿瑞、寇副總的合作，最後成功了。C.K.的事業體的績效，還不得而知，得在年度結算後，才能知道成績。又到了預算季節，協理決定在這個會計年度結束之前，召開管理會議。今年，幾個功能被圈成小組，分組跟協理報告。阿莉跟阿瑞、寇副總分在一組。

年初時，老總在走廊上所喊的話，還在她的腦中迴盪。「誰應該負責公司的損益？」她還是測不透老總眞實的意圖，是責怪嗎？感嘆？提醒？或者，他在暗示他無法完全掌握協理？阿莉的理解正確嗎？如果老總不是故意的，他用不著刻意把問題拋出來，而且，還是用那樣的方式。如果，阿莉沒有對老總的問題當眞呢？不，她不可能錯過那個問題。老總明顯是要阿莉接招的。

工廠今年的表現打破歷史記錄，盈餘品質也改善了。這信心的一躍，創造了很優異的結果。阿瑞跟寇副總的團隊，值得讚賞。

事實上，阿莉也值得讚賞。合作，產生了果效，也逆轉了整個情勢。

*****

深夜，阿莉的手機響了起來，是莎拉。

「怎麼啦？」阿莉問，「很晚了呢？」

「對不起，老闆。我兒子發高燒，明天我沒辦法進辦公室了。」

「不用擔心。」

「謝謝妳，可是管理會議該準備的東西我都還沒弄。你們開會需要的餐點、點心，還有茶飲。我以為我明天會有時間打點的。」

「這個也別擔心，我會處理的。」

「謝謝妳啦！希望開會順利。如果沒有意外的話，我後天會進辦公室。」

「好，有什麼情況隨時讓我知道，好嗎？」阿莉說。

*****

阿莉想到的第一件事，就是準備隔天開會的需要。時間不多，她得找可信任的人。她想起先前遇見的那一對老夫婦。她找到他們的名片，撥了電話。

「請問是阿玉嗎？」老太太接起電話後，阿莉問道。

「是的，我是阿玉。」

「阿玉，不知道妳還記得我嗎？幾個月前，我的車在妳的店前面拋錨。我還沒來得及謝謝妳跟妳先生。」

「喔，我記得。我能幫妳什麼忙呢？」老太太問。

「明天我需要一些輕食，大約十人份的三明治、甜點，跟飲料的組合。我們辦公室差不多在九點鐘開始，東西得在那之前到。時間很趕，如果妳沒辦法答應我，我可以諒解。」

阿莉想，除了表達感謝以外，她也能照顧這一對老夫婦。那個破爛的咖啡小餐車激動了她的憐憫心。

「我們很樂意幫忙。九點鐘以前是嗎？十人份的三明治、甜點，跟飲料，我寫下來了。飲料的部分，我們可以只準備茶跟咖啡嗎？還是妳需要其他的選擇呢？」

「只有茶跟咖啡夠了。我需要在九點以前擺設好，所以，請在八點半之前到達。」

「沒問題，我們不會讓妳失望的。」

*****

阿莉看到了淑玲坐在位子上，走近後，聽見啜泣的聲音。她清了一下喉嚨，試著引起淑玲的注意力。

淑玲快速地擦擦眼淚，抬起頭，鼻子紅紅的，戴著太陽眼鏡。

「淑玲，妳還好嗎？我來的不是時候嗎？」阿莉問。因爲工作的挫折而在辦公室裡哭，這樣的狀況很平常，她想，也許，淑玲剛好處於低潮期。

「喔，阿莉。對不起，讓妳看到這樣。我沒事！」淑玲回答。

「很好。我以爲是因爲新老闆對妳很嚴格。」

「不，不是那樣。我們處得很好，是其他的事。」淑玲喃喃地說。

「嗯，如果妳想談談，我是忠實的傾聽者。」

淑玲擤擤鼻子，然後摘下她的太陽眼鏡。淑玲有白皙的皮膚，標緻的五官。一摘下太陽眼鏡，就看出她雙眼紅腫，左邊的顴骨和臉頰也有瘀青。

「喔，我的天啊！」阿莉喊叫。

「是我先生……他一直抱怨我花太多時間工作。昨天晚上，我跟他說，新年農曆年假結束後，我得出差去中國大陸的工廠，接著，我們起了爭執。」淑玲說。

「太糟糕了。難道他不明白妳擔負的責任，然後體貼妳的壓力嗎？」

淑玲嘆了一口氣。「他以前是，可是現在越來越沒耐心。事實上，這不是他第一次打我。」

「要平衡工作與家庭的確很難。那妳決定怎麼辦？」

淑玲看著阿莉說，「妳也知道我是學財會的，我看人生的角度，大概也像看公司的財務報表一樣，沒有效率的、不該留的、不會爲未來帶來價值的，大概就果斷地刪除了。這一次我決心離婚，做對我的前途有利的選擇。一直爭吵下去，心會冰冷，也會影響到我的工作。我想，長痛不如短痛，趁我現在條件還不太差，乾脆停損，選擇合得來的人……我們不要再談論這個話題了。過年後，我得去工廠一趟，那裡的員工有很多的問題。」

「是啊，我聽說了。淑玲，我不是很會安慰人，可是，說眞的，好好考慮妳的決定，好嗎？嗯，溝通不嫌多的。跟妳一樣，我也有同樣的問題，可是，我從不放棄。」

「是啊！也有謠言傳妳的事。我在想，對於想在事業上成功的女人，是不是有一種咒詛。」淑玲低沉地說。

「淑玲，我不知道答案。但是，溝通不嫌少的，我們可以一起尋找成功的眞意。」

淑玲微笑以對。「喔，對了，妳找我做什麼？妳不是來討論『妳』跟『我』的吧？」

「是啊！我這裡，是要借一點妳的聰明與專業知識的。我從兩個公司的財務報表裡，觀察到一些事情。」

「妳觀察到什麼？」

「嗯，按照工廠的表現，我們應該會有盈餘。不過，我在想，我們是不是忽略了一些成本。今年做了許多重大的資本投資，我不確定，妳是不是把這些成本都納入考量了？」阿莉說。

「是的，妳的觀察是正確的。你們的事業體已經分攤利息跟折舊費用，妳可以相信我們的報表揭露的資訊，根據這些資訊採取所需要的管理決策。」淑玲說。

「我了解。那樣也讓我們的工作很明確，我知道努力的方向了。謝謝妳，淑玲。」

「不客氣。還有，我要說，妳在幫忙客服制定虛擬的損益表這一件事，做得眞好。」

「喔！妳有繼續維護這一件事嗎？」

「是啊！謝謝妳的點子。我們有爲未來的負債持續地在做提撥。」淑玲跟阿莉互相交換了一個微笑。

阿莉離開了淑玲，對接下來的檢討會議，感到有信心。「今年，我們每個人都盡力了。明天的會議應該能有好的表現。」

*****

阿莉很早就進了辦公室。整個晚上，焦慮讓她整晚輾轉反側，她覺得好像有事要發生。似乎某件事，某件隱藏在背後的事，正刺痛著她。這一件事，跟辦公室裡凱旋而歡樂的氣氛，完全背道而馳。

那家小咖啡店的老先生準時將阿莉所訂的輕食送到了。管理會議預計會是持久戰，所以阿莉希望在辦公室裡營造一些新的氣息，將西方的文化帶進辦公室裡。

阿瑞總算回到辦公室，他看起來極度疲憊——雙唇乾燥、乾裂，雙眼充滿血絲，雙頰深陷。跟十個月以前比起來，判若兩人。當協理決定在瞬間完成這個不可能的任務時，他毫不猶豫地，就踏進泥淖跟惡水當中，迎接挑戰。

寇副總也到了。在所有的高層管理人的辦公室當中，他辦公室的燈，是最早亮的。阿莉安靜地準備簡報，默記她要報告的數字。開會前五分鐘，協理到了。他穿著一件乾淨潔白的襯衫，打著一條深藍色斜紋領帶，像是準備要上法庭辯論的經典律師裝扮。看得出來他的髮型是經過小心整理的。因爲大量的髮膠，頭髮不但顯得閃閃發亮，分線兩旁的髮絲也服服貼貼的。他走進辦公室時，下巴抬得高高的。他的外表，跟他的背景一樣的閃耀。那是協理的風格，精準、精明，而且在時間的運用上非常精簡。從聰明才智、勤奮程度，跟外表的這些條件，協理無一不缺，難怪老總選了協理當他的接班人。

他們在一張大長方形的辦公桌前坐了下來。協理的目光，像老鷹一樣，精準而銳利地掃過阿莉、阿瑞，跟寇副總，他們因爲驚顫而顯出一股死寂的沉默。協理清理了一下他的喉嚨，打破沉默。

「好的，告訴我，今年達成了什麼？還有什麼需要完成的？」協理說。

寇副總向阿莉示意，要她開始簡報。阿莉報告了今年達成的成果：出貨、營收跟盈餘。完成簡報後，協理面無表情。

「協理，在這麼短的時間內，工廠能達成這樣的成績，算是表現優異。到年底，我們就會破歷史紀錄，這是很大的跨越。光是想到那樣，就値得慶祝了。我們是不是應該向員工表達感謝？」

「胡扯！」協理無情地喊了出來，「哪裡優異了？工廠有多久次錯過目標？除此以外，對於成本，我也有很大的意見。告訴我，材料成本跟製造成本現在的水準在哪裡？我想聽聽寇副總跟阿瑞怎麼說？你們採取了什麼措施？」協理很冷淡地說。

「James，過去十個月裡，工廠做了跳躍性的發展，我們克服了很多困難和挑戰。」寇副總很有耐心地解釋。

「那我們每生產一個產品的製造成本是多少？」

「我們離市場的標竿不遠，隨著工廠規模的擴大，我們的成本會再下降。」寇副總說。

「我們需要製造成本繼續降低，接下來幾個月我希望工廠預備減少員工人數。」

「是的，我們會留意。產生季節性變化時，我們會彈性調節。」寇副總回答。

「可以現在就減少員工人數嗎？工廠組裝成本的費率，實在令人難以接受。」協理拋出問題，他不打算讓寇副總迴躲這個問題。

寇副總很沉默，畢竟，工廠才剛步入軌道，隨即急轉彎並不容易。在處理這件事情上，需要很小心。

「接下來，我要檢討阿瑞的績效，讓我看看主要機種的材料成本。」

「協理，事實上，目前的表現比我們原先期待的好多了。我得要提醒，整合預算的時候，所有機種的毛利率都是負的。寇副總、阿瑞，跟阿瑞的團隊，幫公司避開了大災難。」

「阿莉，妳很不切實際！做為一個公司，我們對投資人跟股東有義務。」協理說，「妳的重點是什麼？」協理問。

「我的重點是，每個環節都需要打防衛戰才能達成最後的目標。」阿莉停頓了一下，

「我怕，業務團隊的管理可能有一些問題。」

「簡單，我可以把妳調到業務部門去。妳來帶筱薇的部門，還有，妳一直在負責的實驗計畫，也要繼續跟著妳。妳會有一個專案經理來協助妳。這個人，名字叫做馨儀。好了，會議到此結束了。」

在每個人能夠提問或是辯論之前，協理早就站起來，回到他的書桌前。他繼續瞪著他的筆電工作，沒有再多講一句話。

在回到他們的座位之前，阿莉忍不住問了阿瑞。「阿瑞，這樣惡性的剝削跟削減成本，眞的沒問題嗎？」

「只有老天爺才知道啊！也許，到了一個瓶頸點時，就是新局的開始。還有妳，被調到業務處這一件事？」阿瑞喃喃地說。

「我猜我應該會沒事吧。我會努力生存的，就跟你一樣。」

「難道妳沒有想過，這可能是協理的惡作劇嗎？」

「惡作劇？就算是惡作劇，我能怎麼樣？」

「阿莉，妳最好小心一點，要提防別人在妳背後捅一刀。他不是一個探究眞相、仁慈、寬容的人。不要期待他會主持正義。妳剛剛暴露出他太多的弱點了，那是扯他後腿。他可能會回過頭來破壞妳的事。」阿瑞低聲地說。

十、頭頂上的意外一擊！到底那是什麼？

二〇〇六年，十二月底

阿莉已經被調到業務處，開始新職責的工作。原先她擔心得要對旺哥報告，如果是這樣的話，這個新的職務會讓她極不開心。旺哥也被調到大陸的工廠，在那裡負責行政管理。這一個調動，有如震撼彈，引起眾人譁然，公司內部議論紛紛；因爲旺哥擔當業務主管的位子，算算也有好幾年的時間。突然間，很多謠言，就在辦公室裡面傳開。有人說，旺哥是在內部的政治鬥爭中被阿莉打敗了。有人說，他大概做了什麼事，得罪了協理。有些人說，這個調度，是懲罰，因爲他沒有防範過失。無論辦公室裡話怎麼傳，大家忙著面對新的挑戰。

這一次的組織變動，就是公告欄跟電子郵件一紙公告。一天之內，阿莉就被換到新團隊旁，負責一個小團隊，帶領幾個經理跟專案，還有筱薇。

業務的活動多變與忙碌，出差、會議、待簽核的文件，許多事等著她去做。

要描述這一支她所帶領的隊伍，最適切的名詞，應該就是落水狗。他們貢獻的營收比例小卻很重要，還必須跟阿雅和阿琳的專案搶資源。不久前，阿莉才建立了一個部門證明自己的實力，這下子，恐怕又得再纏鬥一陣子。看來，她得帶領整個團隊逆轉勝，建立功績，再次證明自己，才能完成她所期盼的升遷。

*****

晚上八點鐘，在麥帥的辦公室，研發部門的區域燈還是亮著的。阿莉找麥帥商量。他們想了一些產品計畫，讓阿莉的團隊執行。

*****

牛排館裡的音樂，大聲到足以淹沒每一桌客人所傳出來的聲音。餐廳裡面鬧哄哄的，刺眼閃爍的燈光，散發出陽光般的溫暖，跟玻璃窗外的寒冷與漆黑，恰好形成強烈的對比。

「嘿，老闆，謝謝妳款待我們，這眞是豐盛的一餐。」筱薇說。

「沒問題，我們是團隊。比起家人，我們相處的時間甚至更長。可以說我們也像一家人，家人値得一些歡樂的時光。」

「老闆，妳眞的很不一樣。妳最好不要讓他們知道，妳帶我們出來吃晚餐。」馨儀說。

「只是一頓晚餐，有什麼好大驚小怪的呢？而且，現在是星期五的晚上！我們什麼時候變成了工作的囚犯的？工作本來就應該開開心心的，不是嗎？」

「可是，公司的文化一直是這樣，很令人喘不過氣來。」馨儀說。

「這是我們團隊的第一步，要像一家人一樣，彼此支持。要像一家人一樣，彼此信任。」阿莉說。「好了，還不要太感動。今年，我們真的需要緊密的合作。前面還有高山要翻越。事實上，我們沒有太寬裕的時間執行新計劃。」

「是的，老闆，我知道整件事的重要性。我會照計劃執行。」筱薇回答。

「阿莉，別擔心。我也會盡最大的能力。」馨儀回答。

「我感覺，我們是很棒的團隊。來吧，一起舉杯慶祝。」阿莉邀請每一個人舉杯。

「慶祝什麼？」筱薇看著阿莉，然後轉頭問每一個人。

「慶祝豐碩的一年啊！」阿莉說。

*****

星期五了。一月，因爲出芹變得模糊，像是一場超現實的夢境。新挑戰帶來的難題，經過辛勞的耕耘，收到正面的回饋。突然間，許多新機會紛至沓來，一件件的新事像按在機弦上的箭，等著回應與發出。阿莉變得異常忙碌，分分秒秒彌足珍貴。

勝利的幼苗才剛剛冒出來，她卻極渴望寧靜。她又想起那個小咖啡餐車——茉莉香。午餐時間一到，她靜悄悄地從群眾裡閃開了，開車去到那個咖啡店。

威力招呼她。「很高興又看到妳。上次去到你們的辦公室，感覺蠻嚴肅也很嚴謹的，看來，妳的工作很重要。」

「嗯，我不會那麼說。我跟一群優秀的人工作，大部分的同事都很有才華，我只是努力而已。」阿莉說。

「應該不只是努力而已吧，我覺得妳灌輸了一股重要的精神。」威力回答。

「我只是努力而已，而且，我還得不斷地排除萬難，證明自己辦得到。」

「我的觀察不是這樣喔！一個人的本質，往往是在困難的時候顯露出來的。人內心所持有的信念，會決定他最終成爲什麼樣的人。一個人的抉擇定義了他是誰，不是外表的長相，更不是任何閃耀、令人注目的學經歷。」威力說。

阿玉端著一盤餐點來到餐桌旁邊。「喔！威力，你又來了。這位年輕的小姐，他很愛胡謅的，妳可別讓他深奧哲學話語干擾妳。」

「干擾？不會啦！做學生時，我也很喜歡哲學。哲學一直是支持我的支柱與力量。威力的話，剛好提醒我那段時光呢！」

阿玉笑容可掬，接著，把她手上的餐點一樣一樣地擺放到小餐桌上。「好囉！這是今天的特餐——沙拉、香米佐香草烤肉排。我還特別幫妳準備了一盅燉雞湯，希望這些不會太多。妳好瘦，該補一下。」

「好好享用妳的餐點，等一下我會把咖啡送過來。」威力笑一笑，然後走開，沒有給阿莉拒絕的機會。威力留著短短的平頭，頭髮灰白，額頭與眼角也都是皺紋，阿莉卻沒有感覺他顯出任何老態。相反的，他的言行舉止傳達出滿滿的活力與智慧，他的活力與智慧吸引著阿莉。

被圍牆圍著的咖啡店相當的小，是由一個40呎貨櫃改裝的。橫擺著的貨櫃跟圍牆平行，一邊有開口，跟靠馬路這一邊，看起來像是餐車的窗口相連。貨櫃四周，被土壤中蔓延橫生密密麻麻的雜草圍繞著，破舊爛爛的外表毫無吸引力可言。雜亂無章的雜草，讓這個小咖啡店看起來像廢墟。如果不是外面有一個小招牌，寫著「咖啡」兩個字，阿莉也不會注意到這個地方的存在。是咖啡的香氣先引起她的注意力，接著是這對夫婦友善的態度。

進到咖啡店後，小咖啡店裡的景象讓她感到詫異。進到裡頭看，才知道貨櫃向裡面那一邊的鐵皮是被拆開的。那一面，外頭有一個延伸的平台，緊緊接著貨櫃的地板。向裡頭的這一面，面對一個精緻的小花園，還有一個小池子。圍繞在外面的籬笆圍牆，遮住了裡面的視野，所以從外面真的無從得知小咖啡店裡面有個精緻、吸引人的小花園。小花園的規模小，卻很雅緻，生機勃勃。

貨櫃裡的牆面掛著一些照片，阿莉發現了一張泛黃的照片，照片裡是一對新人。新郎跟新娘站在一棟老舊的磚造平房前面，那種磚造平房是五十、六十年代早期的建築。她猜想，照片裡英俊的新郎與漂亮的新娘，應該就是威力與阿玉。另外有一張照片，是威力站在一輛轎車旁。照片雖然泛黃，但照片裡的那個年輕人，充滿活力與自信。眼前的這個人，臉上多了許多的皺紋，背顯然駝了，頭髮變得稀少，膚色也黝黑黯淡了些，但是他的眼神，依舊沒有改變。他有一種自信、確信跟堅定，眼神中也透露出一股溫柔。

年輕的阿玉留著赫本頭，看起來清新有精神，有雙甜美、閃閃發亮的丹鳳眼，是個羞澀的人。阿莉有說不上來的感覺，可能是，阿玉做新娘子的模樣，跟自己的媽媽一模一樣。如果她的父母還在，應該也是威力跟阿玉的年齡了吧！

貨櫃裡，其中一面牆擺了一座書架。除了一個系列是阿莉所熟悉的哲學，其餘大部分的書，阿莉都不熟悉。那些哲學類的書籍，讓阿莉回想起年少困頓的時光。因爲困頓，特別飢渴於尋求生命的答案。曾經有段時間，將自己浸泡在哲學的領域裡。

她機械式地吃著桌上的餐點，正當快吃完時，阿玉端來了一杯咖啡。她注意到阿莉看到了牆上的照片跟書架上的藏書。

「喔！妳注意到那些啦！眞的是往事只能回味啦！那時候的我，就像年輕的亞比該，被意氣風發又才華洋溢的年輕大衛所吸引。威力聰明、膽識過人、有勇氣，充滿活力，有顆想要征服四海的企圖心。就像初生之犢不畏虎形容的一樣，他毫無懼怕。可是在他那樣的外表之下，卻有顆老哲學家跟藝術家的心。人生塑造我們的方式很有趣，恩典帶我們來到這裡，扶持我們。我們已經來到了一個年紀，知道人生當中，什麼是眞實的，什麼是最寶貴的。婚姻變成是我們幫助對方成聖的聖所，完成對方的成長跟獲得圓滿。憐憫則是我們共同的語言……我是這樣想的。」

「人生當中，什麼是眞實的，什麼是最寶貴的？婚姻是幫助對方成聖的聖所？」阿莉重複那些話，問著自己。這個問題在她的心裡面迴盪。「妳說恩典帶你們來到這裡，是怎麼一回事？」

「威力上個工作的老闆收容了我們，讓我們在這裡看管。」阿玉說，然後轉身回去廚房。

咖啡店裡只有四張小餐桌，這個地點孤立於交通與人潮之外，眞不知道這對老先生老太太是怎麼過的？她心裡溢滿同情。不過，店裡面有股神祕的靜謐，讓她深深著迷。她好渴望停留在這份神祕的靜謐所帶來的平靜安詳，這份平靜安詳眞的吸引她。除了她，同時間裡，店裡還有一對夫婦。剛進來時，爲了避免接觸，阿莉刻意選了跟他們中間隔著一張桌子的位子。她一邊喝著咖啡，一邊注視著前面的小花園。喝完咖啡，正要站起來付帳單時，威力拎了一只小盒子過來。

「今天早上阿玉做了些甜點。妳在趕時間，我讓她放在盒子裡面給妳帶回去。回辦公室後，好好地享用吧！」

微風傳來一陣淡淡的芳香，她深深吸了一口氣。「這周圍應該有種香草吧！」她想。從阿玉的烹調風格看來，她猜想，阿玉是使用香草的高手，在亞洲文化並不常見。表面上看來，這對夫婦不富有，但是，他們在靈性上卻是富足的。看起來是破舊的，卻是充滿活力。這一對老夫婦的涵養，讓她深深著迷。

除了水仙跟鬱金香，這個時節裡並沒有太多的花。園子裡還有一些看起來像是雜草的鳶尾花，還有幾乎沒什麼葉子的玫瑰花。在延伸的平台上，有一排風信子的盆花，為一月的花園增添了一些美麗的色彩。香草的芳香莫名地引起她腦內的反應，一陣情緒沒來由的攪動了她的心。此時此刻，她的心思意念是自由的。她對獨處並不陌生，但是在這裡短短的獨處，遠離人群，沒有辦公室那些煩擾的事，她的心思感受到自由，像天空的鳥兒自由地翱翔。她覺得神奇，享受浸泡在充滿安全感的獨處。

另一桌的年輕太太安靜地走到阿莉旁邊。「我無意打擾妳，只是想跟妳打個招呼，跟妳認識。」

「喔！妳好。」

「妳可以留下來幾分鐘的時間嗎？我沒辦法拒絕心裡的感動，我有這個榮幸來為妳禱告嗎？」年輕太太問。這位年輕太太，隨即抓了一張椅子坐下，她抓起阿莉的雙手，喃喃細語。

阿莉閉起眼睛，專心聽著這位年輕太太的禱告詞。突然間，在她說了什麼關於為我們的罪悔改後，她感覺到一股電流，打在頭上。這一擊，讓她分心。後來禱告詞講什麼，她就聽不清楚了。

在那股電流的一擊後，一股情緒從阿莉內心湧現，在她的內心裡面洶湧澎湃。她壓抑自己的反應，淚水卻失控地從雙眼湧流。她哭得跟淚人一樣，那一陣神祕的電擊，好像引出浪潮般的情緒。

「我沒事，我不應該哭的。」阿莉說，對她的情緒反應有些難為情。

「沒問題，我們常常看到這樣的情形。上帝剛剛在妳的心裡做工，妳是充滿愛的人，妳也用情感來回應祂。」這位陌生的太太沒有多說，回到她的座位上。

打在頭上的那一擊電流，是如此的真實，但阿莉實在沒辦法思考。她得回到辦公室，協理還要檢討她的團隊的表現。她恢復理性，回到當下，站起來準備離開。

十一、暴風雨來襲的前夕

一月底，冷鋒來襲，伴隨著東北季風帶來的毛毛雨，早晨顯得異常的寒冷。這樣的天氣，是可以晚起的藉口。可是，今天早上，阿莉沒有這樣的悠閒。她得趕在一早進到辦公室，準備做電話會議。否則顛峰時間一到，每條通往辦公室的路，都會擁擠不堪。

實驗專案啓動的時候，大概是不確定後續的展望，沒有被分配到太多資源。一開始，阿莉就被指派去管理這個專案。頭幾年，開發進度緩慢，沒甚麼動靜。去年年底，客戶開始有些大幅度的開發動作，新階段即將展開。

六個月以前，協理嚷著要廢除這個專案。等到專案一動起來，協理也跟著改變心意，隨即給阿莉加了個助理。馨儀被調過來幫忙了一陣子，是好幫手：聰明、負責、體貼，而且有效率。對於那些害羞、缺乏自信，又不愛說話的工程師，剛好是互補的幫手。馨儀不太給人威脅感，短短的時間內，她證明了她是個好部屬。

一眨眼的時間，需要溝通的事、來往的通訊，像雪片般快速累積。很快地，整個專案的團隊，加班時間越來越多。所有的溝通，都集中在討論一台原型機的抵達時間。

爲了一個私心的理由，阿莉努力保護這個專案。沒由來的，這個專案開發的產品，喚起了阿莉對於過去的回憶——那是埋藏在心底的往事。這個產品讓阿莉想起父親的一項生意投資，一個他從本業又另外發展的生意。這個側線的生意，帶著他們進天堂，也帶著他們入地獄。最後，這個側線的生意，讓阿莉父親所有的辛勞，都付之一炬。因爲那一件事，她對於「生意」一直有五味雜陳的情愫，也許，這五味雜陳的情愫，也延伸到她的人生。

在公眾生活裡，關於自己的家庭，她從未提過隻字片語。她小心翼翼地經營自己的形象，一個在權威的眼光裡，詮釋成功和優秀的完美形象。對於在他們身邊工作的人，老總跟協理的要求非常明確：對於人際關係，不鼓勵私底下的互動。成群聚黨，更是大忌諱。所有在辦公室裡的關係，都必須止於「專業」目的。

一方面，她知道，生意是可獲得祝福的工具。祝福，能夠幫助她脫離貧窮。另一方面，生意也涉及風險，若反轉直下，有可能招致可怕的咒詛跟悲劇。這個難以捉模的特性，深植在她內心裡，像是一個奧祕。這個奧祕不斷地推著她向前，激勵她去學習，甚至，吞下任何的困苦。

是的，那正是她內心裡的黑暗，是她想要從回憶中與生命歷程中忽略與塗抹的黑洞。還好有專業的吹捧，她努力地擠入人生勝利組。現在的際遇，在許多人的眼中，實在是充滿了眾神的恩寵。辦公室裡陽奉陰違與虛僞的文化，正好是保持冷漠態度的完美理由。專業的形象，讓她可以把眞我藏得好好的。

她想像著，所有伴隨著成功而來的改變——所有對他們的鄙視、羞辱、譏諷的觀點，都可以一掃而空。如果成功眞的到來，她的過去就無關緊要了。她可以不必再害怕，可以甩掉「魯蛇的女兒」這個標籤。

爲了把握這個機會，她得表現得冷酷無情、謹慎爲上，不能容許絲毫的空間讓那個「眞我」進來作怪。

筱薇過來找她，把她帶回到現實。

「老闆，有一個狀況，我得要跟妳討論一下。」

「沒問題，什麼事？」

筱薇走進去阿莉的小隔間裡，坐在阿莉辦公桌前面的椅子。

「是關於我們中國的客戶。」

「怎麼啦？兩個星期前出差，跟他們介紹過今年的產品開發的計劃時，他們不是很喜歡我們的規畫，然後會跟著我們開發的進展採購的嗎？別跟我說他們改變心意了！」

「不是，他們沒有改變心意。只是，多了一件旁生枝節的事。妳記不記得我們有一張投影片，介紹了我們現有顧客群？」

「是啊，那一張投影片，是爲了要確保客戶對我們的開發能力有信心。」

「他們給了我回饋，告訴我，他們對這個互聯網的概念很感興趣。」

「我了解，可是這個專案還在開發當中。如果我們大陸的客戶對這個新科技有興趣的話，我建議他們追蹤我們的客戶所公布的新聞和消息。如果他們願意的話，我們也可以做一個引薦！」

「老闆，妳讀不出弦外之音嗎？」

「妳說我讀不出弦外之音，是什麼意思？筱薇，妳可以再更明確一點嗎？」

「老闆，我們的客戶的意思是說，我們能不能把設計圖給他們一份？偷偷的！如果妳不說，我也不說，沒有人會知道。」

「筱薇，這樣的請求，讓我很傻眼耶！連提起這樣的事，都讓人覺得不道德。我們提起這個專案，是要讓他們對我們的技術能力有信心。可是，我絕對不能同意洩漏任何一個客戶的專有智慧財產權，更不要說，我們跟客戶之間有合約的約束，我們有義務保護客戶的機密。筱薇，說眞的，我不能同意，妳得要拒絕他們。」

「好好好，我知道妳的立場了。可是，他們把這件事，當成談判的籌碼。如果我們不給一些甜頭，他們就要轉單。妳知道，在中國市場，有家供應商當我們是頭號競爭對手吧！」

「筱薇，我知道。他們用這樣的藉口要脅，很令人糾結耶！可是，人生中，本來就有很多界線。對不起，做爲妳的主管，我不能跨越這道界線。況且，我不能冒險毀掉公司的聲譽。公司的聲譽，是靠著團隊合作、技術、跟專業建造起來的。我知道，這個客戶有強烈的企圖心，對我們百般刁難。可是，這件事，沒商量的餘地，不可能的！」阿莉堅決地說。

「如果這是妳的立場，我也只能接受。」

「筱薇，對不起。如果妳需要銷售話語的策略，我們可以彼此腦力激盪，好嗎？」

「好！如果妳的立場是這樣的話……如果能想到理由勸他們放棄這想法就好了！」筱薇在離開阿莉的小隔間時，自顧自發著牢騷說。

*****

離家之前，阿莉還有一點時間。所以，她坐了下來，看一看電視上的新聞。嗯，油價報價每桶五十四塊美金。雖然她不是很會記數字，不知道爲什麼，這個數字，就印在她的心裡面。

阿莉還是部門裡面最早到辦公室的人。今天，是互聯網實驗專案新階段啓動的日子。在客人到達之前，她有一點時間，享受了一個人獨處的時間。她的小隔間，是辦公室裡唯一亮著的地方。自從在那個破舊咖啡店的那一餐午餐開始，她就認眞地重複著那位年輕太太爲她所做的事：禱告。

終於，在約定的時間之前，這個互聯網實驗專案的客人，準時到達了。他們陸續到達，然後被帶到會議室裡。阿莉與謦儀穿梭在客人之間，努力地記取剛剛加入這個團隊的一些新面孔。

一通電話進來，謦儀靜悄悄地離開，沒有多久，她踮著腳尖輕聲地走到阿莉身邊，告訴阿莉，有狀況發生。

「阿莉，不好了。那台原型機，出狀況了。」

「怎麼啦？」阿莉很困惑。

「報關行剛來通知，海關指示要扣留這一台原型機，做進一步的檢查。現在，箱子在被送到海關關員的途中，準備要開箱驗貨。也就是說，今天早上絕對拿不到這台原型機，我們完蛋了！」謦儀解釋。

「怎麼會這樣啦？現在有八個人專程飛越了太平洋來跟我們開會，妳知道這對我們的客戶，是多高的成本嗎？這台原型機是今天開會的主題。如果這台原型機沒辦法在會議中展示，今天的會議就沒有進展。更不用說，大家之前花了那麼多個月工作的時間，都白白浪費了。」阿莉幾乎要尖叫。

「報關行說，沒聽過單據上的產品名。而且，進口的商品，跟我們公司行業完全無關。」

馨儀這麼一說，讓阿莉更惱怒。「我們的工作是研發創新耶，當然不會聽過這樣的產品名。我不懂，他們難道從來沒有期待過這種事，然後修改規定，確保我們的競爭力嗎？」怒氣在阿莉的胸口中反覆翻騰，讓她激動地說不出話來。然後她重重地嘆了一口氣，想辦法冷靜。會議就要開始，得想辦法解決眼前的危機。

「馨儀，把報關行的電話給我，好嗎？」專注跟沉默讓阿莉顯得可怕。

「好的，可是，我不知道我們還有什麼方法可想……」

在她試過之前，她不想要下任何負面的結論。很幸運地，電話撥通了。跟報關行的業務談了一下後，接著，她叫馨儀帶幾個男性同事跟著她去倉庫。

十五分鐘後，一輛卡車出現在公司的倉庫後門。那一台裝有客戶新的實驗作業軟體，剛剛跨越過太平洋的原型機，接著出現在會議室。馨儀跟阿莉站在那台原型機的後面。一看到那一台原型機，大家都尖叫歡呼起來了。

「這是怎麼一回事啊，阿莉？妳不是說，海關要扣留這台機器嗎？我聽到的時候，捏了一把冷汗。妳不曉得，我們在那一套新的作業系統，花了多少工時。如果那一套作業系統就這樣洩漏出去，或是機器被拆解，後果眞的不堪設想。」

「你不需要解釋，我完全了解。現在，所有的人可以好好地開會了。」阿莉說。

會議進行了三天，最後，雙方達成了共識，客戶的專案團隊，滿意地回去。

「天啊！我的機智救了這一次！不只是這三天的會議，而是整個專案開發的時程。」阿莉想著。

這台安裝了新作業軟體的原型機，吸引了許多人的注意，包括公司的高層。前瞻性的創新和創意，令人耳目一新。辦公室裡的人，都被這先進的技術所說服。這台機器，突然變成辦公室的「熱門話題」。話，就在辦公室裡傳開了，大大地震撼了所有的人。阿莉開始收到同事來的詢問跟關注，她小心翼翼地處理這些詢問。

正當熱潮消退時，幾個工程師靜靜地把這台原型機搬運到管理會議裡。這個管理會議，到底會談論甚麼議題？

*****

時間又過了幾個月，互聯網專案完成一個階段，是檢討產出的時候。

爲了走到這一步，阿莉把很多事都放到一旁，也放棄了玩樂、娛樂，還有跟家人在一起的時間。成功，變成是她的聖杯。任何會讓她分心，阻擋她爭逐這個聖杯的事，都會被她拒絕和排除。但是，一個無來由的念頭，讓她覺得不對勁——表面上的忙碌，是事情的眞相嗎？

表面上，每一件事都以極高的滿意度在進行。但是，許多不確定性被包裹在掌聲與讚許中。

客戶正準備檢驗阿莉公司的工廠，需要完成的事變得非常的多。阿莉所能做的，就是不斷地授權，不斷地調適，甚至增加人手。整個部門的人跟阿莉一樣，像機器人勤勞地工作。台灣的辦公室跟中國工廠之間的聯絡，頻繁不斷線，全天無休。

跟客戶簽訂合約的日子，也安排好了。阿莉更小心，更謹愼。即使她對於這個專案的未來，有一些存疑，她得將懷疑放到一旁，然後專注。

剛加了一個新人，浩克，隨即，協理又宣布，要把凱莉調過來。阿莉順服地接受權柄的所有決定，以及所有發生的事，繼續工作。她小心地計劃，小心地爲專案的工作分工。

*****

阿莉像時鐘一樣，工作個不停。現在，好像不管花多少時間在工作上，時間就是不夠用。她幾乎得留在辦公室，直到深夜。事實上，這是這家公司大部分經理人的生活寫照。不管是男人，還是女人，沒有例外。公司裡也塑造了一種勤奮和競爭的文化。所有的部門，都被緊密地串連在一起。她無法承擔被看做害群之馬的後果，或是因爲個人的因素，拖累整個組織的表現。

年初對報價的回覆，也都收到正面的回應。筱薇陸續收到新產品試驗訂單，雖然整個過程進行得很倉促，這個側翼部門的客戶，都被今年新產品計畫的好處所說服。眼見，筱薇跟阿莉又將建立一項功勞。

銷售循環當中有一個部分是，策略布局和戰術應用的創意。一個關鍵性的要點是，他們得洞悉對手的意圖和需要，然後知道要採取什麼行動、以及什麼時候該行動，還有，根據直覺判斷行動，判讀節奏，並且隨著節奏反應。有時候，他們得要加速；有時候，他們得要等候；有時候，他們得要爭戰才能征服；有時候，為了獲得勝利，他們得要扮演溫馴的綿羊以獲得友誼與合作。這個工作所需要的才能，跟其他的工作都不一樣。這樣的工作得憑直覺、膽量、人際關係的技巧，還有勤奮。知識跟專業的部分，也許可以靠訓練獲得，但是，直覺、才能、毅力、人際關係的技巧，跟勤奮，卻是內在品格，無他法可取代。阿莉滿意地看著她的團隊，她測量著，到達她的職涯顛峰已指日可待。

*****

阿莉的團隊剛加了新人，浩克，是製造工程的專才。由於是新手，正在努力熟悉公司內部所有的事。

現在，她有個新問題，那就是凱莉。協理宣布，凱莉是他的特別助理，專案的進展，要凱莉直接跟他報告。凱莉聰明、順服、專業，是優秀的部屬。因為這個從協理來的命令，造成她跟她周圍的隊友，沒有什麼對話，包括阿莉。某種程度上，協理的命令，讓每一個人懷疑她的管理能力。然而，爲了要維持和諧，她只能盡力把團隊黏在一起。

現在的布局，讓原本已建立起來的信任動搖。除此之外，她得抵抗恐懼跟疑慮。工作曾經是她的最愛。現在，她開始憎恨工作。

她想要建立的精神，就這樣……瓦解了。

*****

很晚了，阿莉跟馨儀正在工作。

「馨儀！都已經十點半了，妳還不回家嗎？今天到這裡就好，我得下班了，不然我老公要休了我囉！我可以陪妳走到停車場。」阿莉從她的隔間站起來，跟馨儀喊了一聲。

馨儀正低聲地講電話，聽到阿莉後，隨即把電話掛斷了。「啊！我還要再幾分鐘。我在跟寇副總講電話，他需要一些電路圖的檔案。」馨儀說。

「喔！是跟驗證有關的嗎？」

「呃……是啊！是啊！阿莉……妳先走。我還得把所有的文件傳過去，還要再一會兒。」馨儀支支吾吾地說。

「好吧！那就這樣吧！我先走了喔！不要加班加太晚喔，明天早上見。」阿莉說。

阿莉就自己走到停車場，她一邊走，一邊想著：「馨儀眞是好部屬，負責任，又勤勞。我眞的很幸運，能夠有這樣的幫手。希望這個專案，也能成爲她的好機會。」

*****

會議電話剛結束，阿莉走進公司樓頂的咖啡吧。她不喜歡承認自己已經咖啡成癮，但是，每天早上吸入咖啡的香氣，跟灌下一大口的黑色液體，已成了一種儀式，如果不這樣，整個人就好像拒絕清醒過來。

頂樓上的咖啡吧，是一個加蓋的玻璃屋，兩旁有玻璃窗可以看到戶外，裡面有餐桌餐椅，也有 Wi-Fi 供想一個人安靜的員工連線。咖啡吧也賣一些輕食，還有各種飲品。玻璃屋外面，有一塊空曠的陽台。陽台的邊牆，有一整排的花台。這些花台的上面，除了稀疏的雜草，還有整排零星的盆栽。盆裡的植物不是亂七八糟的，就是快枯乾了。這一排盆栽，剛好就在視線水平線。望出去，這條視線水平線的上方，是天空，還有參差不齊的混凝土大樓的輪廓。視線水平線以下，是水泥牆。雖然看出去很不協調，景觀也很醜，但至少這地方可讓人看到大自然的顏色，明亮，還有新鮮的空氣。對於整天坐在辦公室的人，這些算是稀有的。

在櫃台等待時，翰哥來到她的旁邊。翰哥跟淑玲一同負責財會部門，是財會部其中的一位處長。這人，根據阿莉的猜測，應該是老總特別任命的。自從他上任後，老是抓著阿莉問問題。這也是阿莉轉換工作角色後，需要照料的新外交負擔。今天他單獨來咖啡吧。阿莉希望他是爲了買咖啡來的，而不是來談公事，打諢亂纏。

「妳還好嗎？我聽說妳很忙喔。」翰哥跟阿莉問候。

「是啊！沒錯，我們眞的很忙。水淹到下巴這麼高了。」阿莉打趣地說，然後把手掌放在下巴底下裝可愛。

「妳不會有事的。妳夠認眞，認眞的女人最美麗！」翰哥說。

「我知道。盡力囉！」阿莉回答。才有一搭沒一搭的兩句，她就覺得用完了所有社交辭彙了，可是，翰哥卻沒有離開的意思。阿莉看著櫃台，忖度著，她的拿鐵還要多久才能好。翰哥卻一副悠閒的樣子，他蹬上她旁邊的高腳椅，坐了下來。

「看來，今年會是豐收的一年，是嗎？老總要我跟證券經紀商搞定一些數字。」翰哥問。

「是啊！我想是。如果沒有意外的話，我想，今年應該是豐收的一年。翰哥，如果你需要資料做對外關係的報告，下次的管理會議，你可以聽到更多細節。現在，我眞的沒有太多時間跟你聊，抱歉！」阿莉瞥了她的手錶一眼，暗示翰哥她沒有興趣對談。

「沒問題，阿莉，我可以等到下次管理會議，聽妳報告。」

「翰哥，我很想多聊聊。不過，眞的不湊巧，還有事等我處理。最近我好像身處漩渦裡面，我來快快拿杯咖啡，馬上就要回座位工作了。」

「好啊！阿莉，妳眞是有很多潛力。可是，妳知道嗎，只有最受恩寵的，才有資格爲老闆們擋子彈。」翰哥的眼光看著前方的櫃台，看起來一副若無其事，冷淡的樣子。

這些話似乎跟他們的對話無關，阿莉聽到這些話，眉頭深鎖，只想要冷笑。「翰哥，你在說什麼啊？」阿莉很困惑。

「我是指，我在妳身上，看到了一種高貴的人格特質。」翰哥支支吾吾地說。

噗哧，阿莉忍不住笑了出來，「你是在取笑我，是嗎？」

翰哥向阿莉行了個童軍禮，然後從咖啡吧的高腳椅下來，沒有再多說一句話。

*****

阿莉一走進她的隔間位子，筱薇隨即鬼鬼祟祟地湊過來。「老闆，我們拿到中國大陸客戶的訂單了。」筱薇說。

「很好，做得很好，筱薇。」阿莉小心地檢查筱薇呈上來給她的採購訂單、機種，還有她們曾經模擬過跟決定好的價格。「太好了！筱薇！這絕對是大大的得勝。所以……妳找到方法，說服他們放棄從我們這裡取得互聯網設計的想法嗎？妳跟他們說了什麼？」阿莉對著筱薇微笑。

「呃……也不盡然如此。」筱薇閃爍其詞。阿莉看著筱薇的雙眼。「是……是寇副總。他很有說服力啊！」

「是啊！他是個有說服力的經理人。」

「是啊！沒錯，他的確很有說服力。」筱薇回覆。

阿莉在訂單上簽好了名字，然後把訂單遞給了筱薇。「所以，他們喜歡我們的新產品，會繼續下訂？那妳有機會跟他們討論到整年度的預測嗎？」阿莉問。

「是的。有的，我有。量的方面，比我們預測的多很多。」

「太棒了！筱薇。做得好！接下來，我們就會有需求來餵產線了。盯緊客戶，我期待更多的好消息。」阿莉說。

「謝謝妳，阿莉。」筱薇拿著採購訂單，然後離開了阿莉的隔間座位。

*****

浩克向阿莉報告工廠的溝通問題。昆山工廠的行政部門，對於他們為客戶安排的工廠參訪，非常的不友善。申請的參訪被昆山廠的公共行政部退件。

「啊！公共行政部，是旺哥。怎麼了？」

是旺哥的刁難，還是員工？在中國工廠的管理，基本上是軍事管理的翻版。阿莉知道，軍事管理卻是高層的執行主管想要的，這樣能讓產出的品質標準化。在工廠，他們需要的只是做事的人，和跟隨者，而不是會思考的人。這樣的文化，也符合那裡的特性。

浩克回報的資訊不太樂觀，不但令人失望，而且奇怪。公共行政部拒絕他們，卻接受了阿雅安排的客戶訪廠。理由是，時間衝突。

「他們有提供另一個選擇嗎？」阿莉問。

「沒有。」

她想要找出真相！阿莉拿起電話，撥了旺哥的分機號碼。幸運地，他接了電話。「旺哥，是阿莉。我想跟你澄清一件事，有一分鐘的時間嗎？」

「呃……」

阿莉沒有料到旺哥的遲疑。她鐵了心，一定要解決這件事。「我剛剛招募的製造專案經理浩克，跟我報告說，剛才我們申請的工廠參訪，被公共行政部給退回了。你清楚這事嗎？」

「是的，我知道。」旺哥冷冷地回覆。

「旺哥，我們的客戶，改了參訪工廠的日期。這件事，不是我們想要的，也超過我們的控制。你可以想像，如果我們更改訪廠的日期，會造成多大的騷動跟壓力。」

旺哥安靜了一會兒。「阿莉，不是每一件事都能照著我自己的想法做的，妳知道嗎？」

「是的，我知道。」阿莉了解旺哥話裡的意涵。旺哥只是單純地遵守協理的指令，無關個人恩怨，雖然眞相是苛刻而醜陋的。

「請你的部屬把申請單修正以後，傳過來，我會簽核。不過，妳要承擔所有的風險。第二，我不會爲工廠這裡的經理們的時間衝突負責。妳跟妳的部屬得自行負責工廠的探訪，我們都會被阿雅的專案所綁住。協理的指令是，即使動員工廠所有的資源跟努力，務必要贏得這個專案。這樣妳清楚狀況了嗎？」旺哥回覆。

「我知道了，旺哥。謝謝你。我會馬上派浩克到昆山來，跟那裡的員工一起準備。」

旺哥一聲不響，就把電話掛斷了。

「浩克，馨儀，過來這裡一下好嗎？」阿莉對著她前面左邊的兩個位子喊道。一下子，浩克跟馨儀都來到阿莉的隔間位子。「浩克，我剛剛跟昆山的公共行政部的旺哥談了一下，他答應我，只要我們把申請書修改好，傳過去以後，他就會簽核了。所以，我需要你重做，跟重跑一次這個流程。了解嗎？」

「是的。」

「還有，還有一個狀況是，沒有任何管理階層的人，可以幫我們，我們全靠自己搞定。」

浩克點點頭。「我懂，阿莉。這些交給我，我會盡力的。」

馨儀看起來心思不寧跟遲疑的樣子。

慮。

「是的。呃……我們可以私下談這件事嗎？」她的聲音變得非常低沉，好像有一些顧

「馨儀，妳有事情要跟我說嗎？」阿莉看著她。

「什麼事這麼神祕兮兮的？」

「阿莉，我知道妳找了浩克，是爲了要準備工廠評估這件事。然後，協理把凱莉轉到這個專案來，要負責專案管理。」

「是啊！妳的重點是什麼，馨儀。沒問題，告訴我，妳心裡在想什麼？」

「事實上是，我覺得，好像沒有角色讓我扮演……」馨儀看起來很憂鬱，幾乎要哭了。

「馨儀，妳不該這麼想。很多事情正在進行，想像一下，等我們拿到合約後，妳會有多忙？」阿莉安慰她，「甩掉妳的懼怕，事情，好像以我們無法控制的方式在進展，但是……我不確定妳能不能接受我這樣說……『要有信心』。」

「要有信心？」

「是的，有信心。對自己有信心，對同事有信心。不管發生什麼，都要有信心。然後，妳就會看到不同。」

「我無法理解，阿莉。」

「一定可以的。妳克服了很多挑戰，才走到這一步，不是嗎？我對妳有信心，馨儀。」

馨儀幾乎要哭了，眼淚在她眼眶裡打轉。「好，我先相信妳。謝謝妳。」

阿莉看著馨儀走回位子。雖然她已經盡力安撫與鼓勵，她有股感覺，好像，暴風雨將要來臨。這次，她不知道自己能否安全無恙。

半夜，協理發出了一封電子郵件，質問阿莉的決定，要求所有的人隔天到他的辦公室開會。

阿莉覺得糟糕透了，沒有想到這樣瑣碎的事，演變成戲劇化的大事。一早，爲了鎮定自己的心思，她拿起聖經安靜禱告。一翻開聖經，跳出來的是詩篇的經文。

不從惡人的計謀，不站罪人的道路，不坐褻慢人的座位。

惟喜愛耶和華的律法，晝夜思想，這人便爲有福！

他要像一棵樹栽在溪水旁，按時候結果子，葉子也不枯乾。凡他所作的盡都順利。

「好吧！」阿莉想。「我不相信協理是壞人，看看事情的變化吧。」

十二、失衡的臨界點

二〇〇七年，四月初

早上十點鐘還沒有到，協理的辦公室已經塞滿人了。他在郵件裡副本通知到的每一個人，都出席到會議室裡。這個事件，把阿莉部門的每一個人都捲進來了。

「坐，請坐。各位，請坐下。」協理一邊瞪著筆電，一邊說話。命令句，似乎變成協理的標誌。命令句的語氣，是他唯一使用的句型。

「協理，我可以解釋，這件事是誤會。」

「只是誤會？」協理慢慢地把他的筆電合起來，然後注視著他辦公室裡的每一個人。從一開始，他們就沒在這事件的郵件副本裡。自然地，他們對現下發生的事，也摸不著頭緒。每一個人都搞不清楚，協理接下來想做什麼。

「當兵的時候，在軍隊裡我做的是將軍的祕書。我處理過一種業務，就是協助那些重罪罪犯的死刑判決。在我的眼裡，阿莉跟那些死刑犯一樣。」協理對著辦公室裡的每一個人說了這話。

阿莉被他的話驚嚇到了，在場的每個人都是。每個人，都把頭低下來，眼睛注視著地板，不敢看協理或阿莉。眼淚汩汩地從阿莉的眼睛裡流出，她凝視著協理。公司已經成長爲複雜層級的結構，他成功地爬到頂峰了，然而，在他的眼中，她竟然等同於重罪的罪犯？她無法了解，爲什麼協理要因爲一件簡單的行政錯誤，這樣殘酷地對待她，更不用說，這個錯誤並不是她引起的。也許，在協理的眼中，從來就沒有「我們」這兩個字。

他繼續說下去，「這個案子對公司太重要了，從現在開始，我親自擔任這專案的總經理，每個人直接對我報告。阿莉，妳沒有注意到，從妳當上業務處主管後，我就一直與妳爲敵……好了，可以散會了。」

在走出協理的辦公室的時候，沒人敢跟阿莉說話，或是拍她的肩膀打氣，每個人都很沮喪。麥帥則是要阿莉回家休息。「阿莉啊，妳看！如果昨天晚上沒人熬夜，或是，如果妳不回答協理，剛剛的事，也不會發生。我知道妳累壞了，放自己一天假吧！」

阿莉疲憊極了，一部分是因爲哭，一部分是因爲熬夜。另一個理由是，協理的羞辱。她不懂，爲什麼協理要把羞辱加在她身上。更糟糕的是，她認識的人，沒有人敢公開幫她伸張正義。眞正疲憊的理由是，她的心，破碎了，她的自信完全被擊潰了。

那天翰哥說的話，突然在她腦中浮現。難道，這正是他暗示的事？協理的這場戲，讓她的心痛極了。

她不懂，在上帝的眼光中，這樣粗魯、蠻橫，又無人性的犧牲爲什麼是必要的？

「不値得爲這樣的人工作，親愛的。」她打賭，阿信一定會下這樣的評語。

可是，她需要工作。他們的家庭需要它。

「上帝啊！不公平。」當她終於回到家時，她的內心吶喊著。「上帝啊！祢不公平。祢都在跟我作對？曾幾何時，工作變成是血淋淋的屠殺遊戲還不夠，還得讓尊嚴跟人格這樣遭受踐踏，不是單純勞力、智力，跟創意的交換？難道，這是被揀選的意義？如果眞的是這樣，祢爲我決定好了！告訴我，祢要我留，我就留。如果祢要我離開，告訴我，什麼時候離開？」

阿莉掙扎著爬上床，她覺得好累，好累……

*****

在所謂的「死刑」執行之後，協理達成他的目的，成爲實驗專案的總經理。阿莉現在的處境，變成是徘徊在虛無之境的孤魂野鬼一般。

和客戶檢討製造合約的日子就快到了，阿莉決定順其自然。這一天，客戶的代表來到了，是一位誠懇厚學的紳士，名叫亞當。會議進行的很順利，第一份的合約初稿完成。現在，就等簽訂、交換合約，兩家公司就正式立約了。

「亞當，感謝你的幫助。我會把合約交給我們法務部，上層若也沒問題，我們就算正式締約了。」阿莉解釋。

亞當突然問阿莉：「阿莉，這事完成後，妳想做什麼？」

阿莉停頓一下，微笑以對。聽起來，像是好朋友間會問的問題。她開玩笑說：「也許，改變世界吧！」

亞當對她微笑回答，「我看到妳在做這樣的事喔！那這樣，下次討論合作細節時，我們再見面了。」

*****

六月，一片平順與平靜，一份會議通知打破了短暫的平靜。實驗計畫的客戶，要派出整個專案的成員來開會。亞當也是拜訪成員之一。

會議的目的很清楚，阿莉的公司將被遴選爲重要的供應商，兩家公司需要討論如何合作。

該是跟團隊討論開會的策略，協理卻躲起來跟麥帥進行祕密的會議。

就在撲朔迷離之時，阿雅跟阿琳，這兩位業務部門的皇冠明珠，跑過來他們的區域。

因為新職務，阿莉幾乎忘了兩位小姐的存在。這幾個月來，她只注意自己的業務，忘了公司裡其它的事。她想，她們為什麼過來？閒聊嗎？畢竟，阿雅、阿琳，跟筱薇，之前是業務美女三劍客。一個月前，凱莉還是阿雅的專案經理。

「看看阿莉的團隊，變得多炙手可熱啊！」阿雅跟阿琳說。

「是呀！誰想得到，這個業務處現在貢獻公司大部分的毛利呢！去年年底，他們還是扶不起的阿斗呢！」阿琳附和著。

阿雅站在凱莉的座位旁，接著阿琳的話嘟嘟噥噥的。「如果不是旺哥不想要這個處，誰會有這樣的運氣？我倒希望他們小心點，很可能，他們是協理僅存的盼望呦！現在只剩他們能推銷公司的創新科技囉！」

「這話倒是眞的。研發部門花那麼多費用研發的新技術，到現在還沒有任何客戶買單。所有的研發費用，估算起來要三百五十萬美元，是吧？」

「阿琳呀，不用擔心。阿莉的客戶有深口袋，這是協理描述的。」

「是啊！我猜也是。也不知道阿莉用了什麼本事籠絡這個世界級客戶？像她這樣年齡的女人，有什麼啊？我們沒老公，所以得辛苦工作，得取悅老闆、娛樂客戶。我們是沒選擇，才得像花蝴蝶、蜜蜂，日夜辛勞。眞不知道，阿莉為什麼還留在這裡跟我們競爭呢？她幹嘛不回家相夫教子？這樣的話，我們其中一個人，就有福氣塡上她的位子。」阿琳冷冷地說。

「阿琳，妳不懂啦。她是國王的人馬，協理只是國王的僕人，我們只不過是管家的僕役。」阿雅豪不留情地，飆出一串嘲諷的話語。

「眞糟糕！我們好可悲。」阿琳報以嘲諷回覆。

「現在妳知道我們可悲！走吧，沒有必要在敵營裡逗留。」

留下那些話後，那兩隻麻雀就嘰嘰喳喳地走了。毋庸置疑，那種從典型懷疑、爭競、比較認知造成的分裂，眞是要命。阿莉安安靜靜地聽，沒有回話。她希望能夠做些什麼，或說什麼話贏得阿琳跟阿雅的認同——甚至其他人的認同，可是，她的時間跟體力，只夠把自己的工作做好。

很幸運地，在他們的敵意中，阿莉讀到細微的恩慈與友善。阿雅跟阿琳雖然有刺，但她們讓她對暗中發生的事，總算有些線索。

協理所營造的神祕，答案終於在會議時揭曉了。阿雅跟阿琳洩漏出來的消息，是眞的。協理眞利用這個機會推銷新技術。這項新技術，是協理在半年以前，花了昂貴的權利金買來的。然而，業務跟研發部門，只有有限的資訊。早先的時候，他們都問過客戶，參與這個新技術計畫的意願。這件事，客戶若不是回覆得慢，就是遲疑。從那時候起，這個新技術的開發進度，就陷入一團泥淖裡。阿莉心裡面知道，他們一定得找到方法，來補償這一項投資。如果他們簽得到客戶，願意使用這一項科技，成本就可以被轉移出去。阿莉想，這大概是協理心裡盤算的優先次序。

而且，最好是有能力付款的客戶。除了阿雅跟阿琳的客戶，實驗專案的這一位客戶，是財務能力最好的。難怪阿雅跟阿琳會說，她的團隊，成了協理解決三百五十萬美金投資成本的唯一機會。

協理隨即受到客戶的質疑，很快地，最後還是妥協於顧客的期待。顧客的團隊，還是照著他們的想法做——讓那個不太有量產性可能的產品量產。

過了這個點，就沒有回頭路了。在這種狀況下，唱反調等同於當害群之馬。這時，阿莉心裡的警報卻狂響起來。

「印象深刻喔！」中間休息時，亞當給了阿莉這樣的評語。

「是啊！協理很優秀，他擁有成功的所有條件。跟我們在一起時，他總是激發我們用新鮮的角度跟眼光看事情。他的提議值得你們考慮。」阿莉回覆著，她猜想，亞當是指著協理做這樣的評語。

「阿莉，我們需要妳公司幫忙，根據這個原型機，規劃符合成本效益的機型。現在的總成本，實在貴得離譜，要商業化，根本不合理。」

「喔！我的看法一致。總算你們那一方有人看到現實面的問題，大家都太樂觀了，在這樣的情況下，我又不能當害群之馬，做烏鴉嘴。」阿莉很熱心地與亞當聊著。

「你們在會議中爲什麼不放出這樣的訊息？如果你們協理這麼說，我們也能更進一步了解你們公司的競爭力。根據我們公司的實力，可以想出很多合作模式的。」亞當說。

「他是執行長，自然地，他會以公司最佳利益爲考量。他一定會利用機會，展現我們公司的技術能力。你所說的合作，是指投資我們公司嗎？無論如何，你們有自由與主權決定。」阿莉平淡地帶過。

亞當對阿莉點點頭。「是啊，帶領的人是有責任爲團體定調……」

阿莉不太明白，在亞當沒有說完的句子，之後想接的是什麼話？她緊追不捨，想探聽最終的底線，畢竟，接下來對兩家公司都是大賭注。「你們討論過，量產這機種的適切性嗎？」阿莉問。

「沒必要，我們很確定的。我們公司向來只投資前端性的技術，這也是我們維持領導者地位的方式。我給妳的那份合約，進度怎麼樣了？」亞當問。

「已經在傳閱了，等我們上層主管核准。」阿莉小心地回覆。

「我知道了，我們回去開會吧！」

「好……的，我們把會開完！」

*****

六月中旬，天氣回暖得快。大概是因爲颱風就快來襲，這一天，天空晴朗，像藍寶石一樣的藍。氣壓，把所有的雲都擠壓走了，天空是一片澄澈湛藍。像這樣有晴朗湛藍天空的日子，總是很寶貴。早上，上班的途中，阿莉注意到那片美麗的藍天。進去那一棟灰色的建築物之前，她貪婪地瞥了一眼，試著要把那一片藍寶石的湛藍捕抓到心中。這一刻的魅惑，短暫而奢侈。等她踏進去那棟建築物，要能夠看到這片天空，至少也是十四到十六小時後了。

這個禮拜是繁忙的一周。她一邊走，一邊想事情。這個星期結束以前，他們得把五年計劃交出去，她得跟筱薇檢討這個計畫的細節。浩克過去大陸準備工廠的稽核，有一個星期了。她期待今天跟浩克在電話中會議，聽他的簡報。接下來，還有好幾個跟供應商的會議，她得把握時間。

「筱薇，來一下，我們看看五年計劃的資料。還有，馨儀，跟浩克打電話，讓他準備好，十點鐘後我們電話會議，嗯，就談半個鐘頭。然後，會議電話結束後，妳得跟我一起參加供應商會議。」阿莉對著她前面的座位喊著。想到手上的所有事情，她得把握分分秒秒。

筱薇跑過來她的位子。「老闆，妳有機會看過我昨天晚上寄的五年計劃嗎？」

「有…有…有…這也是爲什麼我要跟妳談的原因。」

「老闆，妳要我找的這個3D的電影投影機，資料眞的很有限。」

「喔，太好了。」阿莉回答。

「妳說好是什麼意思？除了妳轉給我的新聞以外，我找不到任何實際的資料。我放在檔案裡的每一項資料，都是根據假設來的，售價、銷售量，還有單價。」

「很好，很好，很好。」阿莉像小孩般興奮。

「老闆，不要再說『好』了。我擔心死了！計畫這樣呈上去，沒有問題嗎？我很怕協理會轟我們呢。」

「是的，我們站在很好的時機點，可以展現做爲專業製造商的能力。同時擁有設計跟製造的能力，又是一項優勢。這樣的產品，對我們全球的客戶，剛好是完美的解決方案。我相信，這樣的產品，很快會成眞的。」阿莉說，「筱薇，我的胡言亂語是不是讓妳昏了頭了？」

「嗯……是有一點。老闆，妳下的賭注好大，會不會擠壓到協理在想的新創科技。可是，我說不上來……好吧，妳說服我了。妳想要我怎麼改檔案上的資料？」

「嗯！我覺得這個產品有潛力變成眞實的商機。就算是假設，這些假設也要合乎邏輯跟方法論。幾乎所有的數字妳都得改。我恐怕，妳得再做更多的功課。」阿莉解釋。

「好的，老闆，我會修改這些。」

「要快喔！我們明天再看過一次，這樣才來得及在截止前上呈。」

「沒問題，老闆！」在回座位前，筱薇對著阿莉眨眼，拋了個微笑。

*****

兩個星期前，阿莉就把客戶探訪工廠需要做的前置準備工作清單，都發給工廠的各部門主管了。根據浩克在電話裡面的簡報，事情都在妥善的管控中，同一時間，五年發展計劃，也已經完成了。企畫案裡面的結果，看起來很令人振奮。所有的規劃，可以讓這個部門再創造一次突破。如果他們行動得夠快，可以獲得領先的競爭優勢。筱薇逐漸地尊敬阿莉的參與。有這些新的點子，公司可能可以再被推向下一個高峰。

唯一讓她的心下沉的事，是那個實驗專案。跟零件供應商談過的結果並不理想，所有的負面情報，代表這個實驗專案很有可能會面臨胎死腹中的命運。

突然間，辦公室傳來一陣歡呼聲，歡呼聲來自在她周圍隔間的座位。馨儀走向她，「恭喜妳，阿莉！」

「恭喜什麼？」事實上，因爲這個特別的實驗專案的客戶，還有利基產品的產品線，跟五年開發計劃，阿莉變得非常地靜默，她專注在工作上，幾乎沒有跟任何人交談。另一方面，從協理辦公室那個事件後，她的自尊受到嚴重的打擊。內心裡，她開始有恐懼跟害怕，她害怕人，也避免跟人接觸，不願意主動跟人交談。埋在工作裡，可以讓她忘記心裡的恐懼。

「實驗專案被報導出來了，是頭條新聞。這一則新聞讓公司今天的股價強力上漲。」馨儀傳達消息時，話裡帶著警戒。

「眞的嗎？我的天啊！怎麼會發生這種事？我們跟客戶有保密協定的，這是個嚴重的錯誤。馨儀，謝謝妳告訴我，我得馬上處理。」

「我把今天的報紙留給妳。」馨儀將報紙放在阿莉的桌子上。斗大的粗體字，躺在那裡，是假不了的鐵證。

辦公室四周有更多噪音出現。每一個人都因爲這一條新聞，激動跟興奮起來。辦公室裡瀰漫著一股凱旋得勝的氣氛，經年累月沉重的辛勞所覆蓋的烏雲，因爲這條新聞一掃而空。如果這個案子讓公司的股價上漲的話，對很多人多年來的辛勞，會是很棒的補償與恩惠。大夥兒眞的需要一次勝利的機會，振奮士氣。可是，其他人會怎麼來看待？阿雅、阿琳、筱薇、旺哥，甚至協理，可能認爲他們比她還値得這個功勞，爲什麼是阿莉獲得這樣的榮耀？一想到這，她害怕起來。這件事，完全是巧合，上天的巧合選擇了她。

整個早上，辦公室陷入瘋狂的狀態。突然間，這家小公司有了能見度。上了頭條新聞，的確讓它多一點分量跟價值。辦公室裡每個人都嘗到贏家的滋味與驕傲。

阿莉沉浸在新聞餘震的詫異裡，無法跟著歡樂。

*****

又是嶄新的早晨，前一天的瘋狂，算是平息了，辦公室回復到原有的寧靜。阿莉坐在座位上開機，電話響了。

「早，我是阿莉。」她拿起電話，精神奕奕地回覆。

「阿莉。」

她深深吸了一口氣，立刻認出老總的聲音。「是的，老總。」

「來我的辦公室一下。」

「是的，我馬上過來。」阿莉隨即從自己的座位爬起來，拿起一本筆記本跟一支筆，往老總辦公室直奔。

「老總，您找我。」

「坐，」老總回答，「妳最近做得怎樣？」

「很好吧，我想。我們剛剛完成了五年計劃，前景很好，很有挑戰性。除了這件事以外，幾個月的辛勞後，我的團隊跟我，有機會達成今年的預算。還有，實驗計畫，也簽訂製造合約了。在我被調到這個職務後，我們做了很多的突破。我可以驕傲地回覆，我和我的團隊能達成任務。」阿莉回答。

阿莉講話時，老總安靜地聽，臉上卻露出怪異的笑容。他看似眞誠、耐心，不過，一股不知名的意圖，卻藏在那張粉飾過的表情後面。

「我聽說，妳一直在違抗上司，公然反抗妳的主管，是嗎？我懷疑，妳有意圖偷走公司最重要的資產，那就是我們的客戶。」

老總的話，像是晴天霹靂，打在阿莉的頭上，讓她警覺起來。她覺得她的老闆，完全曲解她。

「請聽我解釋，老總。」阿莉很想怒吼跟爭論，但是，她試著冷靜，有禮貌地回答。

「妳的直接主管跟我反應，他們說，不太贊成妳團隊的提案。他們認爲妳不夠實際，太會想像，情緒化，又太浪漫。妳的個性不太適合商業界，妳知道嗎？」老總面無表情，一付高深莫測的樣子，看不出來他到底在想什麼。

「老總，也許我想像力豐富、浪漫，但是我也很理性的。我有方法論、資訊、統計數據來證明我的想法。我相信，我們的提案會是讓公司成長的新動力。我認爲，我們的商業企劃眞的很有程度。如果公司支持開發計畫，我跟我的團隊，絕對會盡全力執行，讓案子成眞。」

「阿莉，妳太天眞了。這個企劃案有那麼高的潛力，難道不會有人出手搶嗎？我想要勸妳，人生要輕鬆點，看淡點，妳還有很長的路，不必急著達成目標。」

阿莉忍不住在心裡面犯嘀咕，「老總，你到底在玩什麼把戲？一分鐘前，你還在問我做的怎樣？然後，又懷疑我偷了公司的客戶。一分鐘後，你要教我慢活，教我人生哲學。我眞的不懂。」她決定要跟他辯論一番，直到他相信她爲止。她投資了那麼多年，人生的黃金時間都投注在這家公司，她沒有條件搞砸。所有她努力完成的事，是爲了通往頂端而鋪路，爲了達成她想獲得的成功。至少，她應該說服老總，讓他對那些不實的指控轉念。

「可是，老總，我們一直都很謙虛，也很小心。我觀察到，阿雅跟阿琳所負責的產品線，很快就會面臨危機。我們的企劃，是解決方案，是補償營收可能即將流失的方案。」

「停。爲什麼妳說的，都跟其他人不一樣？從來沒有人跟我報告這樣的觀點！所以，妳違逆主管的事是眞的囉！我還在想，妳是用了什麼方法贏得這個實驗專案的客戶？妳私下做了甚麼？」老總突然語調一變，那語調，聽起來帶著試探，也帶著不認同。

「你聽到什麼傳言？我不懂。辦公室裡充滿許多毒舌的酸民，你聽到的可能是道聽塗說的謠傳。」阿莉說道。

老總沒有直接回答。「妳私下做了什麼事贏得這份合約？有特別的關係嗎？不然，客人爲什麼要把這麼有價值的合約給妳?」老總向她拋了一個很曖昧的微笑。

「老總，我聽不懂你在說什麼。」阿莉爭辯著。

「我聽說，妳的人際關係不太好，辦公室裡沒有人喜歡妳。大家都說妳固執，很難共事。跟妳在一起的人，有被排擠的感覺，沒辦法跟妳相處得很融洽。在我決定怎麼處理妳之前，我要把妳調到中國大陸的工廠。妳準備好，星期一就到工廠報到。」老總很堅定，心意果決。

她知道，沒有爭論的餘地。阿莉說,「這些就是你所要跟我講的嗎?」阿莉覺得好想哭。從老總來的訊息，沒有絲毫的肯定、認同，或是讚賞。他是那麼地堅決，決議要將她從她植根與吸收營養的那片土壤中拔除。老總新的提議，無法吸引她繼續維持彼此的契約關係。在宣布把阿莉調到中國的決定之後，老總的臉馬上移開，看起來沒有繼續對話的可能性。

阿莉從椅子上站起來，蹣跚地走了幾步。這個打擊，讓她困惑，頭暈。中國?下個星期一?這一刻，好像是幻夢，不是眞實的，她不太相信剛剛聽到的話是眞的。

老總又突然把注意力轉回到她身上，他說,「對了，小心一點!如果妳帶走公司的資產，做爲這家公司的總經理，我會採取必要行動來保護它，包括告妳。我的責任是捍衛公司。」說了這些話以後，老總就轉臉過去，背對著阿莉，阿莉只能看到主管椅的椅背。

阿莉慢慢地走回她的位子，毫無頭緒，她不知道要怎麼跟阿信說。多年以來，他一直忍受著這樣的生活：一個被分割的家庭，跟極低度存在他生活中的老婆，只因爲，這個女權至上的老婆，想要事業。現在，她好像搞砸了。

突然間，她想起了先前的一個禱告。「喔，親愛的上帝，祢不會選擇用這樣的方式回應我的禱告，不會吧？這是我所祈求的驗證嗎？」阿莉想。她沒有辦法再思考了，沒有半點意志力、也沒有力氣抵抗。她被沉重的疲憊和哀傷擺平，全身都是痛。一陣強烈的疼痛，像飛箭一樣，刺透她的心。突然間，她感到昏昏欲睡，她決定要順服。

十三、低谷——黑暗中的避難所

二〇〇七年，七月中旬

阿莉躺在床上，沒辦法起床。她不斷地跟全身的疲憊爭論，但是，他們贏了。她被沉睡所擄掠，疲憊讓她全身僵硬得像一塊沉重的大石頭。她覺得自己像是一顆墜落的石頭，墜落，墜落，不停地墜落。昨晚，阿信是不是睡在旁邊，她一點頭緒也沒有。他那一邊的床，冷冷的。在她一頭栽進工作時，他一直都是自顧自的。也許，阿信一早就靜悄悄地出門工作去了。

早上九點鐘了，通常這個時間以前，她早坐在辦公室裡，全身武裝，穿戴上全副防彈衣，準備要抵擋從四面八方來的子彈。現在，沒了面具，沒有穿戴上盔甲，也沒拿著盾牌，她卻覺得笨重。房間裡的窗簾還是關著的，黑暗籠罩整間房間，包圍著她，時間跟空氣似乎凍結了。風聲咆嘯著，該是吹進水管的風聲，呼嚨呼嚨地作響。那咆嘯聲，聽起來好似貓的尖叫聲，淒厲地劃破寂靜，令人渾身不舒服。跟她作伴的，只有無盡的寂寥。

她試著回想這幾天所發生的事，每件事像超現實一般。突然間，她沒有辦法分辨，到底過去是一場夢？還是現在是夢？如果，一個人的存在，是由被需要的程度來定義的話，此時此刻，她感覺自己的存在很不真實。怪異的是，外在的身分，對於存在感竟有那麼大的影響？除了記得把辭呈寄出去以外，其他，她都不記得了。就這樣，結束了那個她倚賴已久的外在身分。

辭呈發出去的那一天，老總光火的不得了。他抱怨她，破壞他們之間的協議。在那當下，阿莉只能選擇逃離。逃離，是她能抑制住怒氣的唯一選擇。喔，不！或許怒火與憤怒才是更貼切的形容詞。一旦關係中出現了不信任、不公義、模糊不清的猶疑，信任就受到毀損。那是，壓傷關係的最後一根稻草。

許多無法計量的事，變得比工作本身沉重。這些無法承受的重量，在她內心反覆翻攪。她再也無法忽略它們了。沒有道別，沒有送別的聚會，她決定，像空氣般消失無蹤。

老總的提議，把她逼到無路可退。現在呢？現在又能怎樣呢？

一股氣，鬱積在胸口，她得花一些力氣才能夠呼吸。當她吐出氣來的時候，終於嚎啕大哭。她孤單地躺在床上，啜泣著。

痛楚，隱隱地發動，那是失去身分的痛楚。失去這個習慣已久的身分，她突然不知道自己是誰？那種痛苦，就像是被禁足的小孩般煩悶。這一刻，她才看清楚，她的心，被那麼多的事情拉扯著——工作、婚姻、倫理責任、夢想。不願意妥協，反倒成為刺入心裡關鍵的一刀。這一刀，把長年累月埋在心底所有的事全都掀開了。轉眼間，曾經全心全意追逐的事，都付諸流水。要跟自己理論的，實在是數不勝數。這時候，悲慟的重量超乎她的理解，悲慟，讓她徹底潰敗瓦解。現在，她終於面對心裡面的悲慟。

踏出熟悉世界的那一刻，所有的事情好像在瞬間死了一樣。接著，她進入一個完全隔絕的世界。離開舒適圈，征服未至之境像是浪漫、勇敢；但是，一步之遙，是充滿不確定性的浩瀚世界。這個浩瀚世界只有死寂與安靜。

在這一天結束前，一通電話攪動了整天的寂靜。是一位老同事，人資部門的美人。

美人來安慰她。

「美人，我一直告訴自己要為別人帶來祝福，很抱歉製造了這個不方便。我想待在這裡，證明我的清白，直到他釐清所有的事情為止。如果老總想要告我偷竊公司的資產，就請便。」阿莉堅決地說了。隨即，她又接著說，「我把祝福留下了，那才是重要的。」

阿莉的反應似乎變得緩慢跟遲鈍，她不想多說。這傷口很深，像是利刃所刺的傷，她只剩止血的力氣，顧不得外交禮儀。她認識美人很久，了解美人的工作。當事情落到人的領域的時候，就是美人出動的時候。

在評估員工的價值上，公司有一套獨特的方法。明確來說，就是經濟價值。能不能進入決策的核心，取決於上層權柄的遴選與喜好。契約關係的精神，把遴選的規則升高到無以復加的層次。這麼多年下來，來來去去的人，也跟潮浪一般，起起落落。她把每一個教訓謹記在心，逼著自己警醒，忠心不二，不停地賣力工作，在道德上與人際關係上保持安全的界線，甚至在人前化身爲完美到無以復加與無往不勝的形象。

怎麼會演變成這樣？盡忠的要求，竟然跟信仰裡需要扮演和平之子的信念衝突？沒由來的，最後變成一齣殉難記來畫下句點。這樣的委屈，任誰聽到，都沒辦法相信。最後的那一根稻草，若不是啓示，還有什麼可以稱得上是啓示？

「永遠都不夠」的人生哲學、「規則爲上」的有毒環境，她心裡混沌地分析著。這些領悟，足夠支撐她繼續踏上征途，尋找到心裡的烏托邦嗎？

美人嘆了口氣，說：「阿莉，去了解一下帝王學，好嗎？言盡於此。保重！」美人說完就離開了。

「又是帝王學？」她很久以前就聽說過了，從她進到這家公司，就聽過這東西。一點也不訝異。這是高層老闆用來統治公司的哲學。他們所謂的帝王學，採用了各個古老朝代中國皇帝使用的殘酷、狡詐，跟陰險的權謀。儘管朝代更替，類似的歷史不斷地重複。每當新的皇帝登上了王位，他們就開始運用權力遊戲，傷害或是剷除一起打天下的部屬，剔除前朝的影響力。君王的目的，總是爲了要確保他們唯一和最高統治的領導權與主權。然後，君王就擁有先發制人的權利，沒有必要揭露事情的眞相，甚至不需要與他的臣民平等相處。然而，這些都跟領導的定義相牴觸。因爲這些做法，謎樣般的形成了兩個涇渭分明的族群——統治者與被統治者。

也有好的統治權能範例，在社會中，積極地做正向改變、對子民的受苦充滿憐憫、對人民的需要有所反應，而且，與他們的精英部屬也成爲莫逆之交。也有透過高的道德標準，展現愛與憐憫的好君王。然而，在五千年的歷史中，每一個朝代跟當代的歷史，不乏可怕與黑暗的統治權。

不以追求眞理爲根基的權力遊戲，在許多方面，產生了傷害和冤屈。意圖擴張個人權力與利益的權力遊戲，變成個人工具。統治者與被統治者之間的矛盾，演變成了錯綜複雜的情結。持有強烈與不同觀點的精英，會被羞辱、貶斥而受氣餒。在那樣的過程中，絕大部分公眾因爲恐懼而沉默。由於懼怕取代了正義的價值，透過公共程序的追索權便一再地被擱置到一邊，資源就漸漸地被剝奪。除非壓制變得忍無可忍，不然，被統治者往往寧可保持沉默。

一些計謀，是採用恐懼和壓迫來驅策人。在世界的這一邊，統治，變成是調配人、跟操縱的一套負面政治手段，而不是使用遠景與正向的目標來說服群體，行出好的改變。統治，是權力階級制度的代名詞。統治權，對於被統治者，有絕對的權力。在對紀律和規則的高度要求之下，組織與系統，變成法利賽人的工具。在高度的壓迫之下，創意與動機被扼殺。眾人不敢出聲，不敢發出不同的觀點，只能服從。人與人之間的信任被削減，於是形成負面循環。一個社會的動力，難道不是出自於改變的力量嗎？而改變的力量，不就是奠定於信任與相信後所付出的行動所累積出來的嗎？

帝王學的概念，從他們讀過的歷史裡教過。惡劣的帝王學，製造了許多心碎的故事，在不公義統治者與被統治者之間，種下一道無法跨越的鴻溝。

很荒謬的是，一個對擁有美德資產感到驕傲的文化，竟然會失去連接所有美德的基石，那基石就是信任。

由於這樣，統治者也不需要花太多力氣，就可以安撫群眾了。因為，恐懼，早已經存在了。沒有人膽敢冒著失去事業與家庭的風險而不服從。然而，對於團隊合作而言，恐懼，卻是極具破壞力的因子。恐懼，也是扼殺智慧資產的最大殺手。

他們在管理上的哲學與價值觀，是採納了許多東西之後的混合體，包含中國帝王的政治權謀、日式的軍事管理紀律，還有西方的現代管理科學。到底甚麼才是真理？

「順我者昌，逆我者亡」。有沒有改寫故事的方法，創造出包容？她問自己。古中國智慧，禮運大同篇，是怎麼描寫包容的？

大道之行也，天下為公。選賢與能，講信修睦。故人不獨親其親，不獨子其子。

> 使老有所終，壯有所用，幼有所長。鰥寡孤獨廢疾者，皆有所養。男有分，女有歸。貨惡其棄於地也，不必藏與己。力惡其不出於身也，不必爲己。是故謀閉而不興，竊盜亂賊而不做。故外户而不閉，是謂大同。

她陷入了五味雜陳的感覺：後悔、解脫、困惑，與失落。她需要新的力量跟新的熱情，來替代在內心裡摧毀她的。不這樣的話，她覺得可能會……死了。

諷刺！這一定是上帝的諷刺。還是，這個教訓只是要教她，我們不懂怎麼在愛中生活、工作、行動？

被天堂逐出的墜落天使，形容自己的狀態，太貼切不過了。爲什麼上帝決心要對她這麼殘忍？爲什麼發生在父親身上的事，也會發生在自己身上？然後，她想，上帝的本質是要拯救我們，將我們從罪惡中救贖出來，從破碎中、從統治世界的惡者手中拯救出來。所以，這一切發生的事，一定不是上帝的殘酷，而是出自祂的憐憫。

這一擊，讓她幾乎失去力氣和免疫力來對抗。活下去，或不活下去，變成超越個人意志力的選擇。她只剩下生理功能的力量：呼吸、吃飯、跟睡覺。她想要跟至高的掌權者辯論。

剝奪，有一種全面性的殺傷力，這種殺傷力，超過個人意志力所能敵。想到被毀滅的苦楚，她寧可不要這樣的尊榮。

「會有另一條路嗎？一條不一樣的路？理想跟世界的現實能妥協嗎？」所有的內心爭辯，最後讓阿莉無力地癱在床上。

那一晚，她終於跟阿信說，她把工作辭了。阿信冷靜沉默。他說，「我的老婆總算回家了。休息一下吧，親愛的。妳總算決定要休息，放慢腳步了。」阿信沒有說太多話，就上床睡覺了。阿信心裡的平靜，讓她意外。

*****

七月底了，外面，變得好熱。那股炙熱，殘忍地燒灼它所觸碰到的每一樣東西。也不確定是熱氣，還是其他，讓阿莉變得軟弱又脆弱。她的身體，跟她的意志力，不斷地唱反調。她想要動，有所行動，可是，她的身體只剩下呼吸、吃飯、睡覺。浩瀚的無限感環繞著她。隱隱約約地，她感受到好像有塊漂流木載著她。那塊漂流木，是她在這片浩瀚的空虛漂流時，唯一的安全感。

一個意念從她心中閃過，像在挑戰她的信念——意志力可以征服所有的事嗎？她被不知名的疲憊和沉重感拖著，也被他們所勝過，脆弱到無法恢復原來的慣性。唯一知道的是，她還在呼吸。她希望恢復力氣和精神來面對新的戰役，但是，她的身體卻堅持反對的意見，把她拖到不同的方向。她像一隻冬眠的熊，開始睡覺。她掙扎著，可是，身體贏了這場辯論。正如意念告訴她的，個人意志，一點發言的地位也沒有。再沒有任何事是多采多姿跟有味道的了，她失去對每一件事的熱情。

*****

廚房裡的抽油煙機發出很大的噪音，阿莉站在爐子前，做她的第二道菜，麻婆豆腐。辣椒味道讓她打噴嚏跟咳嗽，不過，她還應付得來。麻婆豆腐是阿信最喜歡的菜之一。她也烤了一些牛肉。等她炒完一些青菜以後，晚餐就準備好了。阿信特別偏愛中國菜。阿莉的喜好卻很多元化。這麼些年來，她試過改變他的習慣，總是徒勞無功。很久以前，她就放棄跟他拔河了。

她很開心，在她打電話做這個「邀請」時，阿信願意回家來吃晚餐。她不希望阿信覺得她變得很黏，只是因為現在好像沒有事做。

就在她煮好菜時，阿信準時回到家了。「親愛的，我回來了。」阿信大聲喊著。

「太好了，晚餐準備好了。去洗手，然後過來餐桌吃飯吧！」

阿信湊到餐桌前，看著阿莉做的便菜。「哇！感謝上帝。我的老婆終於回家了。」

她看著他，扮了鬼臉。「你比較喜歡你的老婆當家庭主婦，而不是職業婦女？」阿莉問。

笑。

「喔，不，不，不。這是陷阱題。妳不要測試我。」阿信對著她笑。阿莉也回給他微笑。

「坐下來吃吧！不然菜就涼了。」阿莉一邊說，一邊遞給他一碗白飯。

「親愛的，說眞的，我眞的很高興，妳終於決定要放慢腳步。妳有充分的自由，去做妳想做的事。妳不要顧慮我。」

「嗯，你知道我是什麼樣的人。我絕對不會就坐在那，什麼事都不做，然後在那裡自憐，你可以信得過我。」

「把它當成是一個恩典，好好地休息一陣子吧！妳把太多擔子放在自己的身上了。不管發生什麼事，生命會找到出路。」

「我知道，只是，我認爲，這是改變的機會。我的心是這樣想，覺得該做好多事，我沒辦法解釋爲什麼。」

「比如說？」

「實現我的夢想……還有……」阿莉吞吞吐吐地，猶豫不決。

「還有什麼？講嘛！不要吊我胃口。」阿信微笑著。

「讓哥哥跟小丹回來我們的生活。」阿莉終於慢慢地說完，她深怕阿信發怒。

阿信很安靜，整張臉變得愁苦，他把筷子放下。阿莉知道他正在生氣。他生氣時，就是沉默不語。

「妳需要做什麼去釐清妳的人生問題，就儘管去做，好嗎？還有，妳眞的認爲妳可以勝得過每一件事嗎？人生的選擇，總是有取捨的。阿莉，妳知道妳眞正的問題是什麼嗎？妳任性、又不一致。妳的浪漫，並不適合小孩，妳知道嗎？小孩需要穩定性，除此之外，只要談到教養小孩的話題時，妳總是被自己的罪惡感所綑綁。妳得知道，阿月是在幫我們，她是在幫我們一個大忙。」

阿莉嘆了一口氣，「我知道你會這麼想，現在提起這個話題，太唐突了。大概沒有人會相信，我可以當一個好媽媽，而且做好我以前忽略的職責。但是……我知道我必須做這一件事。我想要給孩子很多東西，我已經錯過他們成長的許多時刻了。也許，當他們回來我們的生活時，我不會做得很好。但是，我不在乎。你了解嗎，母性，是我的一部分，就像其他的事情一樣。我領悟到，缺乏了母性，我是不完整的。對你而言，也是一樣。一想到孩子們的童年，我的回憶裡有好多空白，就讓我覺得可怕。一想到他們對於我、對於你，只有有限的記憶，我覺得很難過。他們幾乎不知道我們是誰？對於我們，也是這樣。你覺得我們知道孩子們是什麼樣的人嗎？沒有我們在旁邊陪伴，他們以後要怎麼度過人生中所有的磨練和挫折？」

「喔，阿莉！妳爲什麼要給我全世界最艱難的任務啊！妳以爲，現在的安排對我就很容易嗎？我們好不容易安定在一個模式，然後妳就天外飛來一筆，說改變就改變？如果妳突然冒出什麼瘋狂的想法，會不會又要做什麼改變？我不想要談這件事。如果妳想要追求妳的夢想，就……去吧！我們不要再談這個話題了。」阿信激動地說。

「阿信，我知道，我們會碰到壓力跟受到拒絕，但是……這樣想，你希望我們的孩子，繼承誰的價值觀？在他們的成長中，什麼能讓他們面對困境時不退縮，做出正確的選擇？不管是遇到挑戰、傷心、困難、生氣，或是快樂的時候，我只是希望能夠陪伴他們。在我們的人生走到末了時，知道他們見證過我們的人生，我會比較不後悔。而且，知道他們從我們身上繼承了美善，我會覺得盡了責任。你剛剛才說——生命，會自己找到出路的——記得嗎？我們會找到路的。」阿莉繼續追著這個話題，她不想讓阿信從這個話題中逃脫。

「我們不要再談這個話題了，好嗎？」阿信用幾乎哀求的口氣說。

周圍的空氣突然都凍結了，氣氛變得好冷，他們整晚不發一言，讓安靜填滿彼此之間。

十四、隧道盡頭的那一道光

阿莉坐在她的筆記型電腦前，翻閱著郵件。一封郵件吸引了她的注意力，是亞當寄來的。阿莉打開郵件，上面寫著：

阿莉，妳好嗎？妳離開的很突然，讓我很訝異。很巧，我在上個星期也申請退休。所以，我想跟妳說一聲。當妳選擇走一條不一樣的路時，改變，總是需要勇氣跟犧牲。妳現在有什麼事情在忙嗎？我們公司跟妳公司的合作，因為你們老總和協理的作法，變得很負面。選擇看光明面，人生會有所不同。我會記得，當妳說想要改變世界時臉上的光采。不要放棄，如果心裡眞的想要放棄，就往那個方向去找。保重！

亞當的信讓阿莉詫異。她萬萬沒料想到，一個專案，竟成為命運的轉捩點。她閉起眼睛，清理思緒，對這個鼓勵感恩。那鼓勵有如一道光，照進她的黑暗，給了她新的動能，忽略了自己的損失。「改變世界」？照她現在的困境來判斷，這大概是最笨的目標。在恐懼籠罩她之前，她深深吸了一口氣。她覺得在心裡面，看到了父親的臉孔。

「喔，我的天啊！我瘋了嗎？我到底是怎麼了？」她努力吸入更多的空氣。那些出現在她心裡面的圖畫，是人生中各個階段轉折點的影像：當她還是小女孩的時候，青少年的時候，還有年輕的時候，還有婚禮那一天。每個圖像，父親，都跟她在一起。她記得，他們曾經那麼地親密。每當父親從一些生意賺到了錢，總會帶她出去吃一頓好吃的。他把她當成學徒，有機會都會帶著她在身邊：送貨、收錢、開發票。在一些生意的場合，當他跟人見面時，她像個實習生，幾乎都在場。最糟糕的問題發生時，她也在場。

「我不需要那些愚蠢的兒時回憶。回憶只會讓人脆弱。我現在是大人，我夠堅強，可以面對任何困難。我不是靠自己過了那麼長的時間嗎？」她爬起來，滿是怒氣，卻開始嚎啕大哭。「喔，我的天啊！我到底是怎麼了？我現在沒有本錢搞脆弱。爸爸的歷史，對我來說，都是過去式了。他眞是笨！愚蠢的回憶！我一點都不想要像他，一點也不要。可是，我從這個實驗專案被結束的狀況，怎麼好像他那該死的境遇重演了？當他決定要扛下所有的責任，不逃避義務時，他心裡在想什麼？失敗，根本不是他個人的錯。誰可以與政府爲敵？誰又能力挽狂瀾，扭轉經濟劣勢？我從來沒有因爲貧窮怪罪過他。可是，他哪有資源，支持他做那樣的決定啊？」

看看他的結局！也許，他只是想要持守正直，給我們清白的名聲。可是，我們看到的是，被撇棄之人的挫折和憤恨。失敗的人，只會被輕蔑、被藐視。我也恨他使用酒精來麻醉自己！我氣他隔絕我們！這一切會不會有終了的時候，讓我完全遺忘？我們只能當改變政策的受害者嗎？犧牲所付出的代價太沉重了，犧牲，卻被整個社會視爲卑賤。辛勞工作，跟做一個良善的人，並不保證擁有美好的生活。最糟糕的是，一生辛勞的成就，在彈指間，就被剝奪跟拆毀了。喔，爸爸，你爲什麼那麼笨？那時候，你心裡在想什麼？」

「喔，上帝啊，我恨祢把我放在這個家。這個家對我而言，只有羞愧。喔，上帝啊！我的心眞的很痛！如果我早一點預測到老總跟協理即將要做的動作，我可以先武裝好自己去面對。祢儘管取笑我好了！取笑我，對世界的愛慕、過去的偏見。取笑我的憤恨、還有對我父親的輕視。

那麼多年來，我試著要忘記，要逃離。我拒絕相信，我是這個家的盼望和拯救。可是，我所有的掙扎跟夢想，卻也是爲了塡補這個巨大的空缺而產生的。祢的手爲什麼把我從我的熱情中帶出來？爲什麼？爲什麼？難道我的熱情跟夢想一定得要死去嗎？還是，我一定要像耶穌一樣死去嗎？我知道人生短暫，最後，金錢跟名利不過是浮生若夢，這是祢要教導我的功課嗎？」

阿莉想要抵抗她的情緒。可是，情緒像海嘯席捲而來，將她的力氣和意志力都吞沒了。她眞的被擊敗了。「是的，我知道。自從獨立以來，心裡的否認就慢慢壯大起來。那一股否認，也是許多逃避的理由。從順服的小女孩，變成自認是萬事通的獨立女人。在外面的世界，我隱藏得太好了，我是誰，我是誰的女兒，我隱藏得很好。可是，那又怎樣？這個世界這麼的憤世嫉俗，他們只會鄙視窮苦的人、沒有能力的人，跟不幸的人。世界只崇拜有錢的人，跟成功的人，他們嘲弄跟輕蔑失敗的人。他們哪裡知道，窮人家要付上多大的代價才能夠成功？他們哪裡知道，窮人家需要花費多少的辛勞，才能翻轉命運？他們哪裡知道，窮苦人家要付出多少辛勞，才能跟人平起平坐。只有三十塊台幣過一天生活時，在那個時刻，只能仰望憐憫的手，巴望著被救拔，脫離苦楚的谷底。喔，上帝啊！祢怎麼可以攻擊我的傷口，攻擊我最脆弱的部分？」她的心，陷入到一股情緒的漩渦裡，還有非常沉重的哀傷。她忍不住啜泣，就在汨汨的眼淚當中，沉沉地睡著了。

*****

「我的天啊！有海嘯襲擊。可是，協理還忙著扮演那個成功執行長的角色。他是那麼醉心於這個角色所帶來的榮耀，完全忽略周遭發生的事。喔，不！你沒有看到海嘯朝著你而去，要襲擊你嗎？協理，那海嘯會吞沒你，毀滅你。不要被金錢跟名聲的誘惑所欺騙。你以爲人可以勝過那樣的浩劫嗎？快跑，協理。快跑……！」阿莉吶喊著。

但是，他沒有聽，繼續做他自己的事。「噢，不！」阿莉無計可施，只好選擇自己逃命去了。是的，獨自離開。

她醒過來了。「我的天啊！我睡了多久？夢境裡的景象，又是怎麼一回事？海嘯眞的要來了嗎？不管協理對我做了什麼，如果那樣的事眞發生在他身上，也是很令人難過的。噢，上帝啊！不要吧！如果夢中的海嘯是眞的，我應該感恩，這表示我是先被搶救出來的。」

她起來清理思緒，現實終究還是要面對。她了解阿信面對婆婆跟阿月的猶豫，但他的猶豫並沒有攔阻她想要改變的決心。她決定將海嘯的想法放到一邊，然後跟婆婆講她的新決定。當應該帶領的人是盲目、無感的時候，心裡清楚的人，應該要行動——因爲，有些事是輸不得的。至少，她的信念是這樣。阿莉撥電話給婆婆，耐心地等候她回應。

終於，婆婆接了電話。「噢，阿莉啊！妳怎麼那麼早就打電話過來？阿信跟妳在一起嗎？」婆婆慢慢地，一個字一個字地說。

「沒有，他在上班。」

「喔！」

「媽，我想休息一段時間。」

「妳這軟弱的女人，我在妳這樣的年紀時，從來都沒有軟弱過。我知道妳在打什麼主意，妳是不是有陰謀，要把整個家的責任都推給我兒子。我沒說錯吧！我一眼就看穿妳的詭計。」

「媽，不是這樣的。我不是妳想的那樣，妳一直沒有公平地看待我。我一直讓步，好讓妳覺得被愛、受尊重。可是，不管我怎麼做，妳心裡總是存著不信。以前妳抱怨，我在哥哥跟小丹的成長缺席。現在，有個讓我彌補的機會。所以，我想對我們的生活做些改變，想把他們帶回來跟我們生活。」

「不行，你這邪惡的女人。我不允許。妳敢……妳休想把我的孫子們帶離開我身邊。妳以爲我不知道妳怎麼慫恿我的兒子嗎？以前，不管我說什麼，他都會聽我的。自從妳嫁給他，沒有一件事，是我可以控制的。現在，妳還想要把我的孫子帶離開我的身邊。妳根本不知道怎麼當媽……」

「不，媽。妳爲什麼這樣看事情？妳能不能聽我說？我不是機器，妳可不可以從我的觀點跟孩子們的觀點來看事情？如果我不愛阿信、妳、還有阿月，我幹嘛妥協？妳能相信跟尊重我的決定嗎？如果我的直覺是對的，接下來的日子，可能對所有的人都不會好過。可能，整個世界都會是這樣。如果可以的話，我們可以做個安排，讓家裡每個人都好過一點。哥哥跟小丹越來越大了，需要爸爸跟媽媽。難道我還做得不夠多，讓妳了解我的爲人嗎？」

「妳住嘴，這件事沒得商量。很顯然，妳的高等教育，比不過我這樣的老太太。妳不知道在傳統裡，妳需要順從夫家嗎？妳不知道，妳在這個家沒有地位講話？我會跟我兒子談這件事，我不會讓妳的計謀得逞的。」

喀！婆婆把電話掛斷，留下阿莉在一片寂靜無聲中。無言！要跟她理性地討論事情，根本不可能。在她嫁給阿信之前，婆婆是個溫馨、慈愛，跟友善的老太太。結婚之後，在她意料之外，關係馬上就被扭曲了。

一開始，阿信跟阿莉要對抗的是，婆婆的不安全感跟失落感。她有一種害怕失去的恐懼。她害怕失去自己的兒子，而且是敗給一個跟她不一樣的女人。為了要讓她有安全感，他們盡可能在節日裡陪伴她。漸漸地，婆婆的要求，越來越讓人耗費心神，逐漸演變成自私。對於阿莉，有股莫名的否定與拒絕。婆婆的怒氣、苦毒、還有忌妒，真的刺痛阿莉。婆婆只用自己的標準來衡量阿莉。以孝順為名所要求的順服，讓阿莉快要窒息。婆婆的需求，像黑洞一樣，不停地吸取她的力量與能量，而且沒有終止。阿莉只能忽略婆婆的負面思想，用沉默來回應。

到現在阿莉才領悟過來——這段友誼因為溝通的不對等而失敗。如果她想要達成正向的目標，就得劃下一道界線，保護自己的主權領域。

阿月的幫忙，是發自對家人的愛。哥哥跟小丹，也是讓她更了解婆婆跟阿月的機會。只是，不知道為什麼，婆婆的控制慾越來越強，對於她的孩子們的任何決定，阿莉失去了說話權與決定權。因為害怕傷害到她們的感覺，她不想明明白白地宣示自己的權力。直到最近，她才領悟到，她們的愛，悄悄地侵犯了她的主權，轉變為占有。

阿莉發現，婆婆慣用情緒勒索來護衛自己的恐懼和寂寞。爲了確保自己的存在，她會以情緒折磨在乎她的人。最糟糕的是，不這麼做，她就無法確保她仍然擁有她的孩子。婆婆的眼盲和耳聾，讓她處在黑暗當中，她只聽得到自己負面的想像力。因爲殘缺，當她不知道如何跟世界互動時，她就拿出輩分上的優勢、權柄的面具，來處理她有限理解的事情。這樣的狀況，讓溝通和關心都變得困難。可是，除了去愛，阿信跟阿莉還有什麼其他的選擇呢？

若非人倫的義務，阿莉眞的不想靠近婆婆，跟她溝通。每一次，當她決定要愛她、接納她時，婆婆會因爲威脅感刺傷她跟攻擊她。出自孝順的要求，阿信家裡的每個人，都避免觸怒婆婆。愛，是個困難的選擇。承擔愛所帶來義務，更是個難題。她很難想像，在那樣的情緒虐待中，阿信與阿月是如何成長的？這樣的愛，令人窒息。那是控制，給了他們非常低的自尊，而不是自由與尊重。

按照私心，她想過要跟阿信的家劃一道界線，保持安全的距離。只是，根本不可能。如果阿信跟阿莉這樣做，他們會被看爲是不懂得感恩跟悖逆。阿信絕對不會想要背負這樣的臭名。如果他有改變的勇氣，事情早已不一樣了。爲了不要背負不孝的罪名，他們一起忍耐著代溝，包容差異帶來的扭曲和情緒張力。這一道代溝，比他們一開始理解的還沉重，需要更多力量與耐心去推開那阻力。

她想陪著阿信完成他在人生中的責任，正如，她也希望阿信能陪著她做同樣的事情。但是，爲什麼兒子的責任，會變成是這麼深的受苦跟苦痛？沒有一個人能夠告訴婆婆，他們生活的眞實面是怎麼樣？婆婆是他們要保護的一個目標，也是做任何新改變的堅固營壘。只是，她自己卻還以爲她是他們生活中的最高指揮者。他們根本不可能改變她。

生活，突然定錨在曠野中。看著四周，過去的每一件事情，都遙不可及。在她過去生活的每一個人，好像沒有人能夠跟她一起走向未來。未來，如果沒有親人陪伴，缺乏意義，也會變得孤單而索然無味了。她應該怎麼辦？這些她曾經看得很淡的人子的責任，突然間，分量變得那麼地重。她應該繼續允許他們，在她的人生中占有最少的比例嗎？她曾經以爲，接受這些，就是接受女人是次等的。接受人子的責任，不見得能爲人生帶來任何改變。可是，現在完全不是這麼一回事。

爲了獲得圓滿，耶穌低頭謙卑。爲了挽回罪人，祂臣服於父神的最高旨意，破碎自己的身體。如果她想要圓滿，她得破碎自己的自我、成見，接受張力與誤解。可是，最後，人生又會給予她什麼回饋呢？

除了這件事，她還要迎接一個新的挑戰——生存。亞當沒說錯，他的話對她有些震撼。很早以前，她就想做些有意義的事。如果現在不做，那要等到幾時呢？選擇自己喜歡的事，應該是充滿樂趣，也能讓人不斷地燃燒熱情。這一條通往曠野的道路，能不能變成契機？

變成是人生的恩典、改造的機會——一個修補破碎的心的機會、一個擺脫咒詛與不信的轉機，而不是毀滅。

她決定回覆亞當，告訴他，至少，她會爲她曾經所說過的話努力，也許，把它當成是一個新的個人專案。所有的答案，最後，還是命運掌權者說的才算數。

*****

阿信帶著一張撲克臉回家。阿莉猜，大概阿月跟婆婆打過電話給他。

「親愛的，你今天過得好嗎？」她問道。

他不想回答她。

「都還好嗎？」

他看了她一眼，用力地瞪了一眼。「妳爲什麼沒有先跟我討論，就打電話給阿月跟媽？」阿信說。

「他們跟你抱怨了嗎？」

「抱怨？我被重重地轟擊。媽變得歇斯底里，她不斷地碎碎念跟咒詛。阿月憂慮到不行，因爲她不知道妳到底要做什麼決定。她爲妳挨轟，妳知道嗎？」阿信回。

「喔，可憐的阿月！」

「阿莉，我以爲妳只是計劃要休息一下而已。爲什麼那麼急？妳爲什麼要踩她們的地雷？難道妳不知道，她們也是在幫我們忙嗎？」

「阿信，對不起。我爲發生的事跟你道歉。你爲什麼會覺得我在踩她們的地雷？難道我們沒有權力爲我們的孩子決定？我沒有辦法跟你解釋我的感覺。我覺得有事情要發生，我們得要準備好。」

「阿莉，妳在說什麼啦？什麼事要發生啦？我知道妳想要實現夢想。可是，妳不覺得，妳需要一些時間把事情想清楚嗎？在妳知道要做什麼之前，妳爲什麼要那麼急？」

「我的直覺告訴我那樣，或者，是我的潛意識。現在，我甚至覺得，這件壞事，對我們會是一個祝福。雖然表面上看起來好像是災難，或許這是上帝的拯救。我沒辦法跟你把每一件事說清楚，我覺得我們要進入一個新的冒險，一個新的領域。新的冒險該也會有很多艱難的時刻。也許，逆境會持續一段很長的時間吧！我們得讓每一個人都準備好，特別是我們的孩子。除了養他們以外，我們並沒有教導他們如何面對未來的試煉。時間過得很快，我不希望再浪費任何時間了。」

「阿莉……」阿信嘆了一口氣。「我知道妳剛剛經歷了一個很大的挫折。妳難道不需要時間整理一下嗎？聽聽妳自己說的話，妳一邊照顧著哥哥跟小丹，要怎麼平衡？難道妳不想要恢復妳的事業嗎？」

「事業？什麼事業？」她嘆了一口氣，「我不知道，事實是，發生在那裡的事，那個工作，還有那個事件，殺傷力很大。荒謬的是，我曾經是那麼地拼命，我所做的一切努力，都是爲了讓自己成爲優異的經理人，盡早登上事業的最高峰。以前，我討厭家庭讓我分心。現在，我卻突然很痛恨過去發生的每一件事。我不知道，以前的我，到底是誰？甚至，現在的我是誰？如果上帝允許的話，我希望能夠做件新事，再一次知道我是誰？我的心……好像死了。我害怕告訴你，因爲怕你知道事情的眞相之後，你會驚嚇。你可以取笑我。這個世界也許會把我看成是失敗的人跟笑柄。但是，現在，我只想要照著我內心告訴我的，去學習，去嘗試，還有，去冒險。還有，最重要的是，我想要找到一個不同的解答，一個不同於我們的工作跟家庭文化的解答。你跟兩個孩子離我那麼遙遠時，我覺得好空虛。沒有任何事，沒有任何事……可以給我力量往前走。大部分的時候，我只是逼著自己要堅強。現在，我沒有辦法再用以前的方式過日子了。我想要爭一口氣，卻不知道爲什麼會那麼軟弱，那麼脆弱？有時候，我在想，上帝是唯一愛我，跟在乎我的人……」

「有那麼嚴重？」阿信問道。

阿莉點點頭，她的眼眶裡滿是淚水。「阿信，我變成這個樣子，你會放棄我嗎？如果你放棄我，我會了解的。」阿莉問。

阿信靜默地看著她。「難道妳有留給我其他的選擇嗎？事情太戲劇化了。我也不知道該怎麼想。在短短的幾個星期裡，妳完全變了一個人。妳以前是那麼地以工作爲中心。跟妳的目標相左的，都會被妳剷除。可是，過去的幾個星期，妳判若兩人，變得那麼脆弱，妳的熱情消失無蹤。阿莉，妳不能老是這麼做。每一次發生什麼變化，妳就把我排除在外，一個人承擔。妳不需要一個人孤單地走，妳知道嗎？」

阿莉安靜無聲，接著吞吞吐吐地說，「如果你曾經目睹過我所看過的事情，你就會知道，選擇這一條路要付出多大的代價。如果不能逃脫宿命的話，我不希望你跟孩子們冒那麼大的風險。」

「什麼命運？」阿信問。

「不知道爲什麼，我覺得，有一件未竟之事等著我去做。對於我爸爸的回憶，折磨著我。我想找到答案……如果可以的話……不知道，我能不能不同，轉變他走之前留下來的結局。是這一股神祕感，不斷地帶著我往前走。一直到現在，我覺得我快要揭露人生未竟之事的奧祕。可是，這一步卻讓我害怕極了。我好怕我會變成他。不、不、不，我不會變成他。我所做的每件事，都是爲了要確認我會超越他。可是，如果我眞的變成他那樣，我希望你不要擁有這種人生。我眞的是懦夫！他曾爲了我們勇敢地跨出去，而我，我卻做不到。我眞的是懦夫，十足的懦夫。」阿莉解釋著。

「妳到底在說什麼啊？我不懂。妳爲什麼有義務踏入這個天命？如果是天命，妳怕什麼？這又跟把哥哥和小丹帶回家有什麼關係？還有，什麼未竟之事？所以，這是妳老是把我們排除在外的原因？阿莉，妳真的太低估我了。在妳這麼脆弱的時候，我怎麼可以離開妳？」

阿莉看著阿信，眼淚不停地流下，「如果走這一條苦路，是我的命運，那就讓我自己面對。」她傷心地哭了。

「阿莉，妳真的讓我摸不著頭緒，我不會因為這樣來定義妳。妳不能動不動就丟出變化球，這是我們的生活耶！我討厭的是，妳做決定之前，都不先跟我打聲招呼，很多決定會影響我們的生活的。」

「你說得好像我有時間預備，好像我有很多選擇一樣？不管什麼事臨到，我只能盡力不被打敗而已。」

「是啊！我一直都很羨慕妳的精神。我不能在妳脆弱的時候離開，這會違背我在上帝面前立約的誓言。還有，我要妳知道，我很生氣。現在，我的怒氣更大！」

「對不起。整件事對我來說也不容易啊！好像，有一種指引，告訴我，我應該要往哪裡走。這個指引，給我確信。我想要一探究竟，它最後會帶我去哪裡？我的心告訴我，儘管去做。」

「很好，儘管去做！」

「可是，充滿了不確定性。而且，沒有任何承諾，沒有任何保證。我……我很害怕，這一條新的道路太危險，我不知道，你想不想跟我一起走？如果你不願意的話，我有足夠的成熟度可以面對。」

阿信一臉苦笑。「妳心裡到底在想什麼啊？因爲這個轉彎，妳就要拋棄我們嗎？」

「如果你不願意一起走的話，我會了解。」

「阿莉，妳知道我的。請妳不要……不要給我這樣的考驗。一下子，太多了……」

「我不知道，眞的不知道。第一次，我覺得脆弱。不過，另一方面，第一次，我覺得我有完全的自由，可以測試我的極限在哪裡，即使沒有一件事是我可以控制的。甚至，我在思考的這個新目標，是遠遠超過我的能力範圍，超過我原有的知識和認知。我只知道，我們得接受這個考驗，然後通過考驗。」

阿信安靜了一陣子。他們之間的空間，有很長的時間，被沉默所塡滿。

「阿莉，妳從來都不肯停下來……妳給我的挑戰，從來都沒有停過。妳什麼時候才會停？」阿信深深地嘆了一口氣。

*****

二〇〇七年，十二月

阿信跟阿莉終於下了結論。婆婆、阿月，跟兩個孩子，對於新環境的應變上比較緩慢，他們決定多給他們一些時間，好讓他們的心態可以準備好，也能給阿莉一些空間和時間，專注在她想做的研究上。在他們說要慢慢改變之後，從婆婆來的壓力，總算冷卻了一些。

經濟，被美國的信貸風暴所衝擊。她知道，不能再一直看著自己的傷損。她在未知的領域裡漂流著。她已經花了好幾個月的時間，消化收集的資料、數據，跟新聞。這個選擇的新課題，比她期待的更龐大、複雜。失去方向感讓她感到焦躁。不自覺地，又想要去茉莉香，探望威力和阿玉。

才幾個月，人生走向完全不同的領域裡。最糟糕的是，因爲這個改變，她變成婆婆跟阿月眼中的壞人，而且是個邪惡的人。她不但覺得被隔離，也很迷失。亞當的話，是個鼓勵。她很開心，能夠照著心裡的那張地圖來探索。

咖啡店是開著的，阿莉看了那個花園一眼。因爲冬天，花都被移走了，只剩下一片稻梗，覆蓋在土壤表面。阿莉走進去咖啡店的時候，威力正在用虹吸式咖啡壺煮咖啡。早晨的店裡，連一個客人都沒有。威力抬起頭，看到了阿莉。

「嗨，這位小姐，請進。我還在想，妳是誰咧！不見好久囉！T恤，牛仔褲……妳看起來年輕多了，好像變了一個人。進來吧，我幫妳煮一杯咖啡，我會超級超級地快。」

阿莉忍不住笑出來了。「威力，對不起。我之前眞的有那麼刺，又那麼的不耐煩嗎？我今天不趕時間……阿莉，我的名字是阿莉。我對之前的不禮貌道歉。」

「不禮貌？不，跟妳相處是蠻愉快的事。我去跟阿玉喊一聲，幾天前，她才提到妳，妳就來了。看到妳，她一定很開心。」

「阿玉，阿玉！」威力對著外面的小屋大聲地喊。一位優雅的老太太進來了咖啡店裡面。「看看今天是誰來了？」威力說。

「喔！是我們一直在禱告的小姐。」阿玉看著阿莉說。阿莉對威力跟阿玉的熱情，感到很意外。她以為，她只是一個……顧客。

「妳有一些不同喔。」阿玉說。

「眞的嗎？我上次來的時候，心理壓力一定很大，很緊張。」

「妳現在看起來比較輕鬆、隨性。可是，孩子啊，妳的眼睛看起來好疲憊啊！今天願意跟我們一起吃午餐嗎？」

「沒問題，我不趕時間。」阿莉說。「其實，我今天來，是想看看兩位能不能給我解答。我上回來時，你們還有兩位顧客，一位年輕太太為我禱告；接著，好像有奇特的事情發生在我身上。那位太太說，如果我有疑問的話，你們會是最好的老師。」

「當然，如果妳需要人對談，歡迎妳隨時過來。我們常常能在有品質的談話當中受益，是吧！威力跟我都喜歡跟年輕人對話，但在那之前，我們先吃午餐如何？不介意的話，讓我用美食來為妳暖暖心、暖暖胃。美味可口的食物，總是帶給我們養分跟活力，妳才會有充沛的體力。等我一下，我剛剛在外面照顧一隻老鷹，讓我把牠帶過來給威力，然後呢，我就可以幫妳準備午餐。」

「謝謝妳，阿玉。妳眞好。」阿莉看著她走出去。幾分鐘後，她又進來了，手臂上有一隻老鷹。

「我的媽呀！我以為我聽錯了，眞的是一隻老鷹。」看到那隻老鷹，阿莉忍不住叫了起來。那一隻大鳥，被阿莉的聲音驚動，掙扎著拍動翅膀；牠的尖嘴也幾乎要啄到阿莉了。還好，阿玉緊緊地抓住牠的雙爪跟翅膀。

「放輕鬆，小傢伙，放輕鬆。」阿玉溫柔地輕拍那隻大鳥的頭。對牠，眞起了一點安撫的作用。一會兒，威力已經戴上了一雙厚厚的皮革手套。他從那隻老鷹的背後，把牠的翅膀抓起來，然後，把牠從阿玉的手臂上，抱到他的胸懷裡。抱著老鷹的那隻手，緊緊地抓住牠的雙爪。另一隻手，則是溫柔地搓揉著牠的脖子，和嘴邊。一下子，那隻驚慌失措的老鷹，在威力的臂彎中，變成了溫馴的小嬰孩。

旁邊有一碗公的肉，是威力早先就準備好的。他從裡面抓了一塊肉，看起來像是生雞肉。他從鳥嘴的旁邊，把肉塞過去，那隻老鷹很快地把肉吞下去。

阿莉被眼前的這一幕，嚇得目瞪口呆。老鷹？她完全沒有料到會在威力的咖啡店裡，看到一隻老鷹。她看著威力餵食。然後，威力把那隻老鷹帶到外面的小屋裡。

「希望我沒有打擾到你們，你們好像有很多事要忙。」阿莉說。

「不，妳一點也沒有打擾我們。我們的工作，本來就是照顧人的。這隻老鷹對我們來說，也是個意外。不過，妳知道嗎？妳永遠都無法預期會遇見什麼。不管上帝帶誰來，我們都會盡量照顧，哪怕是一隻老鷹。我們是上個月在花園裡面撿到牠的。那可憐的傢伙，被網纏住了腳，一邊的翅膀傷得很重，無法平衡。在花園裡發現牠時，牠看似受到很大的驚嚇，很無助。阿玉跟我根本不懂老鷹，沒有足夠的技巧跟知識照顧牠，所以花一些時間摸索。妳看看，牠在我的兩隻手臂上，留下了那麼多的傷疤。」威力一邊說，一邊把兩隻手臂攤給阿莉看。看著威力手臂上的傷疤，阿莉笑了。

「威力，你跟阿玉眞的是好人。我想，如果那隻老鷹有靈性的話，牠一定會感恩的。」

「是啊，的確是。在跟牠相處一個月之後，牠知道我們沒有敵意。動物跟人還是不同，因爲生存的本能，牠們是以生理功能作爲行動跟生活的指引。跟牠們溝通眞的很不一樣，一定得先觀察，才能行動。」

「我們每個星期都會帶牠去獸醫那裡，檢查牠翅膀上的傷。每次，看到牠看著天空的樣子，我都好同情。牠看著天空的時候，那雙眼睛，看起來好絕望，像是在跟我們說，牠很想要飛。牠想要回到天空，再一次在那裡翺翔。實際上，生理上，牠幾乎完全復原了，我們一直耐心地等候。」

「等什麼？」阿莉問，聽到老鷹的遭遇時，一股情緒油然升起。眼淚，失控地從她的眼中流下。

威力嘆了一口氣，然後慢慢地說，「看著牠的眼睛，我知道有些東西不見了。」

「什麼不見了？威力。」

「我猜，牠心裡也受傷。也許，在牠從獵人的陷阱那裡逃出來後，掉到我們的花園之前，有過很劇烈的掙扎。那股恐懼，還籠罩著牠。」

老鷹的影像，跟威力的話語，有股說不出的震撼。阿莉無法止住淚水，「對不起，我不應該哭的。可是，我好同情那隻老鷹。」阿莉一邊擦眼淚，一邊說話。

「沒問題的，孩子。我們偶而都需要發洩的。把感情跟經歷的事抽離開，並不健康。」威力回答。

阿莉點點頭。

「記得，上帝愛我們，不論是人，或是一隻老鷹。」

「上帝愛我們？」

「是啊，上帝愛我們。即使壞事，也有祂的美意，而且背後有一個美好的計劃。妳看，祂預備了我們，來照顧這隻受傷的老鷹。愛能醫治，愛能給我們新的力量。在牠願意回到天空之前，歡迎妳隨時來這裡探望牠。在牠重新飛翔前，陪伴，是很美的事。」

阿莉靜靜地聽，消化威力所說的話。她的眼淚還是不聽使喚。

「啊，妳看，我眞的老了，我都還沒有給妳煮咖啡，讓我來煮一些新鮮的咖啡。我會『神』速地弄好。」威力跟阿莉眨了一下眼睛。

「喔！威力……這下子，這會變成永遠的笑話了啦。」

「阿玉應該很快就會把今天的特餐預備好，我們今天有特製的總匯三明治喔，希望妳喜歡，只要幾分鐘就好了。」講完，威力就走到幾步遠的工作檯後面。

那天晚上，她夢見一隻巨鷹，牠的身體幾乎有人體的二到三倍大。那隻鷹，就蹲在她的面前。儘管身形龐大，巨鷹卻很溫馴。他們眼光交會的那一刻，巨鷹像一位翩翩的紳士，向她低頭行禮，耐心地等著她靠近。她有股登上牠身上的衝動，跟著牠去翱翔。可是，有一些人突然出現在她身後，抓住她，阻攔她，不讓她靠近那隻巨鷹。

十五、只要遵從祂的旨意？

早上，到了上班時間，阿信就出門去了。自從婆婆的情緒爆發後，隱隱約約間，阿信與阿莉之間存在一股說不上來的憂傷。憂傷成爲安全的界線，因爲話語可能會讓安全的界線崩潰，再一次傷了他們的心。若沒有安全的界線，也許，讓心堅硬會變成唯一的選擇。有時候，話語眞的是英雄無用武之地，必須被棄絕。以前，阿莉厭惡他機械式的紀律。現在，這樣的規律作息，卻帶給她安全感。他們各做各的事，互不打擾。

她的心思意念，還是懸在這個她不經意答應了亞當的事情上。這個被自己發明的專案，替代了損失。即使花上好幾個月消化資料跟數據，還是有無止境的資料出現，需要追趕。冒險成爲無止境的曠野；沒有棒棍在背後逼迫，至於胡蘿蔔，僅僅是想獲得拯救的渴望。夢裡面看到的海嘯景象，提醒她要往前走。不管怎麼樣……除了頑固，繼續往前走，找到出路，沒有其他的選擇。

她在探索中迷失，也在時間裡迷失。

手機響了起來，把她帶回到現實中。是阿信，讓她嚇了一跳。

「是的，怎麼啦？你很少在工作時間打電話給我的。」

「親愛的，我需要妳的幫忙。」阿信說。

「別這麼說。幫忙，在你跟我之間，還需要講這個話嗎？告訴我是什麼事？」

「媽媽一直抱怨跟哀嚎說她很不舒服，所以我們決定帶她去做個全身健檢，體檢就排在今天。我哥哥會帶她去醫院，讓她有一些安全感。他們在去診所的路上。」

「然後呢？你要我代表你，去那裡陪她嗎？」

「是啊！妳知道阿月已經被我們兩個兒子綁住了。妳能去那裡代表我，然後在結束的時候，把他們帶到阿月家嗎？媽可能想在阿月家住幾天。」

「好，我會到，告訴我住址。」

*****

阿莉開車到診所。到的時候，婆婆的健檢已經完成一半了。阿莉遠遠地從人群中找到婆婆跟大伯，他們倆正坐在檢驗室外面。婆婆看起來非常擔憂和沮喪。阿莉所知道的這個老太太，以前總是活在怒氣跟憤怒中，在這個時刻，卻顯得非常無助與脆弱。憂慮，在她原本粗糙無光、滿是皺紋的皮膚上，加添了更多的滄桑與淒涼。阿莉嘆了一口長長的氣，提起勇氣走向婆婆，她坐到婆婆的旁邊。

「媽，妳今天還好嗎？」阿莉問道。

「我一點也不好，幾乎都沒辦法呼吸了。有一塊大石頭一直壓著我的胸口，我全身都痛。妳不了解的。老了，人就變得一無是處。到了我的年紀，妳就會知道……」

「媽，我真的懂。」阿莉回答。

「不，妳什麼都不懂。」婆婆堅持著。

阿莉懂婆婆的溝通模式，知道這時她最好不要再講話，避免發生爭論。於是，她轉向大伯。

「醫生怎麼說？」

「早上只是一般的檢查，量體重，量血壓，還有驗血，要做很多疾病的篩選，還有驗尿。下午，醫生排了一個心電圖測驗，還有胸腔的X光。我們現在就是在等這兩個檢查。等這幾個檢查做完了，希望就可以回家。」

阿莉點點頭。

一會兒，檢查室裡的護士叫到婆婆的號碼。他們三個人走進檢查室，護士要婆婆進更衣室換上檢驗穿的長袍。阿莉跟大伯暗示了一下，讓她陪婆婆進去更衣。婆婆整個人顯得僵硬，不像她平常的樣子。阿莉幫她更衣，協助她躺到檢查站的病床上。

雖然她跟婆婆一直都不同調，而且婆婆講的很多事情，常常都刺痛她。這個總是不自覺讓自己變得很不可愛的老太太，現在正躺在醫院的病床上，一付絕望的樣子，阿莉忍不住同情。她抓住婆婆的手，跟她說，「不要擔心，一切都不會有問題的。」

婆婆看著阿莉，眼淚從她的雙眼滑落。阿莉抽了一張面紙，在護士進到檢查站來之前，很快地幫婆婆把眼淚擦乾。

值班的護士，動作嫻熟地完成檢查。「檢查做完了喔，妳可以帶她去換衣服，然後在外面等檢驗報告，不會太久的。」護士跟阿莉說。

「沒問題，謝謝妳。」

「我要死了嗎？也許，死了比較好，我真的厭煩這樣活著……給你們添麻煩……我想回天家找我媽媽，我好想念我媽。」婆婆對著阿莉嘟嘟噥噥。

「媽，不要擔心。妳真的擔心太多了。」她挽著婆婆的手，幫助她更衣。

幾個小時之後，醫生叫他們進去診間。他們三個人焦急地看著醫生。

「從檢查的結果，我看不出來她的身體有任何問題。她的心臟很正常，連高血壓也沒有。除了超重，什麼問題都沒有。我會建議她規律地做一些輕度的運動，還有控制飲食。還有，如果她一直發牢騷跟抱怨，我會建議你們帶她去給精神科醫師看，讓精神科評估一下，很有可能是憂鬱症。如果她持續地說某些過去的事，有可能是老人憂鬱症或是失智。」

「她的慣性行為似乎吻合你的描述。就這樣嗎？那可不可以開藥，讓她的憂鬱緩解？」阿莉問，她有一點錯愕，但醫生的診斷，終於讓她從婆婆過去的情緒勒索解脫出來。

「不，我想，最好還是由精神科醫師來做評估。」醫師很確定地說。

「可是，事實是，要說服她去看精神科醫生，真的有困難，她在各方面都很保守。」

「對不起，我不能開那樣的藥。不過，我倒是可以開一些維他命，緩解一下她的抱怨。」

「謝謝你，醫生。」

「老人憂鬱症？失智？」阿莉忍不住在心裡面嘀咕。這麼多年來，大家都在狀況外，早就該往那個方向想才對。阿信跟他的兄姐順從婆婆，總是將她的喜怒哀樂看成是自己的責任，被婆婆的情緒搞得天翻地覆。她忍不住在心裡面苦笑，「我們怎麼會那麼愚蠢，傳統的要求把我們弄瞎眼了。」她深深嘆了一口氣。

*****

等他們到達阿月家時，已經是傍晚了。一看到阿莉，哥哥就喊著，「媽媽來了，媽媽來了。」

小丹聽到了哥哥，馬上放下玩具，跑向阿莉。「媽，哥哥搶走我的玩具。他每天都這樣，他是個壞孩子！」

阿莉抱抱他，然後在他臉頰上親吻他一下。哥哥對弟弟扮了一個鬼臉，吐了舌頭，他過來握住阿莉的手。

「媽媽，小丹好笨，他在班上尿尿，他是笨蛋！」哥哥對弟弟的投訴反擊。

「不，我才不笨。哥哥才笨，他跟同學打架……」

「好啦，好啦！不要再吵架了，我會聽你們說……但是你們要輪流說話。在我們做這件事之前，看看誰跟我來囉？……跟奶奶還有大伯打招呼。」阿莉手指著在她後面的婆婆跟大伯說。

「奶奶！」哥哥故意大聲喊，然後扮了一個鬼臉。

阿月靠近婆婆身邊，牽著她的手，把她帶進屋內。「醫生怎麼說啊？」她焦急地問。

「身體方面，除了超重以外，沒有大問題。醫生建議她每天運動，控制飲食。除此以外，可能得帶她去看精神科醫生，做個評估。醫生懷疑，她可能有憂鬱症或是失智。我們得仔細觀察一些現象：發牢騷跟抱怨的頻率、還有不斷地重複某些過去回憶的狀況。這裡開的藥方是各種不同維他命，他們沒有實際的藥效，只是要緩解她的抱怨。」阿莉刻意降低聲音，避免婆婆聽到。

「啊！」對阿月，這眞是一記當頭棒喝。「謝謝妳，阿莉。謝謝妳跑這一趟……」

「沒問題，我很高興有機會陪她。只是，接下來的幾天，妳可以應付得過來嗎？要帶這兩個小的，還有媽？」

「我想我們會沒事的。妳大伯請了幾天假陪她。然後，妳知道，這兩個小男孩對她來說，眞的是開心果。他們的活力有傳染力，可以分散她的注意力，讓她不去想她的不舒服。不管那個不舒服是眞的、還是假的。」

「我了解。」阿莉嘆了一口氣。

「妳要留下來吃晚飯嗎，還是留下來過夜？」阿月問。

「不，今天晚上不要。我不想擾亂彼此的步調，我最好在塞車以前回家。再過幾天就是周末了，那時我們又會過來。很抱歉把哥哥跟小丹留給妳，雖然我眞的很想他們。回家前，我會陪他們一下。」

「沒問題，我會看一下媽。」

「對啊，妳最好看一下她。我覺得她是被嚇到，人很疲憊，不是生病。醫生研判，生理上她很健康，應該是需要休息跟安全感。以後她可能需要更多的照顧，我會跟阿信說媽的狀況。」

「阿莉……」

「是？」

「謝謝妳。」

在阿月照顧婆婆時，阿莉想，婆婆能接受兩個小男孩得回歸到父母主權下的事實嗎？爲什麼現在之前，從來沒有人懷疑婆婆的負面思想是憂鬱症的症狀？她眞的得跟阿信好好地談談。一想到這個，阿莉走過去抱著哥哥跟小丹，把他們抱得緊緊的，又重重地親了幾下。

她親聲細語地說，「我們在周末就可以見面囉，然後，我們四個人，就可以打枕頭戰。要乖，好嗎？」

「好，我們知道，周末見。」小丹說。

*****

阿莉回到家的時候，已經很晚了。客廳裡除了一盞立燈是亮的，其餘都是暗的。阿信比平常還早上床。進到臥房時，她盡量放輕腳步。一走進房間，看到阿信慢慢地翻身。

「我以爲你睡著了。」阿莉說。

「不，我沒有。我只是想要躺下來，休息一下，今天忙翻了。」她看著他。突然間，她才明白，這個男人要照顧好多的事情。在他的人生裡，從孩童時期所擁有的唯一依賴跟保護，是那麼的脆弱跟軟弱。在她走進他的人生之前，他只有依靠著自己的力量。除了跟自己原生家庭那個無法切割的連結以外，現在，他還要照顧他們的小家庭。她祈求，這艘小船不會在暴風雨中翻覆。她想起利百加和以撒的故事[1]。雖然，經文對於利百加的個性特質，並沒有太多描述。利百加應該有顆柔軟的心，也是個體貼的女性。如創世記中的經文說，「以撒自從他母親不在了，這才得了安慰。」作爲伴侶，利百加走入他的世界，愛他、支持他。利百加的愛，想必醫治了以撒的傷口。她想像著，察覺到以撒的憂傷與痛苦的利百加，會對以撒說什麼呢？

阿莉走到床邊，在自己的那一邊躺下，她從阿信的背後抱著他。「有一雙大的翅膀過來覆蓋你呦。」她打趣地說，「我夢見一隻巨鷹，幾乎是人三倍大的體型，等著要載我。我們應該可以……不要害怕。」他深深吸了一口氣。她又把他抱得更緊，「你還好嗎？」

「我想是吧！妳應該也累了，妳今天也夠忙的。」

「我還好。」

「其他人怎麼樣？」

「他們都在阿月的公寓，媽到了那裡以後，整個人輕鬆多了。我們那兩隻小猴子，一直在闖禍，在學校搗亂。我不確定阿月有沒有告訴你……」阿信很靜默。

「好好睡吧！我先去洗個澡再過來睡。」阿莉說。

---

1 利百加和以撒：參考聖經創世紀二十四章六十七節。以撒自迎娶利百加之後，缺乏母愛的失落，才獲得安慰。

「阿莉……」

「怎麼啦？」

「謝謝妳。」

*****

阿莉看著自己跪在地上。一隻大手從空中降下來，那隻手拿著一顆巨大的種子，來到她前面。突然間，有一個聲音出現，溫柔而堅定；那聲音說，這顆種子有非常堅硬的外殼，得要耐心地等候，等待它發芽。她看到自己將手掌舉起，敬畏地接過那一顆種子，回答說，「是的，我願意。」

「這是怎麼一回事？一顆有堅硬外殼的種子？」阿莉在那裡思想。

「我是不是瘋了？還有，要等很久？我的天啊！這根本不合我的本性，我根本就沒有辦法等，我們的家庭也沒辦法等。那一顆種子又是怎麼一回事？我最好還是維持最低度的社交活動，跟人有一些對話，不然，我也會變得神經兮兮了。」她起床，盤算著今天的計劃。「也許，在開始今天的工作前，去威力跟阿玉的咖啡店喝一杯咖啡也好。只要一餐的時間，一餐的時間就好了……」紀律的她，不斷地喃喃自語。

她心裡很清楚茉莉香對她的吸引力，除了那對夫婦的活力、耐心、接納，還有像父母一般的恩慈。另外吸引她的，是他們平等看待她的態度。她換好衣服，心裡的急切，催逼她行動，像一支飛快的箭，衝了出去。

*****

走進咖啡店時，威力正吹著口哨，阿玉在一旁整理她從菜市場買回來的菜，兩人正準備這一天營業需要張羅的事。每一件事井然有序，平靜安詳。

「你們在忙什麼呢？我可以很快地來一杯咖啡嗎？這是開始一天的好方法。」

「喔，阿莉，進來吧！當然很歡迎妳來喝一杯咖啡，我在整理剛買的種子。」

「種子？」

「是啊！蔬菜的種子。」

「喔！我的天啊！」阿莉大叫了起來。

「怎麼啦？妳爲什麼大叫？」

「時間怎麼這麼剛好。」她說。

「什麼事的時間？」阿玉說。

「昨晚，我做了個奇怪的夢，夢見一顆種子。」

「願意說說看嗎？」威力說，「夢，通常都被解釋爲我們睡眠時大腦的活動，許多心理學家跟學術研究者也還在努力了解夢的本質，還有產生夢的過程。有些人認爲，夢是我們深層意識的反映，就是我們的潛意識。」

「哇！這是我從來都沒有接觸過的領域。威力，你眞的懂很多。」

「是啊！除了讀書以外，他也沒有太多的興趣跟玩樂。經營這家小咖啡店跟種菜，剛好給他一些恩典的時間。我負責打點大部分的工作，他就只要幫我做做一些後勤的支援工作。這個社會並沒有爲哲學家提供太多的機會，我們沒什麼大成就，但是，這樣的生活讓我們快樂，可以讓他延續年輕時代的興趣與熱情。」阿玉說道，露出有些尷尬跟害羞的笑容。

威力也對阿莉飛了一個和善的微笑，他從袋子裡捏起一些種子，把他們遞給了阿莉。

「在世紀初，哲學被認爲是思考的方式。到了中世紀跟現代的時候，哲學這門科學，保留了原來的本質，而且繼續演化。偉大的哲學家，窮其一生，追求眞理。有些哲學家在其他學科上也擁有優越的知識，比如說神學、語言學、歷史、不同的文化、藝術，還有科學。我最喜歡的哲學家是叔本華，他在醫學上、物理、植物學、法律、數學、歷史、音樂等等，也擁有廣博知識。哲學家的話語，是他們思考後的集成，關於他們怎麼看這個世界，怎麼看人類群體，還有人生的意義，人與其他人和環境的關係。」

「一個才華洋溢的小說家，曾在他的書裡面說道，哲學是知識的總和。我認爲在今天的社會裡，大多數人都跟哲學脫節了。嚴格說起來，也不能怪罪人，思考是大腦的運動，思考需要對人性有基本的了解，對人性有深厚的理解與愛，對於知識與統計數據先有客觀的理解，除此以外，它也是一門藝術。思考，需要獨處跟專注。會思考的人，通常都喜歡一個人，而且不容易被了解。不過呢，偉大的見解是很有價值的。思考的果實，不但會帶給這個世界亮光，也會為人類社群帶來指引的方向。大多數的人都不瞭解，獨處會把我們帶回我們內在的中心。人生的許多活動，其實是在一股神祕的力量當中發生與滋長的，那股力量就是——安靜。」

「威力，我完全贊同。回想起來，年輕時我也好喜歡哲學，我常常會瘋狂地從一些話語當中去撿珍寶。工作，應該讓我們貢獻自己的才華，也獲得祝福。可是比起年輕時喜歡從文學哲學去撿珍寶的自己，工作後的我，好像越來越迷失。這樣說不知道能不能清楚地傳達我的感覺？工作，讓我覺得自己、還有我周遭的人，離品德越來越遠。」阿莉回答。

「珍寶！這個比喻用的很漂亮，也很貼切。不過，要小心，要分辨什麼是眞理，什麼不是眞理。片段的現實，不代表眞理。還有，妳還不老啊，妳為什麼停了呢？」

「人生中的受苦，眞的有益處。它催促你去思考生命的意義，還有，你在有限的時間內，想要完成什麼。結婚後我才了解，不論是甚麼責任的委身，必然得犧牲自我的許多渴望。」阿莉嘆了長長的一口氣。

「那是另一種層次的人生體會，放棄主張個人意志，是犧牲的愛，是愛的最高境界。」

「如果我完全放棄主張個人意志力，爲什麼還會覺得痛苦？我自覺還算是個鬥士，願意無畏、勇敢地面對人生帶給我的挑戰。當情勢不站在我這邊時，我盡力對抗劣勢。但是，在發生很多事情之後，我有個新理解。這個新理解是，我渺小、有限、軟弱。我沒有能力贏，我贏不過命運，我沒辦法控制任何事，我勝不過上帝的自然律——生、老、病、死，這些每個人都必須面對的嚴肅與基本的主題。我本來以爲，如果能像男人一樣剛強，就可以勝過所有的事。但是，事實是，假裝自己像男人一樣強也不能讓我快樂。我不想抵抗，我投降了……」

「佛家的教導說，『一切皆空』。聖經說，『虛空的虛空』。如果是這樣，人生還有什麼值得追求？爲什麼人生滿是苦難，還有無止無盡的挑戰？我又沒有頭緒了。」

「孩子，聽起來，你經歷過很多。接受人生帶給我們的，本來就不容易。人生充滿痛苦。成長需要努力；伸展，也需要努力；這個過程充滿風險和痛苦。看看這些種子，妳想到什麼？」

「他們是……新生命的可能性？」阿莉香吞吞吐吐地說。

「我有不同蔬菜品種的種子——菠菜、萵苣、甘藍菜。仔細地看，他們看起來不太一樣：尺寸、形狀、顏色。他們有屬於自己品種的 DNA。做一個農夫，我很喜歡看著植物生長。種子必須努力，才能成長爲植株——把根部伸展到土壤裡，吸收水分、養分，接受光照來製造養分——這些觀察讓我對生命產生很多樂趣。雖然每個循環一再地重覆，但是生命循環的奧祕總是讓我驚奇，這也是我能保持活力的祕訣。」

「不知道植物有沒有靈魂，如果有的話，他們必定有堅強的求生意志。當農夫，我需要知道很多事：什麼時候播種？什麼時候施肥？要時時注意作物的健康狀態，因爲病蟲害會不斷侵襲它們。有時候，氣候也會變得很嚴峻，不利它們成長，氣溫可能太熱或太冷，我都得要保持警覺，快速地反應。有時候，我也必須做疏花的工作，犧牲掉一些多餘的花，或是修掉一些枝葉，僅僅是爲了要讓養分到達需要的部位。環境充滿了危險，這些危險時常等著埋伏要攻擊我所種植的作物。不小心，不會有收成的。」

雖然自然給的挑戰沒有休止，在殘忍的外表之下，也有恩典跟憐憫。當一個農夫，我學會要給我的植栽適當的艱困，這樣它們會爲了活下去而努力，變得有韌性。相信我，經過大自然考驗的作物與果實，是最肥美的。」威力笑一笑，「他們也有記憶。這也是上帝在創造世界的時候，給我們的奇妙和奧祕。

「奇妙跟奧祕？」阿莉問道。

「是啊！我務農有一段時間了。每一次我把種子種到土壤裡，當它們發芽跟成長時，我還是會忍不住讚嘆這樣的奇妙。這些種子被放到土壤之前，會冬眠跟停頓。只要條件對了，特別是水、氧氣、溫度，發芽的過程就會啓動。條件好、肥沃的土壤，也會幫助它們長得很好。」

「威力，你剛說，它們有記憶。」

「是的，我剛說的這話，有雙重意義：一是隱喻性，另外是指生物性的。很有趣的是，他們眞的記得啓動發芽跟生長的條件。」

「我明白了。如果種子有硬殼呢？」

「那麼，妳要麼得將它浸泡在水裡，讓種子的外殼變軟。或者，另一個方法是把外皮小心地打開，不能傷到裡面。」

「如果它們的裡面眞的被傷到呢？」阿莉問。

「嗯，如果它們傷得很嚴重，可能會死掉，然後就沒有價值了。」

聽到威力這麼說，阿莉深深嘆了一口氣。他的話，讓她對夢中看到，握在手裡面的種子更感到好奇。

「喔，我差點忘了妳的咖啡。沒有它，妳還沒清醒吧！」威力揶揄阿莉。

阿玉走過來，遞了一杯咖啡給阿莉。

「是啊！這是在生理上，能喚醒我的方法。」阿莉用一串笑聲回應。

「講到這個，也許，妳該想一想，什麼事，是能夠喚醒妳那一顆種子的條件？妳說夢到一顆種子……」威力走過去櫃檯煮咖啡時，問了阿莉。

「威力，告訴你實話，最近是有一些事發生，我不知道能否牽強解釋成『喚醒』的條件。這個事件，以痛苦的形式臨到。如果我理解的沒錯，它的確喚醒了過去很多痛苦的回憶。」

「啊！聽起來好像滿足這樣的條件。在很多狀況下，生命中的驅動力都是以愛和痛苦兩種形式呈現的。愛吸引我們，讓我們甘心樂意地去做事情；痛苦則是相反的力量，是大多數人都恨惡的。痛苦會帶來傷心、眼淚、還有掙扎。但是，掙扎卻對我們有益處。掙扎也可以是驅動力，它會驅使我們思考，驅動我們行動，驅動我們找到方法來解決我們的痛苦。有趣的是，痛苦所呈現的意義是，我們的有限。掙扎會促使我們找新的解決方法，掙扎讓我們成長，逼迫我們改變。在改變以後，我們也跨越原來的自己，我們的靈魂得以淨化、得以轉化。」威力停頓了一下，看著阿莉的眼睛說，「能敏銳感受到痛苦跟掙扎的靈魂，才有成長的空間。」

「威力，我完全了解。如果痛苦太深、太巨大，以至於讓人痛苦欲絕而失志呢？我覺得我好像是人生中的魯蛇……生命極盡所能地想要擊敗我，讓我折服，然後對我張牙舞爪。我天生根本不適合榮耀，我總是覺得自己不夠好，我也跟成功無緣……」沮喪讓阿莉喃喃低語起來。

阿莉說話的時候，威力的眼睛正注視著虹吸壺。他看著沸騰的水被往上吸，跟咖啡粉融合，然後那充滿芳香的黑色液體再慢慢下降，流入下方的燒杯壺。威力把瓦斯關起來，拿起燒杯壺跟一個空咖啡杯，走到阿莉旁邊坐下。在阿莉講出她的問題之後，有一刻，時間是靜止的。

「榮耀的本質是什麼呢？也許，榮耀的本質，就是承擔起巨大痛苦的能力，承擔，被人群社會中許多差異跟拉扯的撕裂。越是擁有遠見的人，越是要承擔更多的差異與拉扯，甚至非議。看得遠的人，往往要承擔更多的沮喪。大部分的人都沒有膽量改變，只相信眼前所看到的，所以無法做出應該做出的改變。有時候你只能堅持做對的事，然後懷抱信念。」威力終於回答，「相信賞賜妳這顆種子的手，會醫治妳的痛處，給妳恩典，然後指引妳的路。聖經的經文這麼說，『壓傷的蘆葦祂不折斷。將殘的燈火，祂不吹滅。祂憑眞實將公理傳開。』

雖說如此，如果得榮耀是很簡單的事，我們每個人都能成爲偉人了。我們這些凡人，羨慕、仰望那些才智聰明、才華洋溢的人，那些有超級英雄般能力跟鋼鐵意志的人。我們期待、渴望變成跟他們一樣的人。那是因爲，從這些人的思想跟信念所發出的行動，會變成光來吸引我們。可是，如果光混雜了迷霧與黑暗——最糟糕的，就是自私跟邪惡的思想——仰望這些光的人，也會因爲光變黯淡或消失，而失去了盼望。」

「光給我們指引，領導的人也是。關於領導學有好多可以說。我們常常認爲帶領的人是給予我們方向的人，是有至高權力、權柄，與祝福而獲得恩典的人。然而，爲了在我們眾人之間承受最大的祝福，他們也需要承載我們的重擔、我們的傷處、我們的痛楚，甚至我們的不堪與墮落。只有那些用心在乎的，以深厚慈悲回應人類的軟弱、痛苦，跟苦難的人，才能與榮耀相匹配。」威力停頓了一下，繼續說，「妳說，當妳收到那顆種子時，妳回應『我願意』？」

「是的，這是另一件我不太明白的事。爲什麼我完全沒有抵抗？至少在我的夢裡是這樣的。實際的我，不是那個樣了的，我懷疑這個真實性。」阿莉勉強擠出一個笑容，笑容裡滿是心煩意亂。

威力深深吸了一口氣，看著面前這位困惑，又有疑慮的年輕小姐，他的眼中散發出溫柔與慈悲的光芒，忠實而堅定。

「放下主張個人的自由意志並不是放棄，只是表示捨棄以自我爲中心跟放棄爲自己追逐享樂，降服於崇高的意旨，也不是自我放棄，這是謙卑的開始。爲著崇高意旨而棄絕爲自己追逐享樂的人，是願意付出而虛懷若谷的人。內心倒空，虛懷若谷，往往能夠讓我們在迷霧中清楚明白。這是轉化的開始，這個轉化通往大愛，是昇華獲得屬天喜樂的通道。妳看，一顆種子，如果沒有放棄自己，被埋在泥土裡，它哪裡有機會轉化？當它被埋在土裡時，它並沒有死，只是超越原來的自己，邁向另一個新生命。」威力說。

聽著這位神態自若的老哲學家說話時，阿莉始終保持靜默。

「我有種感覺，妳是順服的人。妳可能比自己知道的還在乎。」威力微笑著，「如果妳不在乎，妳就一點也不會感到困擾。」

「威力，你好敏銳，你眞的看穿我了！」阿莉回答。

「我並不敏銳，我只是專心傾聽。話語是從心生出的，而且，妳每次來我們店裡時，都是匆匆忙忙的，那告訴我們，妳是任務導向的人。」威力用手順了一下他的鬍子，笑意中帶著一股機智。「如果妳想要的話，其實還有很多方法可以詮釋妳的夢。或許，那顆大種子可以被解釋爲目標，它既重要又艱鉅。這目標可能超出妳本身很多的限制，超越妳的知識、理解，妳的耐心、還有妳的能力。『我願意』指的是，因爲妳在乎這一件事的意義，妳願意擺上、付出。」威力說。

思索威力的話語時，阿莉安靜地呆坐著。

阿玉終於無法忍受那股靜默，開口對阿莉說，「阿莉，別聽這老頭子胡說八道，別讓他的又硬、又僵固的哲學破壞妳一整天的心情。下星期我們會開始播種，可以的話，下個星期妳再來。現在剛好是新節期，我們一起播種，一起觀看種子成長所帶來的生命力。」

「好啊！如果你們覺得我有用處的話。」

威力點點頭。「妳當然有用處，比起那隻受傷的老鷹，還有我們苗圃上的那些玫瑰花要有用多了。看到那些玫瑰花沒有？它們只會刺我。」威力一邊說，一邊捲起他的袖子讓阿莉看他手上的疤痕。

阿莉看了一下，試著掃除先前沉思的尷尬。「喔，可憐的威力！你先是被老鷹啄了，然後又被玫瑰花刺傷。要注意你的花園，希望你有採取防範措施，可以防堵蛇的進出。」

他們都對阿莉的玩笑笑了，「沒錯，我們眞的得要對蛇咬做一些防範措施。啊，對了，我眞的得學學怎麼抓蛇呢！種菜、種花、看天氣、煮咖啡，照顧受傷的老鷹，接著還要抓蛇，大概沒有什麼職業比起我這農夫來的更博學，更十項全能了！」他們聽到威力這樣講，都開心地笑了！

十六、婚禮

二〇〇八年，二月

那是一個隧道，黑暗狹長。她站在隧道入口，眼前，沒有其他的選擇。隧道盡頭有光，那些光線給她勇氣，讓她敢穿過這個令人不舒服的通道。即使她不確定，在光的裡面到底有什麼，她還是鼓起勇氣，通過這一道黑暗隧道，迎向光明。那道隧道好窄，阿莉幾乎得擠著肩膀走過去。沒有人陪伴，她跨出了勇氣的一步，然後，一步接著一步。她看到自己在隧道裡面慢慢地走，試著克服恐懼跟沮喪。她很討厭黑暗，還有兩旁潮濕的牆壁。空氣的味道，好像是眞實的一樣。發霉跟重度濕氣混在一起，在空中飄散著。那個感覺讓她非常不舒服，幾乎無法忍受。她想要快快通過這條黑暗的隧道，走向亮光。

阿莉起來，坐在床上，自己的那一邊。她不斷思想最近做的那些夢。「到底發生什麼事了？它們好奇怪。這些夢，是潛意識的反射嗎？還是我眞的瘋了？它們好像一個接著一個的在告訴我事情……」她深深吸了一口氣，「啊！一條又長又暗的通道？非得這樣嗎？我什麼時候才能走到隧道的盡頭？至少在盡頭是可以看到光的。」她告訴自己。

她整理了自己的心思，好多的事等著她。自從她認同了這個任務以後，需要看跟閱讀的資料，突然間炸開來，好像一棵巨大的樹。加上需要吸收的新知識，整件事變得沒完沒了。對整個世界的了解，也好像不一樣了。一方面，經濟的狀況讓她沒有其他的選擇。另一方面，她越往下挖，越覺得應該要守住她曾經跟亞當所說的話——要做對世界有益的事，即使這是不經意說出的話。她被這個個人的研究深深吸引、被說服。

她嘆著氣。她的公寓儼然變成一座聖所，她在那裡工作、沉思，還有休息。她覺得好像有靈異般的事情正在發生。相對於聖所裡面的寧靜，外面世界的空氣，出奇地死寂。總是塞滿交通的街道，突然間變得空蕩蕩。白日，出門的時候，外面空無一物，像是一座荒城。

阿信成為她跟外面世界的唯一聯結。然而，他還是異常地靜默。唯一聽得到他開心的聲音，是他跟婆婆，還有兩個小孩講話的時候。除了這一天中所剩下的時間，他都在自己的世界裡，坐在他的書桌前。大部分的時候，她只能看著他的背。有時候，她會站在他旁邊找機會說話。以他們每天生活的距離來講，他們的世界好遙遠。

「阿信，我可以跟你說話嗎？」

「什麼事？」他答話，人坐在筆電前面。

「你還好嗎？」阿莉問道。

「我能應付的，妳不用爲我擔心。妳去做妳應該做的。」阿信機械式地說，注意力還是沒有從電腦前轉開。阿莉覺得，此時要跟他對話，實在很難。

她傻愣愣地站在他旁邊，心裡想著事情。許久以來，她覺得他只從他的理智說話，可是，她更渴望聽到他內心裡的聲音。當她講出內心話時，他卻認爲那都是出自想像力，對現實沒有幫助。如果不是乖舛難料的變化，就跟命運的抓弄一般，把她帶離原來的軌道，她大概也不會有機會去感受，專注地去傾聽他的心。即使他不是那麼願意表達自己，她渴望他能了解她的世界，她也想要更多地了解他的世界。

夢中的景象，在眞實的世界中，不就是試煉？而且，通往光的路徑，只有一條路……勝過試煉！生存遊戲的條件突然改變，能不能勝過、能不能重新平衡，不是一個人的事，得看她有沒有勇氣跟毅力走過這一條隧道。對於阿信，也是這樣。如果其中一個人因爲條件的改變而放棄的話，這個共同體就會瓦解。現在，試煉的重量不動如山般壓在他們的身上，一動也不動。那重量，殘酷、無情，好似非得把他們粉碎不可。

「當但以理的好朋友們被丟到七倍火熱的烈火窯中時，他們心裡在想什麼？先知們的信仰眞的是有憑有據，不是憑空而來的嗎？如果沒有證據，沒有一份確信，是否還能持守信念，相信自己能夠得救？」

阿莉開始感到難過，因爲現在阿信得要跟她一起扛起試煉的重量。然而，這試煉卻不是出自他個人的決定。只是，阿信也執著，他堅守婚約的誓言，要守著他在聖壇前的誓言。他大可離她而去，放著她獨自面對試煉，但是他卻沉默以對。他的沉默也表達了他與她一起扛起這試煉重量的決心。換成她是他，也許故事的發展完全不一樣了。不順遂臨到時，人性總是容易軟弱而偏向選擇毀約，不是守約。她不由得從內心裡對阿信產生尊敬。啊！試煉眞的讓人徹徹底底地顯露出本性。要不是試煉把她外在的身分，跟她賺得跟倚賴的平等給剝奪了，她絕對不會承認經文說「妻子比丈夫軟弱」的話是眞的。啊！使徒所說的話，還是經得起時間的驗證。

過去她不斷爭取的平等，不再舉足輕重。在阿信眼中，她已經是平等的了。不但如此，他的保護，爲她的人生增添祝福。阿莉隱隱約約有一種感覺，某種形式上，她人生命運軌道的改變，也跟這三個她所愛的人有關——阿信、哥哥，跟小丹。她所能聯想到的，就是植物對於乾旱、酷熱、酷寒，或蟲攻等環境變動時的反應。植物對危機的敏感，會迫使它們擔憂自己能不能活下去，它們會因此調整自己的成長。極端者，即使在人的眼光尚未察覺到，它們已經催促自己開花結果。就跟植物的反應一樣，她直覺裡的感受、心痛，是因爲長久忽略了生命中最親密的人．應該將有限的力量與關注轉移，讓他們之間的生命能夠緊緊連結，增加抵抗力，預備好去抵擋人生的風雨，跟她肩並肩地面對所有的戰役，一起保護這一顆神聖的種子。

「也許，靈魂看得比肉體的眼睛還清楚。」她思忖著。在這一條新的旅程上，危險跟挑戰將是兇猛嚴峻的，他們得一起蛻變，成爲這顆種子的守護者。

阿倫已經花了一些時間跟阿莉討論他的婚禮。雖然阿倫未來的丈人和丈母娘已經主動來籌辦整個婚禮，但是關於接待新郎的家族跟親戚的事，還有很多細節等著他們討論。一場甜美又莊嚴的婚禮，就快要來臨了。

因爲爸媽都過世了，阿倫跟阿莉覺得，這一場婚禮還有一個特別的意義，他們也要代表已故的父母向親人致謝意。這是向家族中所有的家人和親戚致意的機會，也是她跟阿倫向家人表達他們獨當一面、繼承門風的時刻。人生的目的，最後都會連結到我們所定義的意義上，難道不是這樣嗎？她現在懂了，心裡面說不出來的痛苦，也是從女兒這個角色來的。因爲未竟之事、未伸張的正義，不斷在她的內心裡怒吼。它們等著這個合法的繼承人，有一天能勇敢地站起來宣討。可是，這是她的責任嗎？已經結了婚的女兒，還能算是合法的繼承人嗎？世界能不能接受嫁出去的女兒承接血脈的身分與責任？若不是因爲這樣，未竟之事的悲痛怎麼會那麼的巨大？啊！它是如此的巨大，以至於她失去力量。

這一顆夢中所看到的種子，是不是也能看成是喚醒的訊號——喚醒她，她還有使命得要完成。也許這個使命能讓她超越所有世俗的角色，讓這個世俗女兒的角色，昇華進入超然的境界。也許這個使命，能夠讓所有人的自由意志，降服於高貴的意義之下。

世界是個大型的修煉場，她想。在她完成這個人生旅程時，交織在生存競賽、不同的角色扮演和使命，終究會完成最終的目標——圓滿。在邁向圓滿的過程中，自無盡的犧牲與妥協。犧牲與妥協本身就是不愉快的事，而且有時候會帶來很大的刺激。有時候，刺激則造成扭曲。爲了避免從刺激所產生的不愉悅感覺，因此培育出忍耐、毅力與堅持。

這個過程，不正像珍珠形成的過程嗎？當異物侵入蚌殼的體內，入侵的尖銳感會讓蚌殼極度的不舒服。爲了保護自己，蚌殼會分泌珠母層，將侵入的沙子包裹住。一層一層珠母層的累積，最後形成光澤璀璨的珍寶。

「人生追尋的終點，該致敬的，應該不是完美吧！」她靜靜地問著自己，「沒有人是完美的。在追尋的終點，值得我們致敬的，該是圓滿。生命中的不完美與破碎，讓我們想逃避痛楚。可是，如果因爲害怕痛楚，而不去面對自己眞實的面貌，那麼透過苦難要達成的圓滿，將永遠無法完成。勇氣與信心的生成，止來自於面對苦難的力量。正如蚌殼的生命，璀璨是從裡面形成的。如果我們接受逃避主義，拒絕尖銳的侵入者，光輝璀璨的珍寶就無法形成。」

現在，對於婆婆，她有一個新的理解：出於婆婆對於圓滿的盼望，婆婆的期望是阿莉能將做妻子與做母親的角色，看得比其他的事重要。這樣的期待是基於婆婆對阿信的愛，這大概也是阿莉靈裡會不斷尖叫的原因之一。在阿莉能解釋之前，她早已一層一層地吐出她生命中的珠母貝層，那是保護自我的尊嚴跟對抗人生中所有爭戰的方法。那正是她在夢中所看到的那條隧道的寫照——如果能早一點有這新領悟就好了；如果，新目標的存在，可以讓她和其他人一起超越，超越世俗的期待，超越狹隘認知對自己的限制，那就太好了。

她的心終於平靜了。曾經，在她內心裡反覆翻攪、消耗她精力的漩渦，突然間平息了。她明白，內心裡巨大的悲慟是從哪裡來的。那一直是理解其他人的重擔、傷悲，還有痛苦的感受力，也是察覺到未滿足期待的理解力。她的心也會感受到其他人的掙扎，而且，這份理解在好久以前就轉變成了慈悲。那些惡質的人性特質也會讓她感到沮喪：愚昧、憤恨、忌妒、貪婪、驕傲、傲慢、懼怕、情慾、甚至怯懦與自私。悲慟也是出自於同情，出自於慈悲。悲慟，是她靈魂受苦的寫照，哀悼惋惜自己的曾經，跟眞正的自己，差距好遙遠？這也是那份沉重重量的緣由。仁慈的行爲本來就是極其的沉重，不對稱的負軛，本來就會造成沉重。生命中的不能承受之輕，是極其沉重的。這份看不見的重量，除了透過慈悲釋放，沒有其他方法可以忽略它，讓它輕省。

「親愛的，妳還好嗎？妳站在我旁邊好一陣子了。」阿信問，他的聲音，把阿莉帶回到現實裡。

「嗯！呃……其實，是眞的有幾件事……」阿莉呑呑吐吐，咬著下唇。

「妳爲什麼不早說呢？妳站在那裡好久囉。妳要不要去拉一把椅子過來坐下。」

「是阿倫的婚禮。我需要你像主人一樣，陪我出席。」

「就這麼簡單？」阿信笑了。

看到阿信笑了，阿莉也忍不住噴笑了出來。「阿信，我喜歡你的態度。還有……如果我們得走過一段不算短的黑暗期，還要保護一顆重要的種子，你願意嗎？」阿莉喃喃地低語。

阿信把他的筆記型電腦合了起來，轉過身面對阿莉。

「親愛的，我想，你眞的低估了我。天意要我們怎麼做，我們就怎麼做。除了順服以外，我們沒有其他選擇，不是嗎？」

阿莉忍不住對阿信拋了個微笑。「是啊！我也領悟到同樣的事。天啊！我眞的不知道該怎麼辦。雖然最近的事，對你並不容易……」

「阿倫的婚禮，對妳、對阿倫，還有妳的家人都很重要，如果妳爸媽還在，也會希望他能夠有一個很棒的婚禮的。我知道妳在想什麼。我們應該盡力，讓他留下一個美好的回憶。親愛的，有一件事，我一直想跟妳說……。」

「是喔，什麼事？」

「老實說，妳一直是個好女兒。盡力過了，就該停下來，不要再要求自己做更多。沒有必要繼續自我折磨。」

阿莉說不出話來。她深深吸了口氣。原來，阿信了解她的心思。

「我知道失去父母的人生讓妳感到孤單。比起我，在很多方面妳幸運多了。妳跟妳爸媽，還有阿倫的那種感情，是我從來都沒辦法想像的。我知道媽也許刁難妳，可是，其實她是豆腐心。把她的問題交給我，不用擔心我，儘管去做妳應該實現的事。如果妳的努力，讓妳成為妳想成為的人，我也同感驕傲。」

「那麼，你眞的了解……」

「我們所經歷的每一件事，不都會成為我們的一部分嗎？當我選擇妳的時候，我也已經選擇了隨著妳而來的每一件事，不是嗎？」

「是啊！對我，也是一樣的。」

「我知道，我們有不同的家庭文化，我們的家庭對我們也都有一些期待，但是我想，我們會沒事的，就像我們所經歷過的那些年日一樣。我對我們，有信心。」

阿莉嘆了長長的一口氣，「這些話，你該早一點說的。我以為你對我們的生活，還有我，很不滿意。」

「妳一直很忙。我都被妳擱在一旁，被忽略。當我跟兩個小孩需要妳的時候，妳也從來都不在。我知道，我們的孩子跟我，從來都不在妳的優先順序當中。」

「不，阿信，你錯了。不是這樣的。不管我有多忙，你跟兩個孩子都是我生命的重心。

你們是我的力量。」

他們靜靜地看著對方。此時此刻，言語，已是多餘的了。

「一起面對？我們一起走過這個低谷，就像我們以前所經歷過的一樣。」阿信說。

「是的，一起面對。不過，這一次不一樣了。我們還要帶著兩個小毛頭。」

「是啊，他們也要跟著我們。」

他們倆深深地擁抱在一起，就這樣，融化在夜色當中。

****

行動電話響了，阿莉看了手機一眼，沒有來電號碼。深怕鈴聲吵醒阿信跟兩個小孩，她急忙接起電話。「喂！是誰？」電話那一頭沒有回答。她毫不遲疑的，就把電話掛斷了。時間顯示是凌晨三點四十五分。「誰會在半夜裡打電話，搞這種玩笑？太詭異了。」阿莉想。她只剩下兩個半鐘頭的睡眠時間。今天是大日子，阿倫的婚禮就在今天。

她躺回床上，試著再睡，心裡面卻是半夢半醒的。她緊閉眼睛，讓心思專注，在清醒跟睡意中間掙扎著。她告訴自己，一定得再睡著。

輾轉反側之間，她看到一個禮盒，在她面前打開。是一顆人眼從沒見過的巨型紫色珍珠。珍珠，有將近三十立方公分，形狀跟淚滴一模一樣。它尖端的頸子上鑲了一圈細緻秀氣的寶石，是各種不同顏色的寶石。它閃閃發亮，散發著柔潤金屬般的璀璨光澤，看起來是如此的夢幻。不……不……不……它像是眞實物件。

「它本來是屬於妳父親的，現在，它是妳的了。」一個威嚴的聲音對她說。

聽到那聲音，阿莉跳了起來。她踮起腳尖，輕聲地走到客廳。阿莉坐在客廳的沙發上，思想著，「那是什麼啊？」現在，她眞的沒辦法再睡著了。

「天啊，我在做夢吧！那是什麼啊？那顆珍珠好美，那紫色珠光散發出來的閃耀光澤，令人目眩。我從來沒有看過、或是擁有那麼美的東西。而且，還是淚滴的形狀？」「我的天啊！如果，上帝眞的知道我們的家過去的經歷，那段歷程，曾經裝載了那麼多的痛苦、眼淚，而且不是只有父親跟母親的眼淚。陪著他們走過的親人、朋友，也陪著流了數不清的流淚。如果有選擇，我不想再過一次那樣的日子——逼迫、壓力、挫折、犧牲。那不正是我離職的原因嗎？不只如此，貪財是萬惡之根。金錢的遊戲，扭曲人的心智，讓人遠離了品格。我恨惡那樣。我恨惡從金錢價值以及從外貌判斷的人生與自我價值。」

「爸爸跟媽媽爲我們示範的人生，卻不是那樣。當我們沒有擁有太多時，他們還是和善、仁慈；他們還是盡本分去愛、去關心所愛的人。那才應該是人生的本質，不是嗎？爲什麼對於卓越的追求，跟對生存的奮鬥，會讓我們忘記了我們是什麼人？」

「那個一直在跟我說話的聲音，是誰呢？是我的想像力嗎？還是，眞的是上帝？」她嘆了口氣，「上帝啊，對不起！因爲祢放在我人生中的損失、苦難、痛苦，我一直恨祢。有人一直跟我說，苦難是化妝的祝福，我從來不相信。」

「祢要拿我怎麼辦？好了，祢贏了！祢贏了！我終於明白了。爸爸所有的受苦跟困境，對我，都已經轉化成祝福的力量。我知道，無論如何，我永遠是我爸爸的女兒。沒有任何事可以改變這個事實。喔！上帝啊，我投降了，我終於願意降伏在祢的眞理之下！我，這個被遺棄、被鄙視、傲慢、還有被遺忘的人——祢眞的願意接受我做祢的女兒，指引我嗎？」她流下眼淚，哭得傷心欲絕，然後，就倒在沙發上睡著了。

*****

星期六上午九點十五分，阿信跟阿莉一家四口到達了餐廳。餐廳裡，只有幾個工作人員在那裡布置宴會廳。那個宴會廳，中午會被用來擺設筵席。是阿倫未來丈人的點子，使用餐廳來做典禮跟筵席。當他們一知道阿倫已經失去雙親時，就很熱心地籌畫婚禮。

宴會廳裡，兩旁設置了圓桌，中間留有一道走道，引導到另一頭的小舞台。布置，是粉紅色跟紫色的調性：絲質的粉紅色桌布、紫色的方巾、象牙白的餐具，每一張餐桌的中間，擺設粉色玫瑰花跟紫色繡球花的花束。整個擺設，充滿喜慶和高雅浪漫的氣氛。天花板上吊掛著的水晶燈，也還是暗著的。不難想像，水晶燈點亮時宴會廳的溫馨與奢華感。

阿倫，應該隨時都會到。他們說好了要在餐廳碰面，然後，他會再帶著司機，去新娘的家迎娶。他們還安排了另一部車，有另一個司機會去載新娘的雙親。半個鐘頭之後，會有一個合唱團跟他們的牧師過來預演，練習上下舞台的走位。然後，他們的堂兄弟們會來幫忙做接待。一個小時之內，有很多的活動要發生。一想到待會的情景，感恩的眼淚從她的臉頰上滑落了下來。她急忙把眼淚擦掉。

「終於……如果爸媽還在，應該會感到安慰吧！整個家族很久沒有慶祝活動了。婚禮，對整個家族，不但是喜慶的團圓，也可以幫助大家忘記失去的總總痛楚。」她看著四周，爲阿倫所得到的恩典感到安慰。「今天，希望能夠成爲阿倫跟他的太太，在展開新人生旅程前的美好回憶。阿倫需要這樣的回憶，我們都是。」她站在宴會廳發呆，一股暖流，緩緩地湧進心裡。

「阿莉，妳在幹嘛？」阿信站在入口招待桌的地方，向阿莉喊著。

「是啊！媽咪，妳在幹嘛？」小丹附和。

「我很好，只是在確認所有的事是否都就緒了。」阿莉回答。

「布置不會有問題的。放心！」阿信說。

「是啊！布置不會有問題的。放心！」小丹又附和。

「我只是忍不住傷感。如果我爸媽還在世，他們該受安慰了。阿倫，一直是他們心裡面所關愛的。」

阿信走到阿莉身旁，擁抱了她。「他們在天堂看顧，對妳微笑，因為妳所做的，讓他們從心裡高興。」

「是啊！因為妳所做的每一件事，都讓他們從心裡高興。」小丹重複阿信的話。

阿莉流下了眼淚，跟阿信點點頭。

「謝謝你，陪我走過人生的高峰和低谷。還有，你們兩個，你們這兩隻小學舌鳥。」

阿莉給了這三個男生，大大的擁抱。

「一個小時之後，就會有人到了。喜宴結束前，我們要招呼很多人，沒有太多時間照顧哥哥跟小丹。我會請我堂哥的小孩幫忙看一下，讓他們玩他們的，照他們的方式探索這個世界吧！我們也得要學會放心。」

阿信向阿莉笑了，因為她講的，正是他心裡面的擔子。

「嗨，姐夫跟我親愛的姐姐。」

「太好了，男主角到了。」阿莉驚叫。阿倫準時出現，幾分鐘之後，他就得出發。他得準時到達新娘的家，向他的新丈人跟丈母娘表達謝意，然後，迎娶新娘，帶她離開她的娘家。

「司機到了，他在餐廳外面等我。」

「很好，阿倫，今天，你專心做你自己，跟著我們討論的行程進行就好。我們會負責接待，畢竟，我是大部分人認識的面孔。你不需要擔心，好好享受今天。」

「好，我懂。在去接新娘子之前，我想跟妳打一聲招呼。姐，謝謝妳。我會好好享受今天的。還有，我有話要跟妳說，這是媽在離開前跟我講的話。她說，我出生那天，她開始陣痛時，爸不在，她身旁只有妳。是妳牽著她的手，走到一家天主教診所的。」

「那時我才五歲，記憶中有親切、慈愛修女的笑臉。印象中，記得爸爸牽著我的手，讓我隔著大玻璃窗看著剛出生的你。你描述的部分，我完全沒有記憶。嗯，有趣！去吧，別耽誤了時間，魅力四射、英俊挺拔的新郎。」

「是的，遵命。」阿倫行了個可愛的禮，然後出發。

＊＊＊＊＊

早上十點半，客人差不多都到了，每一張圓桌都坐滿了人。典禮的司儀跟合唱團站在舞台上，等候訊號。牧師站在舞台中間，阿倫也在他的位置上就緒，新娘跟新娘的父親，也都就定位了。

孟德爾頌的婚禮進行曲一響起，所有的賓客爲之雀躍，興奮與期待都寫在表情上。幾分鐘後，婚禮進行曲的音樂停了下來，接著轉換爲帕海貝爾的卡農。兩個小花童在走道上緩步前進，一邊走一邊灑下花瓣。之後是伴郎，穿著黑色西裝，跟阿倫是同一色調。接著輪到阿倫，他看起來又高又有自信。黑色西裝跟髮型，讓他看起來成熟多了。阿莉還記得他小男孩的樣子。當他在意外裡失去一隻眼睛時，他們陪著他承受了所有痛苦。因爲這個意外，她一直責備自己。如果不是因爲工藝功課，阿倫也不會受傷。他們陪著阿倫度過一段叛逆，又充滿了苦楚的日子。現在，他已經轉變爲自信、獨立的男人了。

阿倫的後面是伴娘。接著是新娘和她的父親。她看起來優雅大方，白色的新娘禮服，還有精心挑選的配飾，讓她成爲宴會廳裡最耀眼的女人。新人抓住眾人的目光，也喚起一股神祕的渴望——渴望永遠被愛、被接納，還有被保護。渴望回到我們所屬的地方，渴望永恆。

新娘在步道上走著，優雅、美麗。當她走到新郎身邊時，她的雙眼，歡喜地注視著新郎。

典禮開始後，合唱團帶領敬拜詩歌，接著，牧師演講，祝福新人。在眾人的見證之下，新人交換了誓詞跟戒指。宴會廳的客人感染了愛與歡樂的氣氛，分享新人的喜悅。

阿莉忍不住感傷……這正是她所需要的，比找到自己新的追求更好。對她的心，這是個醫治。看見阿倫找到了他一生的摯愛，走入受祝福的人生，展開人生的新頁。用這種方式揮別往日的創傷，多麼的美好！即使，這一對新人也將經過高山低谷，面對挑戰與試煉，但是，愛會成為一股緊密的連結力量，幫助他們走入未來，創造屬於他們的幸福。

經過這一個婚禮，她知道她跟阿倫已經跨越過去的創傷。也許，曾經有過悲傷、痛苦、眼淚，父母親所留下來的愛和勇氣，會幫助他們繼續走下去。

十七、那些被忽略的重量

二〇〇八年，六月底

夏天的熱氣，炙熱難耐。風城這個名字，果然不是浪得虛名，這裡總是有風，而且還是強風。夏日的風挾帶著一股潮濕的熱氣，只消站在陽光下一會兒，這令人窒息的熱氣，就夠以讓人中暑、暈厥。全球經濟的狀況，也像這個炎熱的酷夏一樣。原油的價格，爬到歷史上的最高點。突然間，阿莉周圍的世界，變得出奇地寂靜。這寧靜詭譎莫測，像是在遮蓋暗中進行的風暴。陽光，通常是帶來生命的活力；但是，這一季，卻完全相反。熱氣跟寧靜的結合，散發出一股深沉的絕望、死亡、黑暗，還有虛空。

曠野中的流浪，乾枯寂寥。虛無之境空無一物，只有寂寞與無聊。獨處有個基本效果：將心靈與身體回復到最初的狀態。這也是一把兩面刃——一則是允許內心的慾望與欲求隨著飢渴、飢餓，與懼怕蔓延。不然就是以紀律和崇高的意旨馴服自由意志和對自由的想望。這是忍耐與信心的考驗。最終，忍耐與信心會發展出韌性、毅力，還有老練。

阿莉很恐懼，深怕在無止境的曠野中，她的自我會冰消瓦解。她害怕自己會被劇烈的世界震動所吞吃。無聊與迷失感，總是會唱起催眠曲。不堪焦慮與絕望的負荷，她昏沉地睡著。

在不遠處，天空降下了一座石頭城。那城的形式，是她在自己的文化和記憶中，未曾見過的。那城不像是東方文化的寺廟，也不是西方型式的城堡。那城，看起來像是許多房子的群聚，高高低低的，而且被一圈堅硬岩石所造的高牆所圍繞。建造在緩升與緩降丘陵的房子，被街道所分割。用石頭鋪設成的街道，在這些房子當中蜿蜒曲折地延伸。那城最後降落到一座山上，然後靜止不動。她凝視著那座城，想著，那是什麼，爲什麼又在那裡？傳說中有人講過建造在山上的城和高地的城，這城應該是那城吧。在黯淡的光線中，她還是可以看到那城的輪廓線。一會兒的時間，好像有人打開了開關，整座城亮了起來。它閃閃發光，散放出金色的光芒，宏偉、壯麗，神聖。

*****

電話響的時候，是下午四點鐘。響聲打破房間裡的寂靜，她接起電話。

「阿莉，妳在家啊！」阿月說。「我本來想先跟阿信討論的，可是事情很急迫。」

「發生什麼事了，阿月？」

「媽不見了。大哥回到家時，媽不在，也不在她平常去的地方。所以，他就在家裡附近找。找到她時，她一個人已經走得很遠了。大哥找到媽時，媽不但不認得他，還不肯跟他回家。」

「喔，怎麼會？雖然她脾氣不好，可是上次我們看她的時候，人還好好的啊！」

「大哥說，媽一直喊著我的名字。她變得很歇斯底里，除了我以外，什麼人都不讓靠近。也很巧，哥哥跟小丹的老師，要妳或阿信明天到學校一趟，他們倆在學校都闖了禍。」

「啊！……」阿莉說。「我知道了，眞的對不起，謝謝妳爲大家付出那麼多。妳現在很兩難，想回去照顧婆婆，是嗎？」

「是的。」阿月回答。

「別擔心，我明天一大早就到妳那去照顧哥哥跟小丹，妳就可以回去探望媽。妳再隨時跟我們說她的情況，我們彼此好有個照應。」

「阿莉，謝謝妳。還有，對不起……」

「有什麼好對不起的呢？」

「我一直以爲妳是個壞女人。」

「我知道，媽也是。」

「妳知道？」

「當然，我又不麻木，我感受得到。因爲我忽略一些傳統角色該做的工作，妳們就以爲我是壞女人。妳們也認爲我是個不合格的母親，所以拼命地要保護哥哥跟小丹。因爲我和你們不一樣，你們以爲我是壞女人。可是，妳們都忘了，我需要時間學習，而且，我跟孩子們建立連結的時間很有限。妳們沒有看到我在其他方面的貢獻，還有我爲這些事需要做出的犧牲。」

「阿莉，我不知道該怎麼說……」阿月說。

「阿月，妳跟我有不同的世界觀。妳是根據媽教妳的、跟妳對她的感情來判斷。我自己也得對這樣的狀況負責，因爲我對個人主權概念界線太分明了。因爲我的形象，讓妳們錯怪我的爲人。因爲有限，我沒能像你們那樣的去愛。我後來才領悟，愛人的能力，並不是與生俱來的。愛人跟被愛的能力，需要學習、需要擴展。對於什麼是對的，什麼是錯的，我倚靠我的理性來引導我。我忙著定義差異，然後劃界線，而不是學習去愛，如果我早一點知道如何去愛就好了。但是，這並不表示我不願去愛她。好笑的是，可能妳跟我對愛的看法也不一樣。很奇特的，我們的差異卻是互補的。現在講這些可能沒有用，可是，我在旁邊做一個旁觀者，覺得媽傷害了你們很多。不過，不管她對待你們的方式有多不合理，你們還是選擇孝順與順服她。也許就是因爲我們成長的文化不同，所以會有不同的處事態度。」阿莉說。

「她是我們的媽，除了我們，她沒有其他的依靠。雖然我們無法忍受她的霸道，我們也沒辦法丟棄她。做爲她的孩子，我們都知道，她在生什麼氣。她氣我們這些小孩誤了她的青春，拖累了她的人生。可是，離開了我們，她又甚麼都不是。她就是一個這麼簡單又單純的人。」阿月說。

「我們有不同的人生苦難。妳的苦，是媽不斷地想把妳變成另一個她。妳失去機會探索、去思考自己是誰，能成爲什麼樣的人。而我的受苦，是我想翱翔，卻不斷地被攔阻跟拉扯。從我原生家庭的歷程，我很清楚，作爲一家人，對其他人的受苦無法置身事外。可是，一進到阿信的家，我就拼命地想逃。我想，我想逃避的是，落入跟我媽、或是婆婆一樣的宿命。我想創造不同的人生意義。

很早以前我就想要說這些話了，可是我沒辦法說。命運把我們圈在一起，讓我們的優缺點與需要彼此互補，成爲彼此的祝福。我們的受苦，都讓我們變成更好的人，也成就了上帝旨意的義。也許，這正是上帝工作的奇妙。沒關係，現在都不要緊了。我們現在能做的就是給彼此打氣，走過這一段低谷。也許這是上帝所做的最好安排。」

「阿莉，我眞的不知道該怎麼想。大部分的時候，我不知道明天會怎樣？可是，妳卻從不懼怕。」阿月說。

「我不是不怕，只是，我心裡想完成的夢想，大過我的懼怕。其實，接受其他人的感情，比面對工作的挑戰還難。最近，我才想通：當女兒，也是特別的恩寵。溫柔、敏感的心、跟作爲母親的職分是一份特別的禮物。女兒們生來，心就是比較敏感。那一份敏感，是特別的祝福。就是因爲敏感，我們能感受到另一半的家庭歷史的傷口、創傷、喜怒哀樂與種種差異。不願意接納與交流，好像只是讓一起生活的人變得被拒絕、更被誤解而已。我沒想到，在差異與不同中融合，是如此困難。更難的是，面對歷史傷口與創傷，非等到傷口跟創傷復原，等到愛塡滿了遺憾的缺口，好像無法可想。我沒料想到，不同特質的人，要一起負軛，是這麼艱辛。我沒想到，包容，是一門這麼難的功課。

也許，對於受傷的人，有創傷的家庭，能做的，就是等候，讓愛把傷跟創傷重新縫補起來。

我們醒悟得太慢。我有種感覺，現在可能是一場新的大爭戰的開始。在黑暗中，我們只能依靠彼此，我們得一起面對這場爭戰。」

隔天，阿月趕回去陪婆婆。本來只計畫停留幾天，不得已得延長爲一個星期，然後，又只好延長爲一個月。最後，她的停留被逼得可能無限期延長。婆婆的心智狀況變得很糟糕，她不停地抱怨自己是被拋棄的老人。偶爾，她會陷入憂鬱。有時候，她會陷入哀傷或是怒氣。她慢慢認得自己的家人。不過，因爲錯亂的記憶，她講出來的話，都無關自己跟家人的眞實情況。錯亂的記憶，讓她不斷地重複一些事情。她不再是家人心裡記得的那個人了。有時候，他們忍不住思想，婆婆，是否還活在那副軀體裡面？

劇烈的改變迫使他們做新的安排。在一個星期內，阿莉連忙幫兩個孩子辦好轉學的手續。孩子們很疑惑，卻也很興奮地回到家裡跟阿信與阿莉同住。這個預期外的意外好像很怪，可是，他們卻感到平安。

她的心深深地渴望，可以很快地離開這個浩瀚的曠野。接受這樣的挑戰，似乎是對命運報復的唯一方法，也是克服脆弱的方法。除此以外，沒有其他的解救。只有跟殘酷命運的重量摔角，才能進入流奶與蜜之地。她必須將自己的苦難與困境，轉化爲祝福的力量。這是她克服悲慟的唯一方法。她好渴望能夠得救。

*****

「耶穌，救我！耶穌，救我！」深夜中，阿莉的心呼喊著。她覺得心頭上，有一股壓力在那裡重壓，壓到她幾乎無法呼吸。她的心掙扎著要醒來，可是，睡意，卻擄掠了她。她不知道，喊著耶穌的名字，喊了多少次了。

不一會兒，一個很溫柔的聲音輕聲細語地說，「是妳媽媽來了。」阿莉媽媽的影像，出現在阿莉的夢境裡。她看到媽媽，坐在床的那一頭，散發著金色的光芒，對著她微笑。

「媽！」阿莉把手伸出去；另一頭，也伸出手來。在阿莉可以伸手碰觸到媽媽的手之前，她的影像就在瞬間消失了。

她掙扎著起床，可是，睡意還是好重。她躺在床上，悄悄地啜泣，輕聲低語，「媽，我想妳，我真的好想念妳。我活下來了，我答應妳，我永遠都不會放棄。不管有多麼困難，我永遠都不會投降。從現在開始，妳跟爸的一部分，就活在我的心裡面。我是你們遺留在這世上的意義與價值。」

眼淚，從雙眼流下。她感受到一股哀傷，從她的心中緩緩地流出。原來，哀傷真的會在我們的心裡占去不算小的位置。她就這樣哭著哭著睡著了。

*****

二〇〇九年，十一月

老師引導阿莉到輔導室裡另設的一間協談室，等待諮商師的到來。這是個清幽靜蔽的房間。阿莉環顧四周，很顯然地，輔導室花過心思布置，房間散發出舒適放鬆的氛圍——四面的牆壁則是漆成乳白色的，地板上有滿滿的填充玩偶；雙人沙發上，隨意散置著幾顆抱枕。一旁的書架，放置了一些書，最主要是心靈雞湯類型的書籍。

她注意到牆壁上有一幅畫，圖像是一隻展翅飛翔的老鷹。

再瞄一眼，她注意到靠外面的窗戶，都被緊緊地密封住，唯一的出口是入口。一股擔憂從她內心油然升起，「如果火災突然發生的話，該怎麼辦？」她在心裡喃喃自語。瞬間，她意識到有負面想法，隨即馬上努力甩開這想法。「不會，我不會那麼幸運，不會那麼剛好。諮商師什麼時候到？雖然這是這學期的最後一次晤談，她還是得專注聚焦，幫助自己冷靜面對。

一會兒，協談室的門開了，諮商師走了進來。「讓妳久等了。」講完這些話，諮商師就坐在一旁的單人沙發上。

阿莉手指交錯，輕鬆地將她的手放在大腿上。

「這學期，妳的孩子進步很多。在實驗教室中，我們爲他設計了一些互動的規則，他能聽懂指令，也能達成我們要求的紀律。如果他覺得煩躁，有情緒要爆發，我們也給他一些自由度，讓他隨時可以從教室離開，來到實驗教室。其實，每次他來到實驗教室時，我只有給他幾個簡單的規範而已。這些規範大部分是界線，也是保護他自己的人身安全。只要他做到，就能自由地在實驗教室中活動。一開始，他對這個安排並不自在。但是，幾次練習之後，他似乎放下防衛機制，現在也感受到有安全感了。

「很好，他通常不願意跟我說在學校發生的事，如果我試探，他會生氣，不願意我追問。我試過你建議的『角色扮演』遊戲，但是，他不願意合作。我知道跟他談，讓他刺痛、沮喪。他一直是敏感的小孩。雖然他的氣質像我，但是我不知道要怎麼樣才能聽懂他的心聲。」阿莉說。

「行爲模式的重塑，通常需要花一些時間。在重建他對界線概念的同時，我們也需要花一些心思去改變他的直覺反應，特別是對於人際間的反應。有一些事，我還是建議妳在家持續下去——第一，當他情緒不好時，讓他習慣在屬於他個人的地方梳理情緒。等他冷靜下來時，你們可以針對攪擾他的事件來討論，讓他用自己的話，來辨認跟敘述自己的感覺。可以的話，跟他做角色扮演的遊戲。基本上，角色扮演的主要目的，是要幫助他控制情緒。用這樣的方式，也會幫助形成同理心。妳能幫助他，讓那些激動他情緒的事件重現，引導他做出社交上能被接受的反應，而不是挑釁的動作。」

「我懂。」阿莉輕聲地回覆。「不知道爲什麼，他總是生悶氣。我知道我們的依附關係，不是建立的很好。對，那個術語是依附關係是嗎？我也補充了一些知識，這是你們心理諮商所使用的術語，對嗎？」阿莉說。

「是這個字沒錯。妳也不要太苛責自己。妳說他回到家多久？才一年？」諮商師問。

「是啊，完全回到家安定ト來，是這一年的時間。可是在他回到家之前，我們並沒有忽略親職的責任。我都會陪著他跟他哥哥讀繪本，帶他們出遊，出去吃飯。我先生的家已經很久沒有小孩，我在想，會不會是大人的期待跟溝通模式影響了他？我自己大概也有些過錯，雖然他還是小孩，我對他卻有高度的期待，我想我的期待對他造成壓力。

我有試著製造機會補償我們錯過的時間，他喜歡甜點，所以，有時候我會刻意做蛋糕跟餅乾，然後帶著他一起做。爲了要跟上課程進度，我先生會陪著他練習寫字。對於他的進度，我也保持關注。在家，我先生跟我則刻意扮演不同的角色。他是壞人，我是好人。雖然，這種模式會讓他不愉快，可是，在這樣的年齡，有個嚴格的角色，會強迫他專注於學習。我想不到更好跟更有效率的方式了。」阿莉說。

「這位媽媽，我看得出來妳很努力。沒錯，烘焙對小孩是很好的活動。繼續努力，保持盼望。妳那麼用心，我相信妳的孩子一定會進步的。」

「在我的眼中，他是很棒的孩子——敏感、聰明，而且勇敢。學校的規劃，點出他的獨特性，也爲他帶來壓力。學校裡純眞的孩子，不了解這樣規劃的用意，卻取笑他是白癡、笨蛋；這狀況讓他在學校的生活很受挫。幸運的是，我及時發現，做了適當的輔導。」講到這，阿莉忍不住垂頭喪氣。

「發生這種事眞的蠻令人難過的，我會提醒他們班導師做一些解釋。這個規劃，是針對有特殊教育需求的小孩。事實上，需要特殊教育的小孩，分成兩個極端的族群。我們的教育系統把他們整合在一起。大部分的教學方法，都在實驗階段。尋找最合適的作法。」

「我了解，我會尋找其他資源幫助他，希望能縮短整個歷程。對了，可以的話，請把我剛才說的事情，傳達給他們的導師，孩子的天眞，有時會傷人。若傷到人我之間的界線，應該被框架在紀律下，妥善維護。」

「沒問題。不過，我還是建議專注在重塑他的行爲模式上，這需要花一些時間。從他導師的回饋，先前，他的注意力大概只能持續十五分鐘而已。現在，他的專注力延長了。這是一項進步。我不知道妳怎麼做到的？」

阿莉滿意地笑了。「喔，這樣啊！我只是帶著他開始玩一些樂高積木。他似乎很喜歡積木玩具，玩的時候，不但充滿熱情，也很專注。玩下來的成果還蠻令人滿意的。」

「沒錯，成果很好。我想，以後在他的成長歷程中，妳會發現，一路上會有數不盡的狀況。但是，以妳的理解力與對他的愛，不管什麼狀況，妳一定都可以找到方法解決。」

「我懂。只是，我老覺得，我們沒有建立好依附關係。偶而，我還是會感受到拒絕。好的時候，他對我很體貼、很親密。可是，他有時候又會變得很彆扭、煩躁。他有情緒時，我是家裡唯一能給他自由度、接受他抒發情緒的人。嬰兒期跟幼兒期時，我常常不在他身邊。這段時間的缺席，我只有一大段空白的回憶。我所能做的，就是包容他、接納他的情緒行爲，來證明我愛他。平心而論，我有責任的。」

「從妳的描述，我感受到妳對親職角色的用心，不應該再自責。從這個實驗進行的時間來看，他的進步很大。如果你要問，好的依附關係是甚麼樣子，我會說，建立親密關係需要時間。彼此的信任與委身也很重要。一個很簡單的觀念是，當你們從共同生活經驗出發，在智力面、情緒面，對彼此都獲得了解，那麼，親密關係就可以漸漸建立起來。當你們願意放心信任對方，這樣的依存關係，就是一個好的依存關係。其實，那過程，也跟建造團隊的關係很像。

雖說如此，我剛剛說的是理想的樣貌。在達成這樣理想的境界之前，用包容與無條件的愛來打造安全的環境很重要。妳提到，他是個敏感、聰明，勇敢的小孩。可以談談妳是出自什麼樣的觀察做出這樣的結論嗎？」

「嗯，是從我們相處、跟許多互動當中看出來的。一個例子是兩年前的一個對話。那時候，我蠻低潮的，需要時間想通很多事情。老實說，我不知道我需要多久的時間。我想到一個方法解釋，我跟他們講了一部老電影的故事——輕聲細語，你聽過嗎？」

「有，我喜歡這部電影，是部好電影。」

「講完故事以後，小丹突然對我說，媽，妳是說，妳就像那一匹受傷的馬，是嗎？媽，不要擔心我們，妳儘管去忙。」阿莉停頓了一下，情緒在她的裡面翻騰，讓她說不出話來。

「啊，我想妳的觀察是正確的。謝謝妳提供這一項資訊。我有個感覺，他的行爲問題，可能純粹是對新生活適應不良。還有一個可能，他是一個成熟度高的小孩。」

「沒錯，一定是這樣。我也會這樣解釋。」

「你們的家庭，是學校邀請過的家庭當中最合作的。學校辨識出一些有相同行爲問題的孩子，但是，當我們連絡這些孩子的家長時，大部分的家長都拒絕相信，也不願意合作。孩子的行爲只是表象，溝通，需要把握時機的。」諮商師解釋。

「對孩子成長有益處的事，我們就應該做。這是我與先生的共識。這給我們機會重新成長，也彌補我們錯過的時間。不過，老實說，我沒有預料到這個情況，我也希望恢復以前的生活模式，如果不是現在，至少是不久後。這樣實驗教學還需要多久時間？」阿莉問。

「以我的觀察，至少得再持續幾個學期。根據他的表現、氣質，妳帶領方式的回饋，我快整理出全貌了。我希望更了解他。我們懷疑他是亞斯兒。我的了解，他們的缺點在社交技能，我們只要幫他們補強就好。不過，實驗教學還需要多久的時間，恐怕我沒辦法馬上結論。」諮商師解釋。

「如果得這樣的話，那我也只能合作。」阿莉回覆。

「這位媽媽，妳似乎急著回到以前的生活方式。不過，妳也說了，妳記憶裡有一大段的空白。可以跟我說說更多的細節嗎？」諮商師問道。

「要怎麼說呢？我得繼續走下去。我們都有夢想，不是嗎？我得要實現夢想。」阿莉回答，語調平坦輕柔。

「有機會實現夢想該是快樂的事，可是……妳聽起來很憂鬱。原諒我，如果我說錯了話。」諮商師小心翼翼地試探。

阿莉安靜了一會兒後，接著，淚滴汩汩地從她的臉龐滑落。

「沒關係，妳慢慢說。」諮商師遞給她面紙，緩緩地說。

阿莉整理了思緒，然後回覆：「從我懷了他後，我的生活一直處在很混亂的景況——我是指工作上緊張的狀況跟龐大的壓力。然後，孩子接著到來，我一直是盡我所能的面對與應付。可是，最近，我發現我遺失很多過去的記憶。對我生命不同階段的回憶、發生的事情，還有曾經在我生命中出現過的人，我完全記不得。可是，我的理解力，跟處理生活的自治力都沒有受影響。我以前是個記憶力極佳的人，我猜，可能是疲憊。這對我兒子的問題，應該沒有影響，是吧！」

他們四眼交會。對阿莉所說的話，諮商師沒有回應，好似他刻意讓會談進行的很緩慢。過了幾秒鐘，他才回覆。

「如果妳的身體、心靈都在告訴妳，妳累了，我建議妳聽進這樣的訊號。我看過一些人狀況更糟，可是，他們也都不願意停下來。引起失憶的原因有很多種，如果願意的話，妳可以去腦神經內科做詳細的檢查。不過，就我們實驗教學的專案來看，在我們下次見面之前，我建議妳做一些事。

「寫作，寫下妳所記得的，不見得要用完美跟精確的文筆。如果可以的話，以一個敘述者的角度，回想妳的故事，然後把它寫下來。這樣的練習，可以幫助妳探索喪失記憶的核心，然後修復妳的記憶。等妳開始做以後，也許會出現一些預期以外的反應。可以的話，我們等寒假結束回來後，再來討論。好吧，今天會談的時間到了，接下來的幾個學期，我會再安排晤談。」

諮商師講完這些話以後，就不再繼續對話了。他從座位上起來，然後走向出口離開。阿莉迅速地起身跟著他。她心裡還有很多疑慮，可是諮商師不給她機會發問。

「這個實驗教學應該是要幫助小丹的，為什麼焦點移到我身上？他為什麼要我寫作？我得往前走，不能讓過去成為未來的阻礙、不能讓小孩的事絆住、也不能讓婆婆失智的問題阻礙。不好，這該怎麼辦才好？我真的困在這了！」

＊＊＊＊＊

幾個鐘頭之後，阿莉得要去接哥哥跟小丹。等到兩個小男孩回到家，又要吵鬧一陣子。

然後，她得準備晚餐。雖然她也訓練兩個孩子獨立地處理自己的責任，偶而，她還是得看著。專注就會比較難。她得妥善利用時間。

她深深地嘆了一口氣。

「還有什麼比現在更像自我毀滅嗎？現在的狀態，跟死亡一般。犧牲，是有重量的，就像種子被埋在厚厚的土壤中。犧牲，是沉重的。倫理的責任也是。要等到什麼時候，我夢想的種子才有機會發芽？甚麼時候，才能看到突破？」她自問。

過去幾年像是連續劇，一齣接著一齣上演。變化多端，讓人目不暇給。每個人都被強迫著去接受改變。

這個勾勒的夢想是什麼呢？還不就是成功的身分，跟平等的對待！妥協，雖然也是爲了有益的目標所做的，並不代表自我能夠順服。

「跟學校的諮商師會議進行得怎麼樣？」Line 裡面的簡訊彈跳了出來，是阿信。

「還好。他說，我們是少數配合的家長。小丹進步很多，可是學校設計的實驗教學，可能要延續一陣子。」她很快地在 Line 裡面打了一則簡訊。

「如果一定得這樣的話……」另一頭回覆。

她嘆了口氣。阿信很堅定，可是她有時會搖擺不定，老渴望著改變、渴望恢復原來的生活。不光只有她卡住了，阿信跟其他人也是。歸零，她是這樣看的，是有效力的。生活上的改變，好似「形態上的改變」。跟先前對照，現在的狀態顯出對比。這樣的對比卻讓她感覺失落。

若要仔細地分析這個形態的改變，令她討厭的，是外在身分的改變。內心裡，她對現況倒是挺自在的，因爲可以對自己忠實。消失的，是那張需要假裝堅強的臉。消失的，還有包裹在禮貌中的僞裝，跟對於忌妒需要表達的情意。消失無蹤的，還有那些不斷地鄙視跟輕看她的努力的眼睛與聲音。去除掉那些消失的面具，剩下的，不正是原原本本的自己、眞實的自己，赤裸裸的自己？

感恩的是，在這樣的狀況下，阿信還是待她平等。雖然整個情況迫使阿信當個大男人，他卻沒有因此對阿莉產生差別待遇。相反地，他更是鼓勵她，而且，給她自由度。如果不是明顯的失憶讓她顯得笨拙與膽怯，她大概會拒絕安於現況。

「妳還好嗎？」阿信問。

「不好也不壞，還是自責。」她回覆。

「別這樣，不要對自己那麼嚴苛。人生已經有很多不容易了。」阿信的簡訊寫著。「幫我一個忙，晚上打電話給我媽，看她還好嗎？」

「沒問題，交給我。」她敲下這些字回覆。

「謝謝妳，照顧每一個人。」回覆的簡訊寫著。

「別傻了，這是我的責任，不是嗎？」阿莉回答。

「還有幾天才能回家。」阿信的回覆從手機螢幕上彈跳了出來。

「好好照顧自己，不用擔心我們。」她的手指按下這些字。確定另一頭沒有話說以後，她把手機放下。

又回到寂靜與孤單當中，是的，一片寂靜。

十八、老鷹飛吧！振翅高飛吧！

二〇一〇年，二月

從發現婆婆失智以後，照料變成家裡的工作核心。阿信的弟兄姊妹，除了自己的家庭跟工作以外，就是繞著照顧婆婆這事在轉。成全阿信盡孝這事，阿莉心裡倒是老早就做出妥協，絲毫沒有過掙扎。這與知書達禮無關，而是從原生家庭習得的觀念吧！看過自己的母親順服地成全自己的父親，早在年輕的歲月裡，她明白家庭的循環是怎麼一回事。雖然觀念差異、生活習慣、情緒表達，造成家人之間許多的不愉快，說心裡頭沒有因爲過往衝突而造成坑坑巴巴，那是騙人的。但是，阿莉還是很快認同這一件事。

這些年，對於阿信跟阿莉而言，生活又進入另一個轉換的歷程。一開始，一到假日，一家子免不了舟車勞頓，隨著阿信來來去去的。等到孩子們大了些，有自己的學業跟事情要忙，免不了跟阿信的決定有拉扯跟衝突。爲了成全阿信的決定，也算是教導孩子們倫理責任跟良善的功課，阿莉總是放下過去心裡的芥蒂，當起了說客，說服兩個孩子放下自我，陪著阿信回到婆婆家，扮演稱職的天使，給予婆婆安慰。

等到孩子們眞的支使不動了，周末裡，阿信只好自個兒來來去去的，獨自回婆婆家，跟著自己兄長、阿月，輪流照顧婆婆。到了重大節日，大伙兒一定又回到婆婆身邊，陪著她團聚。

農曆年假期，大家回到婆婆家團圓。新春第一天早上，該是預備去教會的時間，婆婆房間裡頭卻傳來阿信怒吼、兩人劍拔弩張的聲音。

「發生什麼事了，過年耶，幹嘛這麼大小聲的？」阿莉問。

「她啦，講都講不聽。要她換下睡衣，穿上出門的套裝，她硬是在那裡賴皮，不願意合作。」阿信回答。

「你也眞是的，又不是不知道她的狀況。讓我來好嗎？」阿莉說。

「不要，妳走開。」阿信舉起他的手，揮了一揮。接著雙眼直盯著婆婆，大聲喊叫說：「妳要跟照顧妳的人合作，不要再胡鬧了。這麼多年來，我們辛勞，就是希望妳有快樂的晚年。聽話好不好？」阿信的怒氣不但沒有減少，反而對婆婆怒目相對。

坐在床緣的婆婆，看到生氣的阿信，反倒笑得開懷，像個無辜、調皮的小孩。「我不要，我偏不要聽你的。你是我的小孩，應該是你聽我的。」她的記憶雖有錯亂，自己作爲母親的職分，倒是記得牢牢的。而且，不管是誰爲她做什麼事，她的情緒反應還是跟個正常人一樣，有著喜、怒、哀、樂的情緒。有時候也會像頑皮小孩，賴皮不合作，或是為了得到她想要的東西，像甜食，對身邊的人玩離間的遊戲。不挑明，真的無法分辨。任誰看見一個老太太變成這個樣子，真不知道是該生氣？還是該笑？

聽到吵雜的聲音，阿月連忙從廚房裡跑過來。「好啦！交給我，我來料理。你們都去客廳等，等一下我讓她坐在輪椅上，你們再推她去公園曬太陽就好了。怎麼搞的，可以變通的嘛！」說罷，阿月就把他們兩人推出去，然後將房門關了起來。阿月也是大氣。做為家人，她夾在家人中間，一起經歷過很多的拉扯與衝突，在這節骨眼上，還是放下自我，把照護的工作放在第一位。眼前的吵雜畫面，突然讓阿莉心裡甜甜的。想到過去自己無法融入這個家的疏離，此時，阿莉開始為擁有每個家人而感恩。那句經文怎麼說的？萬事都互相效力，叫愛神的人得益處。原來，心改變了，眼光也會轉化。若不放下成見、矜持，還有世俗裡喜歡比較的眼光，怎麼能夠看到恩典？婆婆的單純，現在看來，變成了恩典。婆婆的單純，對思慮繁多且世故的她，是一種恩典。阿月的勤快幫補，調和了她對家人、家事的遲鈍，對她更是恩典。

「聽話啦！合作一點好不好？」房間裡傳來阿月的聲音，看來她也忍不住鬥氣。

阿月、阿信的大哥跟阿信，就這樣，心甘情願地把自己的人生跟她糾纏一輩子。結了婚後，自動地將自己的家庭跟自己的媽綁在一塊，從來沒有認真想過，離開這個媽，自己要成爲什麼樣的人？要過什麼樣的人生？阿莉看著他們好多年，以前，她總覺得，是自己叛逆的本性、西化的思維，跟世代間的差異，讓她跟阿信的家格格不入。現在，阿莉反倒欽佩他們的順服。

自從知道不能以正常人的眼光來看待婆婆之後，阿莉心裡起了有趣的變化。那些原本會刺激阿莉的敏感、造成阿莉情緒變化的語言、行爲舉止、生活習慣，突然都對她起不了作用。在她眼裡，婆婆不再是無理取鬧的權柄，反倒變成需要被呵護跟保護的弱者。困難逼迫著每一個人剛強，也逼著每一個人同理其他人的立場。阿莉覺得自己得剛強、保持清醒，好成爲阿信的支柱，看顧需要照護的家人。

二〇一〇年，三月

送兩個小孩去學校後，阿莉帶著裝備來到茉莉香。一個大托特包裡，除了筆電，簡單的文具、書，還有一些她準備要消化的資料。都市裡的便利商店多，提供的服務多元快速，對於茉莉香這樣的小店，總是很難贏過這樣的競爭。不過，威力與阿玉漸漸累積了一些客人，早上，有些熟客還是會經過小店門口，買杯手沖咖啡再走。早早的，茉莉香已經開張了。

阿莉到的時候，威力跟阿玉正在忙，她安靜地找了個位子坐下，把電腦架設好，開始工作。

一會兒，威力走了過來，端上一杯剛沖好的咖啡。「妳有些不一樣喔！」威力說。

阿莉淡淡地笑著，「眞是一言難盡！現在的我，處境眞是難堪，像是掉落在系統間的縫隙，又像是在曠野流浪的孤兒，在大海中漂流的小船，不知道甚麼時候才能靠岸，到達我的應許之地。」

威力會心一笑。「人生總是這樣，解開了一個難題，又有一個新的難題。至少，妳有自由與自主權，決定妳要往哪裡去。這回妳來店裡，我感覺妳柔和多了，又增添了一分成熟的風采。」

「可能吧！我覺得像經歷過一場大手術，病才剛痊癒，傷疤還會隱隱作痛呢！以前我汲汲營營，爲了要跟上時代巨輪的轉動，倔強與叛逆讓我走了岔路，脫離了主流，奇妙的是，我的心卻深深被說服，這條岔路，才是正確的路。我的心好像被馴服了，跟自己的過去、人生遭遇，甚至倫理角色，都和解了。意義，讓我的心慢慢活過來了！我得努力振作起來，預備迎接下一場戰役。

雖然我說自己現在的處境像是掉落在系統間的縫隙，可是，不受系統中繁縟規則的轄管，感覺自由極了。我可以自由地思考、自由地探索、自由地創作。只是，這幾年的探索，讓我對現狀產生一種急切與焦慮的心情，感覺這個世界正在經過一個大轉變。我們原本所認知的世界樣貌，有可能正要崩塌。下一場戰役，可能又大又難，充滿了不確定性與未知的風險。我得把握現在的自由，思考要如何移動到下一個系統。有好多事等著我去探索。只是，過去我所了解的，我懂的，好像都在我心裡面崩塌了。就算能移動到下一個系統，我想也不會跟以前一樣……啊，威力，我的話是不是讓你迷糊了？」

「從一個系統移到另一個系統？的確蠻不容易了解的。那妳打算怎麼做？」威力說。

「這可能是場極大的冒險，無法靠我一個人給出答案，可能也要看人類群體的決定跟發展吧。但是可以肯定的是，接下來，該會是搶救人類文明、搶救人群社會存續的一場爭戰。希望愛最終能得勝！」

「我說，我眞的感覺妳增添了一份成熟的風采。眞正的妳，正要成形並散發出光采呢！妳終於找到眞正的自己了！尊榮以前，必有謙卑，妳又那麼地積極，我相信妳一定可以進入應許之地的。」

二〇一〇年，四月

阿莉來回檢查她寫好的文件，一頁一頁的翻著。兩年多來，不眠不休讀過的研究文章、報導、數據，加上自己的理解與分析，都整理在那個檔案裡。埋身在黑暗的隧道裡，她心裡明白，只爲了認同的意義，這個選擇，是沒有人會獎賞的事。

黑暗中還能理出頭緒，這該是奇蹟吧！孤寂，尤其是在安靜無聲當中的孤絕，能催逼出一個人心裡眞正的渴求。她的投入，是因爲瘋狂嗎？會有苦毒？遺憾？哀傷嗎？是出自於對於毀滅的害怕，還是生存的力量？靜默中的孤寂，讓人聯想死亡，但是，很多變化，也是在孤絕的靜默中發生的。大自然的很多變化就是在孤絕的靜默中進行的：就像新生命的成長、種子發芽、蝴蝶生命循環中的蛻變。

毛毛蟲化爲蛹時，外表看起來像是在休息，可是蛹的裡面，卻是變化萬千。變化成蝴蝶之前的毛毛蟲，在蛹裡面的身體，會被酵素溶解，變成一灘濃稠的黏液。黏液裡頭，卻存有帶著DNA的圖像細胞，將蝴蝶身體的器官：觸角、吸管、頭、胸、腹、足、翅膀……一個一個組合起來，成長成有機有功能的成蟲身體。

看似靜止不動、又像死亡的外表，其實裡面在進行變化。那麼，幻化成型的蝴蝶，不正是重生的型態——是先前生命型態的天使。經歷死亡後的毛毛蟲，以蝴蝶的美麗姿態，復活，自由地徜徉於花叢之間。

那些書頁的份量，足夠讓她把過去所有的疑問、損失、憤怒、失落、悲傷，都傾倒出去了。這些書頁，頓時幻化成一把奇妙的鑰匙，解開她心裡的那個鎖。如果命運沒有狠狠地逼迫她，如果，她沒有把原生家庭的宿命交給萬物的主宰，把過去看重的頭銜、身分、與生活方式交了出去，她絕對無法交換到這一把鑰匙。她該爲得到這一把鑰匙而感恩的，爲那些逼迫她走到這一步的種種而感恩的。

放下了，造物主透過原生家庭未竟之事的命運，放在她心裡的擔子，終於可以放下了！她自由了，終於可以坦然無懼，不帶任何的遺憾和感傷繼續向前走了！

原來，夢裡看到的那顆珍珠，不但是皇冠上的主石，也是進入天堂的門。因爲不向生命中種種的逼迫低頭，因爲不願意放棄自己的靈魂與尊嚴，那些帶著毒氣的人曾射向她的毒箭，讓她蛻變出全新的自我。如果不除去生命中的雜質與懦弱，奮力的拼鬥，又怎麼能有資格承受起皇冠的重量？如果沒有嘗過死蔭幽谷的滋味，又怎麼能明白活著是一份珍貴的禮物？大衛如果懼怕了巨人歌利亞[2]，又怎麼能將隨手撿到的石頭當作武器呢？難道，生命早已命定了這一步，讓這顆石頭在這裡等著她嗎？難道，命運給了她一把鎖，就爲了苦苦等待著她走到一步，撿到這一把鑰匙嗎？

「得著生命的，將要失喪生命。爲我失喪生命的，將要得著生命。」若不是這樣的經歷，她又如何能明白這帶著矛盾的奇妙眞理呢？

---

[2] 大衛與歌利亞：參閱《聖經》撒母耳記第十七章。大衛在成為以色列的君王前，至戰場探視哥哥，巧遇正在戰場上對以色列軍隊罵陣叫囂的敵人歌利亞。歌利亞因身材巨大，以致以色列一方的軍人，無人膽敢出列挑戰。少年大衛卻因為對上帝的勇氣，撿起五塊石頭，僅用了一塊石頭，就擊中巨人歌利亞的額頭，讓歌利亞在陣前倒下。

*****

阿莉帶著一家人來到數年前經過的咖啡店。阿信跟兩個孩子們，聽阿莉介紹過威力與阿玉，可是從來沒有去過他們的店裡。一晃眼，像是過了一個人生，阿莉已經從一個青春洋溢的少婦，變成一個摻有半把灰白頭髮的中年婦人了。

走到咖啡店入口，那景象令人唏噓。那排原本斑駁破舊的木板圍籬，更是破爛不堪。雜草不留情面地從木板間的縫隙竄了出來，已經不是原先的樣子了。阿莉用力推開圍籬的木門，咖啡店的外殼還在，但是，整片地變成一塊無人看顧的荒涼廢墟，也不見威力跟阿玉的蹤影。

阿莉轉身，去到威力種植玫瑰跟蔬菜的花園裡，只有散布一地的雜草，生意盎然地占領了整個苗床。看起來，威力跟阿玉已經離開了。阿莉來到貨櫃的門口，想用力推開門。一個信封，從門上方的縫隙掉落了下來。顯然是有人刻意把它夾在那裡，她彎腰撿起那封信。

「怎麼啦？」阿信問。

「他們不見了。我沒料到他們離開了，我們甚至沒有說再見。從門縫裡掉下一封信來，更不可思議的是，這麼些年來，都沒有人發現，也沒有被撿走。看起來，這封信是要給我的。在信封外面，寫著，『給阿莉，我們最親愛的女兒』，信是給我的。」阿莉看著阿信。

「打開來看，看他們說些什麼？」阿信鼓勵她。

打開了信封，阿莉開始讀這一封信。

親愛的阿莉，

我們需要離開一陣子。與妳同在，給予我們莫大的歡樂。在妳需要的時候，我們很高興可以陪著妳，看著妳再一次知道妳是誰，看著妳恢復對人生的喜樂，看著妳透過眞理宣告妳天生就被賦與的尊貴身分。

看到妳能夠拾起勇氣與熱情，走進不確定性中，是我們最大的驕傲。雖然，我們相信未來還有更多的高山等著妳去攀越，未來，在波濤洶湧的海上，還會有更多的暴風雨，我們相信，在妳一生的旅程，一定有夠用的恩典。成長需要時間，改變需要時間，蛻變也需要時間，成熟更需要時間。過去刺痛妳的，現在對妳不再是威脅。妳所有的受苦，現在都變成最美麗的資產。

事情也許看起來很混亂，而且違反了妳的理性，但是，敞開妳的心，享受這一段新的旅程。也許，妳因爲舊世界觀崩潰跟毀壞，感到沮喪，但是不要猶豫去冒險，憑著信念去相信。眞理會像聖城一樣站立在妳的心中。走出過去的陰影，走出世界加在妳身上錯誤的形象，用不同的眼光來看妳自己。以上帝的眼光重新定義妳自己，這只是冒險的開始。飛吧！逆風而飛，在暴風雨中起飛！不要害怕登上巨鷹，讓牠帶著妳飛翔。我們最親愛、最勇敢的女兒。

記以勒花園之夏午

盛夏徜徉此園中，
笑談多少春秋夢。
秀荷顫蕊吐新意，
晚風輕挹一窗涼。
妳忠實的，

威力與阿玉

「什麼？他們離開了。難道威力知道我夢見過那隻巨鷹，還有散發金色光芒的石頭城？阿信？我不懂。他們是誰？我是遇到某種靈體或是鬼魂嗎？」阿莉大喊著，沒辦法相信她所讀到的。她傻傻地抬起頭來，看著天空，想要找尋威力跟阿玉的身影，卻看到一隻老鷹在上方盤旋。「看！那像是威力跟阿玉照顧過的老鷹。你們看，空中有一隻老鷹。」

他們朝著天空看，注視著那一隻老鷹。在這都市中，有一隻老鷹在上空盤旋，任誰聽了，都會覺得難以置信。那隻老鷹在他們上方徘徊了一下，然後飛走。

「看來，他們刻意留了這封信給妳當作紀念。他不是這樣跟妳說嗎？『事情也許看起來很混亂，而且違反了妳的理性。』嗯，人生，不正是一個個偶然機會的組成嗎？妳把握了遇見他們的機會，他們也把握了遇見妳的機會。妳不是說過，妳喜歡愛因斯坦的比喻：偶然，是上帝保持謙卑、匿名的行事方式。」阿信靠近阿莉，溫柔地擁抱了她。

「好……謝謝你。從他們身上，我找到了失去了好久的愛。因爲他們，我才願意再一次相信愛。如果不爲愛而活，爲愛而行動，靈魂好乾枯，人生也沒有意義……我到底遇到誰了？」

「現在不重要了，不是嗎？也許哪一天，輪到我們做另一個阿莉的威力與阿玉。那麼，老婆大人，現在要往哪裡走呢？」阿信問。

「跟著那隻老鷹吧！」阿莉笑著回答。

「你們兩個人，浪漫夠了沒？我們餓了，晚餐時間到了！」

他們漸行漸遠，四個人的身影，隨著一首沒有人聽過的新歌，融化在繁忙的都會中，消失在夏日末了、薰人欲醉的微風中。

那首新歌是這麼唱著……

在世界的盡頭，我驀然回首，許多事，還來不及想通。
想放棄，不忍放手，想扛起又太過沉重，
揮揮我的袖，讓淚水隨風走！
在世界的盡頭，我驀然回首，是什麼，讓這世界轉動？
是盼望爲何覺脆弱？說是愛，又太過沉重，
揮揮我的袖，讓淚水隨風走！
我站在世界的盡頭，我笑看人生的起落，
不是驕傲，不是逃避，更不是軟弱。
我站在世界的盡頭，我笑看人生的起落，
因爲痛過、傷過，才知道懂得。

後記

二〇二一年，二月

農曆年後，台灣的天氣酷熱到跟夏天一樣，一點都不像是二月該有的冬季天氣。阿莉一家人趁著假期的尾巴，到海邊騎腳踏車運動，剛好是大潮退去的時候，裸露出一大片沙灘。有許多人搶著退潮時，在金黃色的沙灘上奔跑、拍照、挖蛤蠣。

哥哥跟小丹儼然已長成兩個健壯的青少年，快樂、正向、有正確的價值觀。阿莉婆婆的狀況反反覆覆，她變得更蒼老，漸漸虛弱。一家人最近幾次探訪，她人倒是清爽歡樂。衰弱與行動不便，漸漸融化了婆婆原本剛強的個性。每次相聚，她總會溫暖握著阿莉的手，對阿莉連連道謝。婆婆跟阿莉之間曾經摩擦不斷，終於放棄個別的懷疑、成見，在愛中彼此接納。看到小家庭經營地和樂合一，婆婆現在的想法有了一百八十度的大轉變。她看似糊塗，現在反倒鼓勵起阿莉，老是提醒阿莉該回到以前的軌道，爲自己做些事。

阿信仍然得常常回去照顧婆婆，但是他漸漸找回那個他從來沒有機會做的快樂小男孩。

阿月也比較了解阿莉的用意，知道要做自己，不再讓婆婆的情緒與期待，綁架自己內在的自由與歡樂。大家都變了模樣，卻因為彼此的不同與差異，磨塑出更美好的自己。

阿莉復原了，不再害怕跟人接觸，她重新走進人群。單純與寂靜的生活、正向健康的家庭文化，不斷學習的習慣，讓阿莉的心靈充滿豐盛的滿足。愛，潔淨了傷口的痛楚；愛，縫補了傷痛；愛，讓曾經破碎的心，再次剛強起來。

那一把從一本又一本厚重書頁所交換來的奇妙鑰匙，領著阿莉走入歷史的時光隧道，回到四十年前劇變發生的時空。那一把換來的奇妙鑰匙，打開了原生家庭巨變所帶來的鎖。阿莉已經從原生家庭的命運，跟那時時代震盪所種下的遺憾和傷痛走出來了。奇妙鑰匙，讓總是抱持批判眼光，得理不饒人的阿莉，在曠野中溶解消融，消失無蹤，以致願意重新順服。奇妙鑰匙，讓阿莉不斷跟至高掌權者論理、聲討公平正義的聲音，逐漸勢弱，衰微，以致平息。

奇妙鑰匙，也引領著阿莉從她不自覺的黑暗當中，走向光明；逼迫阿莉放棄照人眼期待去活，卻讓她逐漸活出心中藍圖裡的自己，整合與拼湊出新的自我。看似為犧牲而活，卻成就了圓滿。若非天意使然，無人願意在自我意志與成全之間，做出違反自由意志的抉擇，從而走入義路，並且深切了解那使人躺臥在青草地上，安歇在水邊之牧者，以其名引導人走義路的奧祕。

這奧祕，也叫人向著自己死，對著眞理活。擁戴眞理，才能有力量向著黑暗宣戰。站在眞理的基石上，才能在時代浪潮的翻覆當中，依然堅定地站立、站穩。

若不宣戰，就沒有力量推開過去的包袱，推開重圍，邁向充滿未知數與不確定的未來了。若不向自我宣戰，向自己的軟弱宣戰，向那個只敢擁有卑微夢想的自己宣戰，向謊言宣戰，向黑暗宣戰，就無法將本來是帶來毀壞的危機，轉換成救贖自己、救贖家人的機會。

若不宣戰，就無法將那些生命中出現的苦楚、損失、傷痛，轉化成祝福的力量。

若不宣戰，就無法赤裸裸地剖析自己的出發點，檢視自己是不是站在純正的動機上。而英雄的定義，不正是取決於他們所做的決定，和選擇爭戰的目的嗎？

時代的更迭，表示同處同一時空，跟著時代輪動的人們，必須忍受巨變的陣痛，必須忍耐震盪帶來的不安與痛苦。改變，需要付出代價，需要流出辛勞的汗水和感傷的淚水。改變，更可能是深深的哀愁，因爲改變代表著是抉擇的分水嶺——決定接受挑戰的人，找到路後，要堅毅地往前走，戮力而爲。同時，有些人可能疲倦了，無法接續，必須交棒。

如果換一個時間點，阿莉的故事，可能就不會有任何的趣味或意義。

但是，四十年前的阿莉，在遇到巨變時，她靠著不屈不撓的信念和一股面對戰役的意志力，走了一段旅程——必須要提的，當然還有上蒼的恩典。一直到今天，阿莉仍然不放棄爭戰，爲自己的人生爭戰，爲意義爭戰。

希望阿莉的故事，能夠對有緣分的讀者帶來啓發與鼓勵。迷失時，需要力量時，向黑暗宣戰吧！

國家圖書館出版品預行編目資料

宣戰／洪佳伶著. --初版.--臺中市：白象文化事業有限公司，2023.11
面； 公分
ISBN 978-626-7189-17-7（平裝）

863.57 111013408

宣戰

作　　者　洪佳伶
校　　對　洪佳伶
發 行 人　張輝潭
出版發行　白象文化事業有限公司
412台中市大里區科技路1號8樓之2（台中軟體園區）
出版專線：（04）2496-5995　傳真：（04）2496-9901
401台中市東區和平街228巷44號（經銷部）
購書專線：（04）2220-8589　傳真：（04）2220-8505
專案主編　陳媁婷
出版編印　林榮威、陳逸儒、黃麗穎、水邊、陳媁婷、李婕、林金郎
設計創意　張禮南、何佳諠
經紀企劃　張輝潭、徐錦淳、林尉儒、張馨方
經銷推廣　李莉吟、莊博亞、劉育姍、林政泓
行銷宣傳　黃姿虹、沈若瑜
營運管理　曾千熏、羅禎琳
印　　刷　基盛印刷工場
初版一刷　2023 年 11 月
定　　價　450 元